光文社文庫

文庫書下ろし／長編小説

さえずる舌

明《あけ》野《の》照《てる》葉《は》

光　文　社

この作品は光文社文庫のために書下ろされました。

目次

プロローグ

五月も、もうすぐ目の前というところまできて、思いがけない雪に見舞われた。小雪がちらつくという程度の降りではなかった。昼前から降りだした雪は、夕刻にはあたりの風景を浅い雪景色に変えた。

北海道だ。四月の雪もないことではない。それでも、やはりこれだけの降りというのは珍しかった。空気も前日とはうって変わって冷え込んで、まるで春から一転、季節が真冬に巻き戻ったかのようだった。

少女は、凍えた手で部屋のカーテンをほんの少しだけ開けて、表の様子を密《ひそ》かに窺《うかが》うように窓の外を眺めた。

あたり一面の銀世界というほどではない。それでも、雪をまとった家々の屋根や木々に地面は、あたかもそれ自体が淡く発光しているかのように、夜の闇に白く浮き上がって見えた。冬場は見慣れているはずの光景が、少女の目には新鮮に映った。

窓の内側からそっと闇空を見上げる。天から落ちてくる雪はまばらで勢いがない。どうやら雪は、すでに止みつつあるようだった。

もう少し降ってくれなくちゃ――少女は思った。せめて地面がもう一枚、雪のベールをかぶるぐらいに降ってくれなくちゃ。

窓辺に立っている間にも、もともと冷えていた足先がじんじんと痺《しび》れてきた。カーテンを閉め、少女はまるで小犬が小屋に駆け込むような勢いで、自分のベッドに潜り込んだ。

（うう、冷たい）

ふとんのなかでからだを丸める。たしかに寒いし冷えている。それでも今夜は何だか満たされた気持ちで、ゆるゆると心地よく眠れそうな気持ちがした。目を閉じて、少女はふわりと頬《ほほ》笑《え》んだ。ひとりでに顔に浮かんだ笑みだった。

体温でだんだん温まってきたベッドのなか、ちょうどゆるやかに眠りへと移行しつつある頃だった。遠くからウーウー、カンカンという、消防自動車のサイレンと鐘の音が、少女の耳に届いた。だが、少女はもうベッドからでることをしなかった。徐々にサイレンと鐘の音は大きくなり、こちらに向かって近づいてくるようだった。とはいえ、どうせ家の間近まではやってこまい。少女はせっかく温まったベッドをでて、わざわざ外を覗《のぞ》いてみたいとは思わなかった。

階下で電話のベルが鳴る音がした。闇のなか、次第に眠気に浸されながらも、少女はベッドで耳を澄ませた。

さすがに電話でのやりとりまでは聞き取れなかった。が、電話の後、母に向かって言う父の声が耳に聞こえた。

「おい、ちょっと出かけてくる。どうやら学校が火事らしい」

「えっ」母の声も聞こえた。「今のサイレン、あれ、学校なの？　学校が燃えているの？」

「いや、校舎じゃない。燃えているのは裏のウサギ小屋のあたりのようだ。たいしたことはなさそうだが、とにかくちょっと様子を見てくる」

父が出かける用意をして玄関口のあたりまで行った気配がした直後だった。しばし奇妙な間に似た沈黙があった。もちろん、実際に目にした訳ではない。が、少女の脳裏には、父と母が玄関口で無言で目と目を見交わし合っている図が浮かんでいた。父と母の昏《くら》い目、昏い顔――。

ややあったのち、バタンとドアの閉まる音がして、それに車のエンジン音と発進音が続いた。

（寒い晩、雪の降る晩はやっぱりペチカ……）

半分眠りの世界に引きずり込まれながらも、少女はペチカの赤い火を瞼《まぶた》に思い描いて、心で小さく呟《つぶや》いた。火はいい。ことにこんな寒い晩は。赤々とした火は、見ているだけでからだが温かくなってくる。心も温かくなってくる。自然と少女の顔の笑みも濃くなった。

（そうよ。ウサギだって寒がってる。ペチカはいい。ペチカがあった方があったかくていい……）

胸の内で呟くうちにも、少女は濃密な眠りに落ちていった。

第一章　エデレの女

＊

ＪＲ山手線《やまのて》を、代々木駅《よよぎ》で下車した。

拠点駅を中心に、ＪＲの駅はどこもかしこもと言いたくなるほど改修工事が進んで、様相が一変したところも多い。そのなかにあって、代々木駅は、大江戸線《おおえど》こそ乗り入れしたものの、いまだ昔ながらの風情を残している感じがする。

新宿《しんじゅく》駅の隣駅——と言うよりも、新宿駅南口とはほとんど地続きという近さだ。それでいて、新宿駅周辺とはかなり雰囲気が違う。若者が多いという点では同じだが、代々木は、予備校、外国語スクール、専門学校……その種の学校が多いから、たぶんやってきている若者の目的と層が違うのだろう。

真幌《まほろ》は、代々木の自分の事務所へと足を進めながら、その目であたりの様子をぼんやりと捉《とら》えていた。

学生の頃、大学に通うかたわら、真幌も彼らと同じように、週に何日かはここに通ってきていた。当時、カウンセラー養成講座の教室が、この代々木にあったからだ。

それから十五年余りもの月日が過ぎようとしていることに、真幌は自分でも驚くような思いだった。

（その割に変わらない）

真幌は思った。

代々木の風景だ。西に代々木公園、明治神宮、東に新宿御苑《ぎよえん》、国立競技場……と、開発の手のつけようのない広大な領域が控えているせいかもしれない。

一方、真幌は変わった。当時は、果たして本当に手にできるかどうか、自分でも半信半疑だったカウンセラーの職を手に入れた。この代々木に、自分の事務所も構えた。

「友部《ともべ》先生、どうもありがとうございました。先生のアドバイスを取り入れる恰好《かっこう》で、通路側のパーテーションを取り払ったところ、閉塞感《へいそくかん》や息苦しさが軽減したという意見や感想が、社員からずいぶんありました。機能一辺倒といった感じのフロアだけに、あえて無駄なスペースを設けた方がいいという先生のご提案に関しましても、現在その方向で検討中です。それにつきましても、また改めて一度ご相談させてください」

メビウス通信の高木和俊《たかぎかずとし》の言葉が思い出された。高木とは、今し方別れてきたばかりだ。真幌は、五反田《ごたんだ》にあるメビウス通信のコールセンターに顔をだし、若干模様替えをしたコールセンターの様子を見てきた帰りだった。

「友部先生」「真幌先生」——最初のうちは「先生」と呼ばれることが面映《おもはゆ》かったが、すでにそれにも慣れた。

産業カウンセラー——企業と契約して、社員のメンタルヘルス、人間関係開発といった組織内の人間の精神衛生を図るのが真幌の主な仕事だ。

契約企業に勤務する社員、個々のカウンセリングも行なうが、今日のような感じで、職場環境のチェックもすれば提案もする。パーテーションひとつ取り払うだけで、逆にパーテーションひとつ取りつけるだけで、そこで働く人間の精神的な負担がぐっと軽減されるということがある。それはリトグラフ一枚、擬似窓ひとつにしても同様だ。

真幌は腕の時計に目を落とした。今日は事務所で、泰星《たいせい》証券の社員、武田律子《たけだりつこ》とのアポイントメントがあった。個人のカウンセリング希望者——真幌は医者ではないから、患者と言えば言い過ぎになるが、いわゆるペイシェントに当たる。

「ただいま」

代々木の事務所に帰り着き、真幌は事務所の受けつけと電話番を頼んでいる笹原幾実《ささはらいくみ》に言った。簡単な仕事なのでアルバイトだ。

「あ、真幌先生、お帰りなさい」幾実が言った。「お疲れさまです」

「どこからか連絡は？」

「JIC保険の根本《ねもと》さんからお電話がありました。自分も外に出る用事があるので、午後四時半以降にお電話ほしいとのことでした」

「そう、わかったわ。どうもありがとう」

バッグを置き、デスクに腰を下ろしてメモを取る。そうしてひと息つく間にも、インターホンが鳴った。

「あの、泰星証券の武田ですが……」

いくらかおずおずとした調子で、ドアの外の女性が言う。

「ああ、どうぞおはいりください」

今、少しばかり心を傷めかけている武田律子が、やや視線を俯《うつむ》け気味にしながら事務所にはいってきた。

「お待ちしていました。――さあ、どうぞなかのソファにおかけになって」

笑みと言うに値しないほどのかすかな笑みを目もとのあたりに滲《にじ》ませて、真幌は仕切りの奥のソファを手で指し示した。

薄っぺらな仕切りのようでいて、ドアを閉めれば、なかの話し声は外に漏れない造りになっている。同じ事務所のなかにいる幾実にもだ。でなければ、ペイシェントが安心して心の内を吐露《とろ》できない。

ソファに腰を下ろした律子の前に、真幌は穏やかな面持《おもも》ちを崩さずに、自分もゆっくりと腰を下ろした。

一度簡単な面談を済ませてあるから、ある程度のことはわかっている。律子は昨夏の急な配置転換を契機に調子を崩した。ノルマのある部署に移ったことがストレスになっていることは事実だが、だからといって彼女が数字的なノルマのある仕事に向いていないかと言えばそういうことでもない。逆にきちきちと神経質に数字を追いかけ続けるから、仕事を離れてもそれが頭から抜けない。それがゆえに私的な日常生活にまで支障が生じてきた。

帰宅しても、ついファイルを開いて仕事をしてしまう。もうプライベイトタイムなのだから、仕事などしていないで入浴しなければと風呂にはいると、のんびり湯に浸《つ》かっている場合ではないと急《せ》かされるような気持ちになって、そそくさと上がってまた仕事をしてしまう。いい加減くたびれてきて、今は寝ることが急務だと思ってベッドにはいると、また呑気《のんき》に寝ている場合ではないという気がしてきて起きだしてしまう。結局、何をしていても、落ち着かない。自責の念ばかりが生じる。ぐるぐる思考、サイクルストレスなどとも言われるが、軽い強迫性障害の兆候だった。

病名をつけてもらった方が安心する人間もいる。反対に、病名をつけられたことで落ち込む人間もいる。どういう種類のことであれ、受け止め方は人それぞれ異なる。それだけに、相手がどんな人間かを知ることが、何にもまして先決だった。そもそも真幌は医者ではない。強迫性障害なり睡眠障害なりうつ病なり……頭のなかでは何らかの疾病《しっぺい》名を思い浮かべても、基本的に自分が口にすることは控えるべきだし、それは医師の領分だと考えている。

とにかく相手の話を聞くこと、相手から話を引きだすこと――それが真幌がカウンセラーとして、常に心がけていることだった。それによって相手の心模様が見えてくる。心という目には見えないものを見ようとすれば、言葉を頼りにするよりほかにない。

「で、武田さん、その後調子はいかがです？　そうね……たとえば昨日の晩は、帰宅してからどんな感じで過ごされたのかしら？」

早口はいけない。真幌はややゆっくりめの落ち着いた口調で、幾分囁《ささや》くように、目の前の律子に問いかけはじめた。

1

目覚めた次の瞬間、真幌はこれまでとは日の光の色が異なることに、思わず目を瞠《みは》っていた。カーテンのわずかな隙間《すきま》から射し込む日が、部屋に光の帯を作っている。光の粒ひとつひとつがきらめきながら舞っているかのように目映《まばゆ》くきらめく帯だった。その光を目にして、真幌は季節が春から初夏へと明らかに移り変わったのを悟った。

(……私、窓から射し込んできた光で目が覚めたんだわ)

人は光によって目を覚ます——知識として頭で承知していたことを、身をもって実感する思いだった。真幌はベッドから降り立つと、光に誘われるように窓辺に行ってカーテンを開けた。深夜は止むを得ないが、真幌は真っ暗な部屋というのがあまり好きでない。だから、冬場は厚手のカーテンにしているものの、あえて遮光カーテンにはしていない。だが、そろそろ寝室のカーテンを、遮光性のある夏用のものにかけ替えなければならないかもしれなかった。でないと日の出が早くなるのに伴って、目覚めの時刻までどんどん早くなりかねない。

それにつけても、カーテンを夏仕様のものに替えるのが惜しいと思わずにはいられないような、澄んだ光に溢《あふ》れた美しい朝だった。その光には、昨日一日の澱《おり》や汚れをすっかり流しきったような清浄さが感じられた。昨日とは、またまったくべつの一日のはじまりを感じさせる朝だ。こうして窓越しに日の光を身に浴びているだけで、何だかこちらのからだの細胞ひとつひとつまでもが、新たに生まれ変わっていくような感じさえした。

(気持ちいい……)

窓の外に目を向けたまま、真幌はほのかに頬笑んだ。ひとりでに顔に浮かんだ笑みだった。真幌自身は気づいていない。が、その笑みは、真幌が意識的に作ったどんな笑みよりも、みずみずしい輝きに満ちていた。

(友部真幌、三十八歳)

真幌は顔を窓の外に向けたまま、ちょっと深呼吸をするように息をして、心のなかで呟いた。

(黒沢《くろさわ》真幌、同じく三十八歳)

とりたてて結婚願望はなかったし、生涯独身でも構わないと思っていた。幸いにして自分が望む職と活躍する場を得ることができた。そのうえ結婚や家庭まで望むのは贅沢《ぜいたく》というものではないか——。

しかし、真幌は二年前、黒沢悠介《ゆうすけ》という男性と結婚した。出逢いは、「次世代会」という若手事業家の勉強会でのことだった。歳《とし》は真幌より七つ上だから、悠介は今年四十五歳だ。離婚歴もある。相手はどうあれ、家庭を持てば、多少なりとも行動は制約されて、不自由になることは否めないと思っていた。ところが、悠介と結婚したことで、かえって真幌の世界は広がった。悠介は単なる夫ではない。彼は真幌の公私にわたるよきパートナーだ。

結婚したのちも、仕事名は昔通り、友部真幌のままだ。だから真幌は、友部真幌と黒沢真幌、ふたつの名前を持ち、両者を使い分けている。悠介もその方がいいと言った。

「真幌は女性カウンセラーだからな。やっぱり名前に〝黒〟はつかない方がいい」

「イメージの問題？」

「そう。イメージは大切だよ。一度刷り込まれたイメージは、不思議となかなか消えない」

産業カウンセラー——カウンセリングの勉強やスキルの習得、それに資質に近い自身の能力もさることながら、カウンセラーとしての経験や人間的な信頼が必要とされる職種と言っていいだろう。ほかの職種では、若いということがセールスポイントになっても、この職業ではそれが必ずしも有利には働かない。けれども、真幌は三十三の時にカウンセラー養成講座の講師の職を得、同時に自分自身のクライアントも得た。つまり、三十三にして、産業カウンセラーとして一本立ちしたということだ。自分でも、女性としては稀《まれ》なケースではないかと思う。今も講師の仕事は続けている。抱えているクライアントも、ゆうあい銀行、泰星証券、メビウス通信……大手で堅い企業が中心になってきた。加えて真幌は、今ではヒーリングスタジオの経営やフリーオフィスの運営も手がけるようにまでなった。経営コンサルタントであり、起業アドバイザーでもある悠介の助言と後押しあってのことだ。

「君は今でももう充分だと思っているかもしれない」その時、悠介は真幌に言った。「でも、ビジネスというのは単体では弱いんだよ。何らかのかたちで組織化しておかないと、長期的な安定は望めない」

たしかに、洞察力、話術、人心掌握術、金銭面での条件……どれかひとつでも真幌を上回る要素を持ったカウンセラーが現われたら、講師の仕事もクライアントも、みんなその人物に掻《か》っさらわれて、あっという間に真幌の目盛りは元のゼロに戻りかねない。

真幌が経営するヒーリングスタジオQuao's《クアオス》は、落ち着いたティールームにショップを併設したリラクゼーションスペースだ。ショップでは、ハーブ、オーガニック、アロマ、パワーストーン、バスグッズ……女性が好みそうなリラクゼーショングッズを各種取り揃えて販売している。顧客の大半は、真幌がカウンセラーを勤める企業の女性社員たちだ。仕事の合間や勤め帰りに自分に合ったグッズを求めるために、あるいは友人にプレゼントする品を探すために、彼女たちがちょっと立ち寄ってお茶を飲み、束の間リラックスする空間。

フリーオフィスQは、パワーハラスメントなどの職場内での人間関係、あるいはうつ病などの神経症によって、止むを得ず休職せざるを得なかった人間が、本格的な職場復帰を果たす前に肩慣らしをする仮オフィスだ。そういう意味ではフリースクールに近い。まずは自分の会社の出先オフィスといった気持ちで通いはじめてもらい、そこで自分の本来の業務もしてもらう。たとえ実際に出社していなくても、コンピュータ一台あれば、かなりの仕事がこなせる時代だ。だから、まずこのフリーオフィスで始動してもらい、気持ちの上でもう大丈夫という自信が持てた時点で、現実の職場に復帰してもらう。ただし上限は三週間。なぜなら、それ以上になると、今度はフリーオフィスの環境の方に感覚が馴染《なじ》んでしまって、逆に職場復帰に支障をきたしかねないからだ。

産業カウンセラーとしての真幌の事務所は代々木に、スタジオとフリーオフィスは西新宿の同じビル内にある。開設に当たっては、実家からの援助も多少受けたが、自己資金だけでは足りないので、中小企業金融公庫から借り入れをした。

スタジオは、しっかり者の遠野《とおの》美音子《みねこ》という女性がマネージャーとして、堅実に運営してくれている。一方、フリーオフィスの方には、小松《こまつ》礼文《のりふみ》と藤井《ふじい》多穂《たほ》、男女二人のカウンセラー有資格者がいて、顧客にきちんと目配りしながら切り盛りしてくれている。

単なる産業カウンセラーにとどまらず、べつにこうした施設を運営していることは、たしかに他のカウンセラーとの差別化を図るプラスファクターになる。スタジオやオフィスの収益はそこそこといったところだが、悠介のサポートもあって、今のところ経営に問題はない。もともと大きな黒字は望んでいなかったので、真幌はそれで満足している。借り入れ分さえきちんと返済していければそれでいい。ただし、真幌の忙しさは倍増した。精神医療そのものも、フロイトからコフートへという流れになり、今では行動療法が主流になってきている。時代の推移にともなって、新しく名前のつけられた精神疾患も次々に生まれているし、病気の呼称も変化している。かつては破瓜《はか》型分裂病や精神分裂病などと言われていたものが統合失調症と言われるようになったのがひとつの例だ。したがって、過去に大学院で心理学の博士号を取ったというだけでは、カウンセラーの仕事は勤まらない。仕事に加えて、常に自分の勉強を続けていく必要がある。真幌も年に一度は、二、三週間の集中セミナーに参加している。

先日、事務所でカウンセリングした泰星証券の武田律子にも、真幌は行動療法に則ったアドバイスをした。今の律子は、何をしていても落ち着かないし納得がいかない。だからストレスが溜まる。しかも、ひとつのことに集中して取り組むことができないから、結果として何もかもが中途半端になって片づかない。それがさらなるストレスを産む。完璧な悪循環だ。律子自身にも、今、自分が何を一番にすべきかがわからなくなっているような状態だった。

だから真幌は、律子にその日一日の「やることリスト」を作ることを勧めた。

「何でもいいの。その日、武田さんが『これをやらなきゃ』と思うことを、順番や重要性は度外視して、全部紙に書きだしてみて」真幌は言った。「そのなかで、その気になって取りかかればすぐにカタがつくこと、どうしても明日にまわす訳にはいかないこと……そういうことから片づけてみない？　で、片づいたら赤ペンで消してもいいし、花マルをつけてもいいし、かわいい判子を捺《お》してもいいし、『これはもう片づけたぞ！』ということを、目と肌で実感しましょうよ。赤印なり花マルなりがふえていくと、案外楽しいものよ」

朝、顔を洗って歯を磨く――そんなことは当たり前だから、ふつうはリストアップしない。でも、真幌は、そんな当たり前のこと、小さなことも、ぜひリストアップするよう、律子にアドバイスした。達成感の問題だ。子供時代の習性とでも言うか、人間、何でもマルがつけば嬉しい。これで三つマルがついたぞと思うことが、次の行動の弾《はず》みになる。仮にその日のマルが八つだったとしたら、翌日はぜひ十を超すマルをつけたいと、自然と思うものだ。律子のような真面目な人間であればなおさらだ。

「何かちょっといいような気がします」律子は、真幌に一度電話を寄越して言った。「先生のところに伺う前は、正直言って、その晩の使った食器も洗えないままシンクに置きっ放しで、翌朝、それを目にすることもストレスになっていました。でも、『やることリスト』を作ってから、少なくともそういうことはなくなりました。それだけでも、ずいぶん気持ちが軽くなったように思います」

カウンセラーとしての本分の仕事、事業、加えて勉強……ふつうであれば、そのうえ自分の家庭を持てるような状況ではとうていなかった。

だが、悠介は仕事柄出張が多いし、もともと彼は真幌にふつうの妻役、女房役を望んでいない。彼は、仕事の幅を広げていく真幌が好きなのだ。だからこそ、何とか成り立っている結婚生活だった。

（ううん、違う）

真幌は思った。悠介が自分にとってこのうえないパートナーだと思ったからこそ、真幌は結婚を決めた。そうでなかったら、たぶん最初から結婚などしていない。

私は恵まれている。それにしあわせ……言葉で明確に思った訳ではない。けれども真幌は、そんな思いに浸されて、栗色の長い髪を無意識のうちに手でゆったりと掻き上げていた。

悠介のことだけではない。遠野美音子に藤井多穂、スタジオとフリーオフィスのヘッドとなってやってくれている女性二人は、ともに三十代、当然個性は異なるが、二人とも良識のある大人の女性だ。人間的にも信頼できるし、美音子も多穂も優秀だ。だから、安心して仕事を任せられる。真幌は、一般に使うに難しいと言われる女性スタッフ、それも中間管理職的な立場にある人間に恵まれた。加えて、真幌は昨日、願ってもないスタッフを一名獲得した。島岡芽《しまおかめ》衣《い》、三十一歳──。

(彼女がうちのスタジオのスタッフになってくれるなんて)

芽衣はかつて、渋谷《しぶや》の有名ブティック「ジュリエット渋谷」のカリスマ店員だったこともあるらしい。大学時代にアルバイトではじめたことだったが、顧客の人気が絶大で、これを本業にすべきではないかと本人も真剣に悩むほどの高収入を得ていたようだ。したがって、芽衣の接客の下手な道理がない。のみならず、彼女は経営、経理の勉強もしてきたし、心理学の知識も持っている。その芽衣が、今勤めているアパレル会社を辞めてまでして、真幌が経営するヒーリングスタジオＱｕａｏ'ｓのスタッフとして働いてくれることになった。

遠野美音子、藤井多穂、島岡芽衣……これで万全と言っていいぐらいに、女性スタッフは充実した。

昨日の晩、真幌は出張中の悠介にも、早速それを電話で報告した。

「ああ、前に真幌の講座にきていたという彼女か。真幌がお気に入りの──」悠介は言った。

「そうか、彼女がスタッフ入りしてくれるのか。それは朗報だね」

「そうなの。こちらにしてみれば願ったり叶《かな》ったりというところだわ。本当にラッキー。今度紹介させて。あなたにもぜひ一度会わせたいわ」

「うん、そうだな。そのうち三人で食事でもしよう。僕も会っておきたいし。──でも、真幌、言っておくけど今度のことは、単なるラッキーなんかじゃないよ」

「え？」

「オフィスQの小松君や藤井さん、それにスタジオの遠野さんにしてもそうだけど、能力ある人間が向こうの方から寄ってきてくれるというのは、それだけ真幌もえらくなったということだよ。人徳だな。これまで着実に実績を積んできたことの証《あかし》でもある」

「そんな……」

「本当のことさ。自信を持っていい」

真幌は、べつに自分がえらくなったとは思わない。でも、誰かの信頼、信奉を得ていると実感できる時は、やはり至福の瞬間ではある。自尊心をくすぐられもする。

（ツイてる、私）

そんな気分でちょっと伸びをした時だった。背後で何かがはらりと舞い落ちた気配がした。壁にピンナップしておいたハガキか何かが、ぱらっと剝《は》がれて床に落ちたような音と気配――。振り返り、真幌は周囲を見まわした。けれども、それらしきものは何も見当たらなかった。いくら眺め渡してみても、何も床には落ちていない。

（おかしいな。たしかに音がしたように思ったんだけど）

落ちたはずのものが見つけられず、咽喉《のど》に魚の小骨が引っかかったような感じがちょっとばかり残ったが、真幌はあえて無視することにした。朝の時間はつるりと過ぎていく。悠長に幸福感に浸り続けている余裕もなければ、些細《ささい》なことにこだわり続けている暇もない。

真幌はもう一度あたりを見まわすことはせず、そのまま洗面所へと足を向けた。

2

芽衣と初めて会ったのは、二年近く前のことになる。芽衣は真幌が講師を勤めているカウンセラー養成講座に、受講生として半年ほどの間通ってきていた。三十数名のクラスだったが、そのなかにあって、明らかに芽衣は異彩を放っていた。艶《つや》やかな長めの髪、立体感のある小さめの顔、きめ細かい白い肌、黒く深い瞳、もの言いたげな唇……いや、そうしたパーツパーツの出来のよさよりも、彼女にははっと人目を惹《ひ》かずにはおかないような、何かオーラに近いようなものがあった。大勢の人間と席を同じくしていても、芽衣一人にスポットライトが当たっているような感じとでも言ったらいいだろうか。真幌も、初めて目にするような女性だと、思わず彼女に目を惹きつけられた。

この娘《こ》は花だ——その時、真幌は思った記憶がある。

単に見た目が美しいというだけではなかった。芽衣は頭脳明晰《めいせき》と言うにふさわしく、レポートも質問内容も、常に的を射ていて鋭かった。

「今、先生がおっしゃったのは、一時期、ずいぶん『トラウマ』『トラウマ』と言われましたが、懸命にそれを探り当てることにあまり意味はないということでしょうか」

「つまり、原因を究明することよりも、現状を改善していく方法と行動を模索することの方を優先すべきということですね」

……

いっそ芽衣にべつのコースの受講を勧め、カウンセラーのなかでも唯一の国家資格である、精神保健福祉士の資格取得を考えてはどうかとアドバイスすることを、真幌も本気で検討したりしていた。ところが、芽衣は真幌がそれを口にする前に、自分から受講をやめると言いだした。

「え？　やめる？　どうして？」

真幌はびっくりして芽衣に尋ねた。急なことだったし、とりわけ優秀な受講生だっただけに、真幌としても思ってもみないことだった。

「ここでやめるって、もったいないわ。もしかして、私の講座の内容に、何か納得いかないものでもあった？」

「いいえ、そうではありません。私がカウンセラーになるには無理があるというのは、実のところ、はじめからわかっていたんです」芽衣は言った。「大学での私の専攻は経済学です。私は心理学部はでていません。本気でカウンセラーを目指すとなると、それは大きなハンディですよね」

「………」

大学の心理学部をでていなければ、カウンセラーになれないということはない。が、大学で心理学を専攻して、そのまま大学院に進んで博士号を取得していた方が、断然有利であることも厳然たる事実だった。その道筋を通っていないと、たしかにかなりの努力とまわり道を強《し》いられる。

「そもそもの受講のきっかけも、販売という仕事に関わっている以上、人の心理や人との関わり方を知っておいた方がいいということでしたし……。先生、やはり私はここで撤退することにしようと思います」

正直なところ、賢明な判断と言うしかなかった。心理学を専攻した人間よりも数年余計に時間をかけてカウンセリングの勉強をしても、精神保健福祉士以外は民間の認定資格というのが日本のカウンセリング界の現実だ。カウンセラーは、ある意味曖昧《あいまい》な資格であり、即仕事に結びつくとは限らない。むしろ、結びつかないケースが大半だろう。精神保健福祉士は国家資格だが、ソーシャルワーカーのような地味な種類の仕事だ。芽衣に適した職種とも言いかねる。それゆえ真幌も、芽衣を引き止めることができなかった。

「最初、私はアスカ建設に入社したんです」その時、芽衣は真幌に言った。「ＭＢＡの取得を目指していた時期もありました。でも、そこに至る以前に退社してしまって」

「そうだったの」

「幸いにして今の会社、エクストリームでは、営業本部で販売戦略の立案に関わらせていただいているので、仕事自体は面白いんです。ですけど……それでも何かが足りない気がして、それで先生の講座を受講させていただくことにしたんです」

「何かが足りない――」

「何なんでしょうね。何が足りないのか、実は自分でもよくわからないんです」

「そういうものかもしれないわね」

真幌は言った。傍《はた》から見れば何の問題もないし、充実しているように見える。けれども、本人にはぼんやりとした不満足感がある。そういうぼんやりとした不満足感のようなものほど、正体が見えないだけに解消が難しいところがある。

「真幌先生、人生の選択って難しいですね」

そう言って、芽衣はちょっと頬笑んでみせた。上辺《うわべ》は苦笑を装っているようなところがあったが、瞳の奥底に細かな光が躍っているような笑みだった。

「大学で心理学を専攻しなかったこともそうですが、アスカ建設にいた頃に、ＭＢＡを取得しておかなかったこともそうです。私はこれまで、そのときどきによって変わる自分の興味の方向に逆らうことなく従ってきました。でも、こうなってみると、何だかすべてが中途半端になってしまった感じで……。いまさらですが、あの時ああしておけば、と思わないこともありません」

「わかるわ」一度頷《うなず》いてしまってから、急いでそれを打ち消すように、真幌は首を左右に振った。「あ、誤解しないで。私が言いたいのは、すべてが中途半端になってしまったということじゃないのよ。そうじゃなくて、島岡さんみたいに何でも標準以上にこなせる人は、必然的に興味の範囲が広がるというか、どうしても選択肢も多くなるという意味」

「そう言っていただけると、多少救われるような気持ちになりますが」

芽衣は、当面はエクストリームで仕事を続けながら、いずれは自分の店を持つことを目標に頑張ってみると真幌に語った。

ちょうどスタジオやフリーオフィスが始動した頃で、実のところ、真幌も有能なスタッフを求めていた。けれども、当時はスタジオもフリーオフィスも、大海に漕《こ》ぎだしたばかりの小舟のようなものだった。まだはっきりと先が見えない状況だっただけに、芽衣に声をかけることがためらわれた。それに、一時期MBAの取得を目指していたということからもわかる。やはり芽衣は、経営に関心のある人間なのだ。残念だが、受講の継続を勧めることも、きっと芽衣のためにはならない。真幌はそう判断して諦《あきら》めた。

結果や結論を急いではいけない——カウンセラーとして、真幌は常に自分に言い聞かせている。それは主として個々のクライアント、すなわちペイシェントに関してのことだが。たとえば、今現在顕在化している症状や、ペイシェントから耳にしたひと通りの話の内容だけで、軽々《けいけい》に原因や状態を判断するのは危険だ。根気よく細かい問いを重ねていき、相手の返答の端々からより正確に状態を把握することを心がけねば、効果的なカウンセリングは望めない。今回、真幌は芽衣の一件でも、改めてそのことを悟った思いがした。

(機が熟す、たぶんそういうことがあるのよね)

一年半ほど前、芽衣が真幌のもとを去って行った時は、真幌も残念な思いで彼女を見送らざるを得なかった。でも、芽衣はこうして自分から帰ってきてくれた。また、今だからこそ、真幌も手放しで喜んで彼女を受け入れることができる。

「真幌先生」

一年半ぶりに、Ｑｕａｏ'sで不意に芽衣から声をかけられた時は驚いた。カウンセリングが真幌の仕事の主体だ。もちろんスタジオにも顔はだすものの、そうしょっちゅうという訳にはいかない。曜日や時刻もまちまちで、ほぼ美音子に任せきりの状態だ。それだけに、いささか大袈裟《おおげさ》な言いようになるが、ここで行き合わせるとは何というめぐり合わせだろうという感慨に近いものさえあった。

「実は会社帰りに、たまにお邪魔したりしていたんです」芽衣は真幌に言った。「でも、先生はお忙しいし、私もここで先生とお目にかかれるとは思っていませんでした」

芽衣の特有の、人を引き込むような黒く輝く瞳と、深みのあるしなやかな頬笑みは以前のまだった。けれども、この一年半で、芽衣はさらに落ち着きのある大人の女性になった感じがした。真幌に声をかけてきた時も、ほのかな香りとともに背後からそっと寄り添ってきて、小声で囁くように「真幌先生」と言った。声の方向に顔をちょっと動かしたら、そこに柔らかな笑みを浮かべた芽衣の顔があったものだから、余計に真幌は驚いたのかもしれない。

そうして一度再会を果たしてしまうと、後の話はとんとん拍子で進んだ。今となっては、何だかこうなる道筋が、もともと出来上がっていたような気がするほどだ。

「真幌にしてみれば、二年越しの運命の恋が実ったというところか」

あまりに嬉しそうだったのだろう。真幌は悠介にからかわれた。

「いやね」

苦笑交じりに返したが、悠介の揶揄《やゆ》も、あながち的外《まとはず》れとは言えなかった。真幌自身感じていた。たしかに芽衣とのことは、男女の出逢いや恋愛、あるいは結婚という流れに少し似ていた。

3

西新宿、十九時二十分、和風創作割烹《かっぽう》「扶持《ふち》」——。

少し赤みを帯びた光が、品よく盛りつけられた料理が並んだテーブルを、和やかな雰囲気に照らしていた。目と神経に心地よい程度に抑えられた明かりだ。

自分の隣に悠介がいて、テーブルを間に挟んだ向かい側に芽衣がいる——真幌には、このシチュエーションが、なぜだかちょっぴり非日常的なものに感じられていた。

六月だが、気候と気温からすれば、もう夏と言っていい。真幌は大きな柄のはいったゆるやかなワンピース姿だったが、芽衣はスーツに近いツーピースという出《い》で立ちだった。色は心持ちグリーンを帯びたくすんだ水色。恐らくは、初めて顔を合わせる悠介に、堅苦しさを感じさせない程度に失礼のない服装をと考えてのことに違いなかった。変わった色合いだが、そんな微妙な色も芽衣には似合った。たぶん彼女は、どんな色彩、どんなデザインの服でも着こなせる。何しろ元は「ジュリエット渋谷」のカリスマ店員だ。

「芽衣さんには、フレンチやイタリアンの方がいいかとも思ったんですが」悠介が言った。「今日はこの店にさせていただきました。フレンチだと、ちょっと気の張る感じになりますしね。その点、ここだと、個室に近い造りなので落ち着けます。それに創作料理の店なので、和より洋に近い料理もありますよ」

真幌もあっという間に彼女を「島岡さん」ではなく「芽衣さん」と呼ぶようになったが、それに揃えるように、悠介も彼女を名前で呼んだ。

「『扶持』……面白い名前ですね」芽衣が言った。「もしかして黒沢さんは、このお店にもお仕事で関わっていらっしゃるんですか」

芽衣の言葉に悠介が答える前に、真幌が先に頰笑んでいた。ご明察――そんな思いに、ひとりでに頰が緩んでしまったのだ。

「実はそうなんです」軽く頷きながら悠介が言った。「オーナー料理人の苗字《みようじ》が田淵《たぶち》と言いましてね、食い扶持の扶持と、田淵の淵の引っかけで『扶持』という店名に。単純でしょ？」

「いいお店ですね。よく考えられた造りだし、仕立てだし。この内装と雰囲気なら、ＢＧＭも、ジャズでもクラシックでも何でもいけそう」

言いながら、周囲をぐるっと見まわした芽衣を見て、悠介が軽く声を上げて笑った。

「うちの奥さんが言っていた通りだ。やっぱり芽衣さんは、経営や経営戦略に関心のあるかたなんですね。ふつうの女性と見ているところが違うようだ」

それは真幌も感じていた。簡単な挨拶《あいさつ》を済ませて食事をはじめても、折々芽衣の目は、パシャリ、パシャリとシャッターを切っているようなところがあった。落ち着きなくあたりをきょろきょろしているというのとは違う。そうではなくて瞬間瞬間なのだ。場面や状況、あるいは情報を、瞬時に切り取ろうとするような鋭さで、彼女は観察、記録しているようなところがあった。本人も、さほど意識してやっていることではないと思う。もはやそれが習慣になっているのだろう。

「ここ、坪数はそんなにありませんよね？　でも、個室風にしたり、随所に実際よりもゆったりと広い感じに見える工夫をしたり……それにカウンターがとてもいい」芽衣が言った。「色と材質でしょうか。カウンターに高級感と落ち着きがあるので、ここだと女性一人で来ても、もの怖《お》じすることなく自然にカウンター席に坐れますね」

「ね？」かたわらの悠介に顔を向けて、丸く頰笑みながら真幌は言った。「すごい観察力、洞察力でしょ？　芽衣さんって、こういう人なの」

「なるほど、真幌が惚れ込む訳だ」

白ワインを飲みながら、悠介が言った。

「あ、反対です」それに対して芽衣は言った。「私が真幌先生に惚れ込んだと言うか。――私の憧れなんです、真幌先生は」

容貌《ようぼう》もだが、素質的な知能や頭脳も、恐らく真幌よりも芽衣の方が上だ。そのことは、真幌も客観的に認識している。それだけに、芽衣から憧れなどと言われると、嬉しいと言うより面映かった。

「僕がこの人のことが好きなのは、運がいいということが一番かもしれないな」べつに冗談を言っているふうでもなく、ちらりと真幌に目を走らせてから悠介が言った。「それにこの人は中庸《ちゅうよう》なんですよ。ただし、中庸である自分と自分の役割を、きっちり把握するだけの能力がある。心理学で言うと、メタ認知能力ってことになるんでしょうかね。メタ認知能力の正確さ、それがこの人のすごさかもしれません」

メタ認知能力——自己認識能力だ。現時点、現況での自身のありようと能力、そして限界を見極める自己認識能力を指す。もう少し簡単に言うと、今の自分に考えられることと考えられないこと、知っていることと知らないこと、できることとできないことを、その時その時、正確に峻別《しゅんべつ》し判断する能力を言う。できないことは苦にしない。その能力を持った人間を探して相談すればいいし、活用すればいい。

「中庸……真幌先生が、ですか」

悠介の言葉がいくらか意外だったらしい。ややぼんやりとした顔と口調で芽衣が言った。

「ええ、そう。中庸。起業家には、傑出した能力だの突出した個性だのが必要とされるかもしれません。でも、どうでしょう？　カウンセラーにそれは必要ないとは思いませんか。そういう意味でも、この人は適職に就いた気がして」

「私は本当に運がいいの」若干の照れ臭さもあって、それを覆い隠すように真幌も言った。「ただ、好きな心理学、カウンセリングの勉強をしてきただけなのに、それで何とかなってしまって。彼が言うように、突出、傑出したものは何もないのよ」

「運がいい……それってすごいことです」芽衣は、ちょっと遠くを眺めやるような目をして言った。「だって、運だけはお金で買えないし、努力しても手に入れることができないものですから」

「そう」悠介も頷いた。「その通り。だから、それが僕がこの人を選んだ一番の理由」

「私の話はもういいから」――真幌が言おうとした時、作務衣《さむえ》風の出で立ちをした店の人間が、次の料理を運んできた。二十代の、どちらかと言うとかわいい造りの顔をした男性だった。

「真鯛のソテーをお持ちいたしました。本日は、アンキモを使ったソースになっております。それに香草やハーブといった香味野菜を添えております」

皿をそれぞれの前に置き、そう説明した彼に向かって、悠介が「ありがとう」と鷹揚《おうよう》な風情で応じた。彼はと言うと、悠介の言葉に一度にっこりと頬笑んでから、軽く頭を下げてそれに応えた。さわやかと言うより、和《なご》やかで柔らかく、人に好感を抱かせる種類の笑みだった。頬笑んだ後、ほんのかすかにだが眉を持ち上げるのが、どうやら彼の癖のようだ。顔立ちと相俟《あいま》って、そうしたちょっとした表情が、不思議な愛嬌《あいきょう》を醸し出している感じがした。

ふと前を見た。すると、芽衣がどこを見るともなく頬笑んでいた。そして芽衣は、頬笑んだ後、かすかに眉を持ち上げた。

（え？　あれ？……）

明確な言葉にはもちろん、かたちを成した思いにもなっていなかった。ただ、何となく、奇妙な感じを覚えたことは事実だった。なぜなら、芽衣のその笑みや表情は、まるで先刻の彼の笑みを反芻《はんすう》するかなぞってでもいるようだったからだ。ちょっとだけ大袈裟に言うならば、一瞬真幌の目には、芽衣の顔が彼の顔に見えたほどだった。だからこそ、思わず目と思いを惹きつけられたのだと思う。

ただし、その時一度きりだ。その後食事をしながら笑いを交えて話をしていても、芽衣がそんな顔をして笑うこともなければ、ほんのわずかにさえ眉を持ち上げてみせることもなかった。

（つまり、あの瞬間もパシャリといった。そういうこと？）

心理学的にも脳医学的にも、俗に〝感覚の写真機〟などと表される人間がいる。彼らは記憶するのではなく記録する。すなわち、意識的に覚えよう、記憶しようとするのではなく、自動的にシーンを記録する能力を備えているということだ。記録範囲も、〝一部〟ではなく〝全体〟という特徴を持っている。

基本的に人間は、自分のことにしか関心がない。成長すれば成長するほど、他人に関心を抱く時は、相手が自分に利益、不利益、いずれかをもたらす場合、つまりは自分にとって、良くも悪くも意味ある存在である場合に限られてくる。したがって、それ以外の人間には、驚くほど目が向いていない。自分の世界に一瞬紛れ込んできただけの他人がどういう服装をしていたか、そんなことはまず覚えていないのがふつうだ。ところが、そうではない人間もいる。

「四十代の男性で、ワイシャツはごく薄いピンク、それに青地に赤と黄色の柄のあるセリーヌのネクタイをしていました」「その人が着ていた黄色のTシャツには、黒字のアルファベットの文字と赤いハートのプリントがありました」……たとえ行きずりに等しい相手であれ、ネクタイやシャツの柄に至るまで詳細に記憶しているのが〝感覚の写真機〟と呼ばれる人間たちだ。彼らは脳のメモリーカードに保存されている画像を、必要に応じて読みだすことができるのだ。

ほんの少し前まで、芽衣の場合は観察する習慣がいつしか身についたのだろうと真幌は思っていたが、そうではなくて、彼女はその種の人間なのかもしれなかった。

（この人は、やっぱり私とは違う……）

いい意味においてのことだ。が、改めて真幌は認識する思いだった。加えて芽衣は、まだ三十一歳と真幌よりも七つも若い。

これからの人――真幌には、芽衣がこの先どんな大きな城を築いていくことも可能な存在のように感じられて、少しだけ彼女が眩《まぶ》しかった。

4

芽衣と西新宿で別れると、そのまま悠介と夫婦二人、「黒沢」とネームプレートがでているマンションの部屋に帰った。場所は代々木上原《うえはら》だ。真幌の事務所は代々木だし、スタジオやフリーオフィスは西新宿だ。一方、悠介の今現在の拠点は原宿《はらじゆく》だ。だから、住まいはずばり代々木でも、あるいは山手線沿線の原宿でも恵比寿《えびす》でも、どこでもいいと言えばどこでもよかった。その方が便利でもある。だが、悠介と真幌は、あえて路線を私鉄に変えて、小田急《おだきゆう》線の代々木上原に住まいを探した。距離的には近くても、仕事と家庭の間にワンクッション置いて、線引きを図りたいという意識が働いたのだと思う。

代々木上原は、高級住宅地と言われている。たしかに雰囲気のある洋館もあるが、成城《せいじよう》や田園調布《でんえんちょうふ》、あるいは白金《しろかね》あたりに見られるようなゴージャスな感じはない。どちらかと言うとこぢんまりとした昔ながらの住宅地だ。細い坂、入り組んだ路地、私鉄沿線ならではといった感じの商店街……すぐ隣が大都会新宿だということを忘れてしまうような、懐かしい匂いのする生活感か生活臭のようなものが残っている。

もうひとつ、真幌が気に入っているのは駅の路線図だった。駅で路線図を眺めると、小田原、江ノ島、箱根……といった神奈川のリゾート地の駅名が目にはいる。気持ちの問題だ。が、仕事で疲れた時など、「ああ、このまま電車に乗って、箱根にでも行こうかな」と思っただけで、疲れが半分ぐらい解消された気分になる。ＪＲや東京メトロが、どこの駅で降りても同じ風情になってしまっただけに、私鉄沿線はまだそれぞれに個性が残っていて悪くなかった。

「彼女、どうだった？」

部屋に戻り、冷蔵庫からだした冷茶をグラスに注ぎながら、後ろ姿で真幌は悠介に尋ねた。

「彼女を表わす言葉を探すのに、何だか苦労するようだよ。君が言っていた通りの人だ。見た目も雰囲気もスペシャルだね。とにかくとびきりの美人だし、おまけに感性、観察眼ともに鋭くて頭がいい。話していてわかるよ。あれは優秀な人材だ」

「でしょ？」

振り向いて、真幌は悠介に頬笑みかけた。自然と満足げな笑みになっていた。

「頭の回転も相当速そうだな。あの程度の規模のスタジオのマネジメントなら、彼女は数ヵ月もあれば完璧に飲み込んでしまうんじゃないか」

同感だった。つき合うなら、有名な人間ではなく優秀な人間——芽衣と接していると、そんな教訓をしばしば実感する思いになる。

「芽衣さんがスタッフに加わってから、スタジオが活気づいたって美音子さんが。ああ、もちろん、いい意味でよ」

ショップを併設しているものの、基本的にＱｕａｏ'ｓは、リラクゼーションスペースだ。活気づくにしても、ハイテンションなムードになるのはあまり好ましくない。芽衣がスタジオにもたらしたのは、そういう種類の活気ではなく、落ち着きがあって、洗練された匂いのする活気であり華やぎだった。まずはいい感じでスタッフのモチベーションが上がり、次いで顧客の滞在時間が長くなった。美音子の話によると、ショップの売り上げも伸びているらしい。

「ショップの売り上げはともかくとして、顧客の滞在時間が長くなったというのは喜ばしい材料だと思って」真幌は言った。「それはＱｕａｏ'ｓが、より居心地のいいスペースになったということの証だろうと思うから」

「わかる気がするよ。うーん、何だろうな」冷茶のグラスを口に運びながら、少し考えるように悠介が言った。「あの不思議な磁力と吸引力。無欠感とでも言ったらいいのかな、彼女には独特のオーラがあるね」

「そうなの。芽衣さんって、まるでぴかっと光っているみたいでしょ？　あれは真似しようと思っても真似できない。ああいうのを天然のオーラと言うのかしら」

「天然——そんな感じはするけど、どこかであの種の人を見たような気もして……」

「え？　どういうこと？　私は芽衣さんに会った時、何だかこの世で初めて出逢うような人だと思ったけど」

「それは君の言う通りだし、芽衣さんには、間違いなく今晩初めて会った。なのに、どこかで会ったことがあるような気がするとでも言うか」

真幌は冷茶のグラスを手にしたまま小首を傾《かし》げた。

「ひょっとして、前にどこかでやった僕の起業セミナーに、参加していたことがあったとか」自分で言っておきながら、悠介はすぐさまいかにもぴんとこないといった様子で首を捻《ひね》った。「まさかな。あれだけの人だ。もしも参加していたら、たとえ大きな会場の隅っこにいたとしても、自然と目につく。記憶に残っていないはずがない」

「そうよ。カサブランカの大きな花束みたいな人だもの。しかもベルベットのリボンのついた。いやでも目立つし、記憶力のいいあなたが、彼女を覚えていないはずがないわ」

「……じゃあ、芸能人かな」自ら答えを弾きだそうとするみたいに悠介が言った。「売れている芸能人が持ってるオーラに似ているということかな。うん、きっとそうだ」

「なるほどね。それならわかる感じがする」

「そういえば真幌、君、一度トイレに立って帰ってきた時、何だか怪訝《けげん》そうな顔をしていなかったか」

そうだった。悠介に言われて真幌も思い出した。

トイレに行くため、カウンターの脇を通った時だった。真幌は、長い黒髪をした女性が、一人でカウンター席に坐っているのを見た。彼女は、真幌が部屋からでてくると、半分振り返るようにして、ちらりとこちらに視線を走らせた。痩《や》せぎすの三十前後の女性だった。光線の加減もあったかもしれないが、くすんだ顔色をした陰気な顔つきの女性に見えた。刹那《せつな》、こちらに向けられた眼差《まなざ》しも、底昏かった印象がある。

「こっちを見たのは一瞬だったし、私もちらっとしかその人の横顔を見てないのよ。だけど私、彼女に見覚えがあったのよね」

「見覚えが？　それで変な顔をしてたのか」

真幌がトイレから戻ってきた時、彼女は今度はちらりとも振り返らず、じっとこちらに背を向けたままだった。それでいて、その背中からは、不穏な空気とでも言えばいいのか、真幌を意識している気配のようなものが感じられた。何よりも、まっすぐの長い髪、骨ばった感じのする背中……真幌は彼女の後ろ姿にも、同じくたしかな見覚えがあった。

「絶対にどこかで会ったことがある人なのよ」心持ち顔を曇らせて真幌は言った。「なのにどこで会ったか、誰だったか……全然思い出せない。それに、今夜『扶持』に偶然居合わせたっていうのも、何だかちょっと引っかかって」

「僕が芽衣さんに抱いた感覚と真逆ってとこだな。僕は過去、現実には彼女に会っていない。でも、彼女に誰かと共通する匂いや雰囲気を感じた。真幌の場合は、過去にたしかに会っている。なのに思い出せない」

「うん、そうなのよ。その人も、彼女固有と言っていいような独特の雰囲気がある人なんだけど、どうしてだか思い出せないの」

「それこそ養成講座の受講生じゃないのか」

悠介の言葉に、真幌は黙って首を横に振った。

講師ももう五年になるから、これまで講師と受講生として接してきた人間の数も、相当数にのぼる。それでも自分が教えた生徒ならば、もう少し明確に記憶している。すぐにはわからなくても、じきに思い出す。ところが、その女性には、それがなかった。

「ランチをとるお店が一緒とか……そういう程度の接触だったのかも。きっとそんなところね」自分の思いにケリをつけるように真幌は言った。「それがたまたま思いがけないところで顔を合わせたものだから、奇妙な感じが残った――」

場と出で立ちが変わっただけで、相手を認識できなくなることがある。以前、代々木上原のベーカリーの主人と新宿の路上でばったり行き合って、しばしきょとんとなったことがある。たしかに知っている人なのに、なぜか誰だかわからない。ベーカリーの主人がいつもの白衣と帽子ではなく、礼服に近い背広を着込んでいたからだ。後になってわかってみれば、笑い話だった。

「まあ、たぶんそんなところだろうな」

軽く頷きながら悠介も言った。

悠介と芽衣の顔合わせも無事済んだ。悠介の芽衣に対する印象や評価も、真幌とほぼ同じだった。何もかもうまくいっているのだから、記憶の端っこにちょっと引っかかっているだけの女性のことを、そんなに気にする必要はないし、実際どうでもいいことに違いなかった。

「そうそう」思い出したように悠介が言った。「食事をしている時、僕は芽衣さんに真幌のことを中庸と言ったけど、あれはべつに腐《くさ》した訳じゃない。誤解しないでくれよ」

「わかっているわ」

真幌はやんわりと頰笑みながら頷いた。

「中庸を凡庸《ぼんよう》と取り違える人間がいるから、言葉というのは難しい。真幌の場合は、中庸の美、中庸の徳だ。そこに至れる人間はそんなにいない」

「今夜、その点でも私と芽衣さんはもともと種類が異なる人間だということを、改めて認識する思いだったわ。彼女は何と言うか……特別よ。やっぱりカリスマっぽい匂いがあるし」

「芽衣さんが中庸の美や中庸の徳を望んでも、そうそうたやすく得られるものじゃない。逆に真幌がカリスマ性を望んでも、同じくたやすく得られるものじゃない。先のことはわからないけど、個性や素質が異なるだけに、今のところはいい組み合わせかもしれないね」

「今のところは」と、悠介が条件をつけた意味も、真幌にはよく理解できた。真幌の方が歳上だし、社会的なポジションやキャリアも上だ。だから今は、芽衣も自分が真幌の下にあることに甘んじていられる。真幌は自分の憧れだとさえ口にする。けれども、きっと芽衣は、あっという間に成長していくだろう。彼女はそれだけのポテンシャルを秘めている。二年後か三年後か、それがいつかはわからない。が、いずれは真幌の下にあることに甘んじられなくなる日が来るだろうし、芽衣は彼女なりの高みを目指して巣立っていくに違いない。それは真幌も心しておかねばならなかった。

(もともとが、うちのスタジオのスタッフなんかに来てもらえるような人じゃないもの、芽衣さんは)

これもまた、「今のところは」という条件つきだ。が、やはり真幌は恵まれているしツイている。かたわらには悠介という強い味方がついていてくれるし、下には芽衣が来てくれた。当初は大海の小舟だった船の航海も、今は顧客もクルーも充実して、順風満帆《まんぱん》と言っていいだろう。

(順風満帆……好事《こうじ》魔多し？……)

好事魔多し——先日電話で話をした時、実家の父親の晴明《はるあき》が、真幌に言った言葉だった。

「何もかも順調にいっているようで何よりだ。でも、まあそういう時ほど慎重にならないと」晴明は言った。「好事魔多し、だ。自分の器と足もとに、常にしっかり目を据えていないと」

電話で言われた時も、何だか頭のなかにネガティヴな材料を持ち込まれたようでいやな気がした。晴明の言葉を思い出した今にしても同じだ。真幌は無意識のうちに、その言葉と観念を自分の意識から払いのけようとするみたいに、首を左右に振っていた。

「ん？　どうした？」

悠介に問われて、不意に我に返った思いがした。

「あ、何でもない」いつものように頰笑んで真幌は言った。「ちょっとお風呂見てくるね。もう沸いたんじゃないかしら」

好事魔多し、それも事実だろう。でも、私の場合は、目下《もっか》問題なくまわっているし前に向かって進んでいる――ふと心にさした翳《かげ》に、気持ちの折り合いをつけようとでもするかのように、真幌は頭で考えていた。

43

第二章　光る翳《かげ》

1

　七月になった。東京に、また過酷なまでに暑くて厳しい夏がやってきた。近頃の夏は、暑いと言うより目や肌に痛い。晴れている日はもちろんのこと、曇っていても湿気に満ちた熱気が街に充満して息苦しい。北海道出身の真幌としては、この蒸し暑さには辟易《へきえき》する。が、こんな夏にも慣れてもきた。上京したのが大学進学の時だから、十九年と十九年、北海道で過ごした時間と東京で過ごした時間とが、ほぼ半分半分になりつつある。

　真幌――珍しいと言っていい名前だろう。が、周囲の人間たちも、真幌が北海道札幌市の出身だと知ると、腑《ふ》に落ちたように納得する。たしかに、札幌で生まれていなかったら、真幌という名前はつけられていなかったかもしれない。しかし、両親の思いはまたべつのところにあったようだ。

　古語になるが、「まほろば」という言葉がある。大和国《やまとのくに》を表わす語であり、「このうえなくすばらしいところ」という意味を表わす言葉だ。「まほろば」の「ば」は、文字通り場所の「場」

だが、上についている「ま」と「ほ」と「ろ」は、すべて「よい」「すばらしい」という意味を持つ接頭語だ。したがって、真幌という名は、よい意味しか持たない名前ということになる。他人に自分の名前の由来を語るのはいささか気恥ずかしいが、真幌は自分の名前が気に入っている。真幌という名前が、自分に幸運をもたらしてくれているようにさえ思えることがある。事実、そうなのかもしれない。

真幌は小田急線を代々木上原から二駅下った下北沢《しもきたざわ》駅で降りた。暑くて厳しい東京の夏にも慣れてきたとはいうものの、晴れた七月の日曜の真っ昼間だ。駅構内から外にでると、強い陽射しが頭の上から降り注いでくるようで、やはり日傘をささずにはいられなかった。今日は、フリーオフィスQの方を、小松礼文とともに中心になって切り盛りしてくれている藤井多穂と、二人でランチをとる約束をしていた。特別な用事はない。ちょっとしたコミュニケーションのためのランチだ。多穂は井《い》の頭《かしら》線の久我山《くがやま》駅の近くに住んでいる。だから、下北沢は、休日落ち合うのには互いに都合のいい場所だった。

多穂も礼文も、ともにカウンセラーの有資格者だ。礼文は男性だけに、カウンセラーになるかどうかはべつとして、いつまでも真幌のところにいてくれるということはないだろう。一方多穂は、真幌の勝手な見込みに過ぎないが、長く勤めてくれるのではないかと思っている。多穂は優秀なのに慎みがあり、性格はいたって温和だ。貴重な人材と言っていい。フリーオフィスの方は礼文と多穂がいてくれるから、目下安定しているし、しばらく何の心配もないだろう。スタジオにしても然《しか》りだ。しっかり者のマネージャー、遠野美音子がいるうえに、今度は島岡芽衣が加わった。美音子と芽衣、二人の相性だけが真幌の不安材料だったが、そこはさすがに頭のいい女性同士、互いに相手の気持ちや場の空気を読み合って、どうやらうまくやってくれているようだった。

悠介は真幌の人徳のように言ってくれたが、実のところ、人との出逢いは難しい。本人には何の問題もないのに、どうにもめぐり合わせが悪くて、いつも思う相手に出逢えない人間もいる。反対に、ここぞという時、これぞという人間との出逢いに恵まれる人間もいる。真幌がそれだ。人との出逢いには、たぶん運も大きく作用している。もちろん、その力ばかりではないだろうが、真幌という名前も、人との出逢いを引き寄せてくれているような気がする。半分は、おまじないか迷信みたいなものだ。「ま」も「ほ」も「ろ」も、みんな「よい」という意味を持つプラスの磁石――。

肌に突き刺さるような鋭い陽射しから逃れるように、真幌は慌《あわ》ただしげに日傘を畳《たた》んで、多穂と待ち合わせをしているトラットリアに飛び込んだ。前にも二度ほど多穂とランチをともにしたことのある店だ。カフェテリアに毛の生えたようなトラットリアで、ドルチェにコーヒーだけという客もいれば、グラスワインにハーフピッツァという客もいる。下北沢という土地柄か、気取りはないのにくつろげて、何を食べても合格点という便利な店だ。

なかにはいると、先にやってきていた多穂が椅子《いす》から半分腰を上げ、真幌に軽く頭を下げた。ほかのテーブルも、すでに客で埋まっていた。

「やっぱり日曜の下北沢ね。しかもこのお天気……込んでるわね」店内を見まわし、椅子に腰を下ろしながら真幌は言った。「ありがとう。多穂さんが先に来てくれてなかったら、坐れなかったところだわ」

「何だか込んでいそうな気がして、ちょっと早めに来ていたんです」

瞳にほのかな笑みの色を覗かせて多穂が言った。多穂は、表情も口調も声の大きさも……常に感情過多になることがなく、春の凪《な》いだ海か湖のような穏やかさを感じさせる女性だ。

「さすが多穂さん。気遣いが細かい」

真幌は言った。

「でも、何も注文しないで坐っているのも憚《はばか》られて……」言いながら、多穂は目でテーブルの上のグラスを指し示した。「アペリティフにカンパリソーダをいただいてました」

「あ、それもいい選択」

思わず真幌は顔を綻《ほころ》ばせた。これもまた、多穂ならではの気遣いと言っていいだろう。店側のことや自分のことを考えてという側面もあったかもしれないが、多穂が窮屈な思いをして席を確保してくれていたとなれば、真幌だって心苦しく思う。真幌にそういう思いをさせまいという大人の心配りだ。多穂は優等生だが、堅苦しさがない。それも多穂の大きな美点だ。

「月曜に職場復帰したメビウス通信の安永玲美《やすながれみ》さんですが、金曜までの五日間、定時から定時まで、無事出社することができたそうです。昨日、本人からもメールがはいっていました」

「そう。それはよかった」

「まあ当面は、小宮山《こみやま》先生のところに通って薬をもらいながら、ということになるでしょうが」

多穂の言葉に、真幌は小さく続けて二度頷いた。

小宮山隆《たかし》――真幌が契約している精神科医だ。カウンセラーは医者ではないから、カウンセリングはできても、ずばり病気の治療や薬の処方はできない。ペイシェントの状態によっては、神経科の医者を紹介したり精神科の受診を勧めたり……それもカウンセラーの重要な仕事のひとつだ。

安永玲美は、メビウス通信の五反田コールセンターに勤務している。インターネットの設定と接続、及び、それらの作業に伴うトラブルの電話対応が、彼女の主な仕事だ。電話回線を通してではあるが、顧客を相手とする接客業だし、電話だけにこちらの意図がうまく先方に伝わらない、こちらも先方の状況をもうひとつ具体的に把握しかねるというストレスがある。ある時期から、何となく気持ちが塞《ふさ》ぐ日が続いていたようだが、その気鬱感《きうつかん》がだんだん重くなってきた。やがて会社に出るにも大変な努力が要《い》るようになり、徐々に欠勤が目立つようになっていった。

「朝、服を着替える以前に、どの服を着るかを考えること自体が億劫《おっくう》で」「街で何かの曲や音楽を耳にしただけで、逃げだしたくなったりするんです」「世界に全然色が感じられないと言うか」……最初、真幌がカウンセリングをした時、玲美はそんな症状を訴えていた。典型的なうつの初期症状だ。その時の話の印象では、仕事のストレスとオーバーワークからくるうつ症状という感じを受けた。

が、重ねてカウンセリングをするうちに、問題の根はべつのところにあることがわかってきた。インターネットサポートということから、コールセンターは二十四時間体制だ。したがって、玲美も看護師と同じく、シフトによっては夜から朝にかけての勤務になる。聞けば玲美はこの一、二年、とにかく寝つきが悪くて、夜勤明けの休みの日でも、熟睡できた記憶がないと言う。三日で十時間程度の睡眠が、すでに常態になりつつあるようだった。真幌は、玲美のうつ症状は、睡眠障害を中心としたサーカディアン・リズムの乱れからきていると判断するに至った。サーカディアン・リズム——生体としての人間の二十四時間の活動と休息リズムだ。真幌は玲美に、小宮山のところを受診させることにした。結果、小宮山が下した病名も睡眠障害だったし、睡眠確保が急務との判断から、彼は玲美に入眠剤と睡眠薬を処方した。薬によって睡眠を確保できるようになったことで、玲美の心的状況は徐々に変化しはじめた。この頃では、目にする世界にも、ようやく色が戻ってきた感じがすると言う。

「さ、とにかくおひるにしましょうよ」

真幌はパスタのランチコースと白のグラスワインを頼んだ。多穂も同じものにした。こうしてわざわざ休日に会う機会と時間を設けるのは、職場という箱のなかだけでは汲《く》み取りきれない何かを汲み取るためだが、いざ実際に顔を合わせると、結局話はどうしても仕事のことになる。それでも、外で会わないよりは会った方がいい。言わば互いの行間を埋める作業だ。人間関係というのには、いつだって無駄が必要とされる。

「時々帰りにスタジオの方にも寄ってみたりしているんですけど、芽衣さんが来てから、何だかずいぶん雰囲気が変わりましたね」

サーモンのサラダをフォークで口に運びながら多穂が言った。

「変わった……でしょうね。で、多穂さんは、どんなふうに変わった感じがした？」

「そうですね。スタッフみんなが、いきなり垢《あか》抜けてきた感じで。スタイリッシュになったというところでしょうか。それは、来ているお客さんについても言えるかもしれません」

さもありなん――そんな思いで、真幌はゆったりと頷いた。芽衣のファッションやメイクのセンスは抜群だ。女ならば誰だって、そばにいれば目を惹かれる。真似もしたくなれば、自然と感化もされるだろう。

「ショップの売り上げ、伸びているんじゃありません？」

多穂の問いに、真幌はパスタの具の小海老を咀嚼《そしゃく》しながら、目顔でこくりと頷いた。今日のパスタはトマトソースだ。

「やっぱり」

「みたい、というところよ。美音子さんの話だとそんな感じ」

「芽衣さんの営業って言うか、アドバイス、さり気ないけどすごく効くんですよ。たとえば、お客さんの服の襟やスカーフの方向なんか、すっと直してあげるんですけど、それでびっくりするぐらいに感じが変わって。小物にしても、バレッタひとつ、ブローチひとつの使い方って感じなんですけど、あれはもうほとんどマジック」

「マジックはよかったわね」

スタジオには、芽衣の「ジュリエット渋谷」時代を知っている女性客も来ているらしく、一部の女性の間では、芽衣はちょっとした大人のアイドルと言ったところらしい。

「さすがに有名ブティックの元カリスマ店員と言うべきか、麻綾《まあや》ちゃん――水谷《みずたに》さんなんて、もう完全に夢中みたいですよ」

水谷麻綾、聖都女子大二年生。丸みのあるおでこがかわいいスタジオのアルバイトスタッフだ。ほかに大学生のアルバイトスタッフには、内野《うちの》ユリという娘がいる。

「変わりましたよ、彼女。メイクも前とは全然違いますし、アクセサリーや小物なんかも芽衣さんに倣《なら》って、ショップのものを上手に使っています。美音子さんも言っていました。『芽衣さん、芽衣さん』って、大変な懐《なつ》きようだって」

まだ二十歳だ。性格的にも幾分子供で、麻綾は憧れの存在を必要とする域を脱していない。麻綾の天真爛漫《てんしんらんまん》と言った感じの顔立ちと明るい表情が思い出されて、真幌は笑みを誘われた。

「いずれにしても、すごい人ですね、芽衣さんというのは」

「そうね。多穂さんや美音子さんとはまた違った意味でのすごさのある人かもしれないわね。ああいうタイプの人とは、私も初めて会ったわ。タイプというのともまたちょっと違うのよね」

「初めて……たしかに私も初めて目にするような人です。あれがカリスマ性ってものなんでしょうか。何と言うか、スッカラカンとした凄味《すごみ》のある魅力で」

スッカラカン――多穂の言わんとするところがちょっと見えない感じになって、真幌は言葉の意味を問うように、心持ち目を見開いて多穂を見た。

「あ、ごめんなさい。うまく言えないんですけど、実のところ私、芽衣さんの内面がよく読めないんです。べつに読む必要もないんですけど、これもカウンセラー意識からでしょうか。何よりも芽衣さん、黒くてとても深い瞳をしているので、私もついついその瞳の奥底を覗き込もうとしてしまうんです。そのうちに、何だか芽衣さんの瞳に引き込まれそうな感じになってきて……。あれがカリスマと言われる人特有の吸引力なのかななんて、私なりに思ったものですから」

「引き込まれそう……多穂さんも彼女の信奉者の一人になりつつあるかも、ってこと?」

「あ、いいえ」多穂は慌てたように顔を左右に動かした。「そうじゃなくて。そういうことではなくて――」

そこで多穂は、一度言葉を途切らせた。多穂にしては珍しくはっきりしない言いように、真幌は屈託のようなものを感じた。どう重ねて問えばいいものか……考えているうちに、先に多穂が言葉を接《つ》いだ。

「改めて、真幌先生はすごいなあなんて、そんな気持ちになったりして」

「え? すごい? 私が?」

自分から口を開いてくれたものの、逆に話が迷路にはいり込んだ感じがして、真幌はいささか戸惑《とまど》った。

「真幌先生の教えもあって、私はこれまでずっと、自分自身の存在やありようを肯定する代わりに、相手を見下したり軽んじたりしないし、反対に相手を偶像化したり羨《うらや》んだり……まして嫉妬したりすることのないように心がけてきました」

ナイフとフォークをテーブルに置き、食事をいっとき中断するような感じで、真幌は多穂の言葉に耳を傾けた。

「でも、芽衣さんを見ていると、本人の能力だとか努力だとか意志だとか……そういうものとはまたべつに、存在そのものにパワーのある人っているんだなあと、つくづくと思い知らされるような心地になって……何て言うか、正直、少しばかりへこみました」

「へこんだ――」

「美音子さんも同じようなことを言ってましたけれど」

「え？　美音子さんが？　何て？」

「『無理。張り合っても無駄』って。芽衣さん、やっぱり存在そのものが特別なんだと思います。どうあれあの人には敵《かな》いません」

「そういう部分はあるかもしれない。だけど、美音子さんにも多穂さんにも、それぞれ芽衣さんにはない能力やすばらしさがある訳で――」

「頭ではわかっているんです」

真幌の言葉を遮るようにして多穂が言った。これもまた、多穂としては珍しいことだった。

「わかっているのに、見ていてやっぱり自然とへこんでしまう。何だかそんな自分にがっかりしてしまって。もしも自分が芽衣さんに嫉妬しているんだとしたら最悪だな、なんて。だから、真幌先生はすごいなあと」

「そこがよくわからないの。私がすごいって、どういう意味で？」

「まったく感情を揺さぶられることなく、芽衣さんのような人を受け入れられるし、自分のスタッフとして使えるからです」

「……………」

ようやく真幌にも多穂の言いたいことが飲み込めた。だが、何と返していいか、すぐには思いつかなかった。

「ごめんなさい。私、つまらないことを言いました」

いつもの顔に戻って多穂が言った。目にほのかな笑みの色がある穏やかな顔だ。

「芽衣さんという人が、特異と言っていいぐらいに図抜《ずぬ》けた存在なので、きっと私、動揺したんだと思います。何だか存在自体が眩しいようで。芽衣さん、柔らかく頬笑んでいても、内側から圧倒的な自信やエネルギーが滲みだしているように感じられて。……駄目ですね、こんなことでは一人前のカウンセラーになれない」

「ううん、そんなことない」真幌は真顔で首を横に振った。「私よりも多穂さんの方が、人間として感情的に豊かなのよ。私は……そうね、たぶん経営者の目で芽衣さんを見てた。その分ビジネスライクになっていて、感情が稀薄になっていたような気がする。もちろん、私だって誰かに嫉妬することはあるわ。嫉妬からフリーの人間なんてどこにもいない」

多穂の気持ちを支え保つために言ったことではない。本心だった。そればかりでなく、真幌は多穂から思いがけず重要な命題を突きつけられた思いがしていたし、ともすれば、その命題に沈み込んでいきそうになる自分を感じていた。そのことに、真幌は少し慌てていた。

「さ、食べましょう」内側の狼狽《ろうばい》を隠そうとするように、真幌は意識的に明るい笑みを顔に浮かべて言った。「ランチにデザートはついていないから、後でジェラートか何か、冷たいものを頼みましょうか。ホットコーヒーにプチケーキというのも悪くないけど」

真幌の言葉に、多穂も持ち前の柔和な笑みを浮かべて頷いた。

今日、多穂さんとランチをとる約束をしていてよかった――真幌は思った。無駄どころか、今回は大いに意味があった。無駄は無駄のようでいて、その実、いつも無駄でない。

芽衣が加わったことで、真幌がこれまで大事にしてきたスタッフたちの心に、微妙な波紋が広がっている。今日、そのことだけははっきりとわかった。

(多穂さんだけじゃない。美音子さんまでが動揺してる)

もともと江戸っ子ということもあって、美音子はさっぱりとした気性で、いい意味で男性的だ。マネジメント能力も高い。仮にスタジオでちょっとしたハプニングが起きても、悠然かつ的確に交通整理をして、何事もなかったかのように収めてしまう。そういう女性だ。だからこそ、真幌も安心して美音子にスタジオを任せている。

(その美音子さんが、『無理。張り合っても無駄』と言って脱力した)

芽衣がスタッフとして加わった後も、美音子は真幌の前ではこれまでと寸分変わらぬ落ち着いた様子を見せていた。が、その内側ではさざ波が起きていた。心模様は穏やかではなかったということだ。

(美音子さんの心を揺さぶり、脱力させるって……)

美音子と芽衣、二人の顔が脳裏に浮かび、真幌の瞳に朧《おぼろ》な雲が流れた。

(それも芽衣さんの眩しすぎるような存在感ゆえのこと?)

何かもうひとつ納得いかない思いが残ったが、それ以外に答えが見出《みいだ》せなかった。ただし、もちろん芽衣が悪い訳ではない。多穂の言葉を借りるなら、芽衣が特異と言っていいほどに図抜けた存在であるということだ。多穂も美音子も、理性ではそれをきちんと理解していて、多少感情を揺さぶられながらも、自分の足場を失ってはいない。彼女らは、芽衣の存在のみならず、自らの感情をもきっちりと受けとめた上で、粛々《しゆくしゆく》と自分の仕事を進めていこうという方向で動いている。問題という問題は起きていない。それどころか、このことが、今後よりよい方向に作用していく可能性だってある。

そう思いながらも、真幌の心は、今日の夏空のような完全な晴れという訳にはいかなかった。明らかな雲は見えないのに、何とはなしに翳がさしている感じが拭えない。

(芽衣さんがすばらしすぎる……)

真幌の脳裏を、これが「好事魔多し」ということなのだろうかという思いがかすめていった。

季節が初夏へと明らかに移り変わったのを感じたあの朝だ。清浄な光が降り注ぎ、身も心も感覚も、清々《すがすが》しいことこのうえなかったというのに、真幌は自分の背後ではらりと何かが舞い落ちた気配を感じた。が、振り返っていくら探してみても、何も床の上に見出すことはできなかった。真幌はあの時、咽喉に魚の小骨が刺さったような違和感を覚えながらも黙殺した。ああいう感触に目を背《そむ》けてはいけないのかもしれない——皿に残ったパスタをフォークで巻き取りながら、真幌はぼんやりと思っていた。

2

多穂とは、ランチの後、同じ店で熱いコーヒーを飲みながら、パイ皮にジェラートが挟んであるドルチェを食べ、さらに小一時間ほど話をした。甘味と酸味のバランスのとれたクランベリーソースがかかったドルチェだった。したがって、三時間までにはならないが、それに近い時間をともに過ごしたことになる。

有意義で、それでいて、適度に穏やかなくつろぎのある時間だった。多穂と過ごしていて、これまで真幌は、退屈な思いや不愉快な思いをしたことが一度もない。だから、実際のところは仕事の延長とは言うものの、真幌にとって多穂との時間は、常に好ましく心地よい時間だった。

今回もそのことに変わりはなかった。それでいて、多穂と別れて代々木上原のマンションに帰ってきても、どことなく翳った真幌の気持ちが完全に晴れることはなかった。

性格ではない。六、七割は、これまで学んできたことの実践であり、習慣のようなものだ。が、真幌は、ものごとであれ人間であれ状況であれ、何でも一度は客観的に受けとめたのち、そこにあるプラスの可能性なり好材料なり、さもなくば長所なり美点なりを見出すように心がけてきた。いつしかそれが身についたと言うべきか、今ではべつに意識しなくても、自然とそういうものの見方をしているし、そういう思考経路になっている。これまでは、それで充分うまくいっていたものだから、真幌も疑問を覚えることなくやってきた。が、真幌は今日、多穂と話していて、いつの間にか自分が習慣というマンネリズムにはまり込んでしまって、やや視野狭窄《きょうさく》になっているのではないかという危機感を覚えた。それが真幌が多穂から突きつけられたように感じた命題だった。

ひとつには、たぶんちょっと忙しすぎるのだ。生き残りを懸《か》けてのことだから止むを得ないが、身のほど以上に手を広げすぎたかもしれない。それがゆえに、余裕を持った視野の広いものの見方ができなくなっていた。でなければ、芽衣という特殊な存在が周囲にどういう影響を及ぼすか、事前に真幌はもっと想像力を働かせていたはずだ。

「真幌先生はすごいなあと……」——多穂は言った。人から皮肉やおもねり抜きで褒《ほ》められれば、誰でも悪い気はしない。けれども、さすがに今日は、真幌もそれを素直に喜ぶことができなかった。もちろん、多穂が皮肉を込めて言ったのではないことぐらい、真幌にだってわかっている。多穂はそういう人間でもない。でも、真幌は、その言葉以上に、多穂が真に言いたいことがよくわかった。

多穂はそこまで言葉を進めなかったが、多穂や美音子からするならば、真幌は自分たちが経験や努力といったものを積んでいけば、いずれ到達できるかもしれない位置にいる人間だということだ。だから、目標という意味合いも含めて、憧憬《しょうけい》や尊敬の対象になり得る。一方、芽衣は、見るからに、生まれながらにして多くのものを与えられていると感じられる種類の人間だ。ああなりたいと思ってなれるものでもない。だから、そんな思いは抱きたくないと自分の気持ちに歯止めをかけても、どうしても芽衣に羨望《せんぼう》や嫉妬の念を抱いてしまう。憧憬や尊敬ではなく、羨望や嫉妬だ。正に対して負の感情。

つまり、多穂や美音子、そして真幌は、ある意味同じ種類の人間だが、芽衣はそうではないということだ。多穂は、真幌は自分たちと同じ種類の人間のはずなのに、芽衣に羨望や嫉妬の念をまったく抱いていないことを、「すごい」という言葉で表現したのだ。きっとあまり露骨な言葉は使いたくなかったのだろうし、そう言うよりほか、多穂にも適当な言葉が見つけられなかったのだろう。

なぜ嫉妬を抱かないのか――ひとつには、真幌がすでに産業カウンセラーとしてのポジションを確保しているということがある。だから、芽衣がいかに大きなポテンシャルを秘めた人間であっても、社会的な立場は真幌が上だ。意識している訳ではないが、気持ちの上で余裕がある。

もうひとつには、なるべく相手の長所や美点に目を向けていこうという身についた習慣も大きい。カウンセリングにやってくるのは、家庭問題、職場での人間関係……具体的な問題を抱えている人間も少なくないが、最近では、本人も理解しかねる不調を訴える人間がふえてきている。目には見えない心の病の領域だ。すでに病の域まで達している人間もいれば、発症手前の人間もいる。真幌は彼らと接すると、まずは人間としての、あるいは働き手としての彼らの長所や得意分野に目を向けるように努めている。それでももし〝これ〟という得意分野があるようなら、できるだけそこを活性化させて、本来のペースと自信を取り戻させていく方法をとっている。

掘り起こすようにして問題点を見つけ、その問題点を解決することがカウンセラーの仕事という時代もたしかにあった。だが、今は、時間をかけて闇のなかから問題点を炙《あぶ》りだし、それを取り除いていく努力をするよりも、行動と習慣を変えていくことで、結果として心の健全化を図る時代になっている。

たとえば、部屋が片づけられない女性がいるとする。どうして片づけられないのかという原因の究明をするよりも、朝決まった時刻に起きられるのなら、毎朝最低ひと袋のゴミだけは捨てることを当面の行動目標にさせる。最初はコンビニの小さなレジ袋ひとつで構わない。まずはゴミが部屋から減っていく清々しさを感覚的に実感してもらい、同時にゴミを捨てるという行動の習慣づけを図る訳だ。それができるようになったら、次は若干ハードルが高めの行動目標を設定する。そうやって徐々にハードルを上げていき、最終的には、きちんとゴミ捨てをすることと片づけをする習慣を身につけてもらう。

芽衣はペイシェントではない。なのに真幌は、芽衣に関しても、いつもの癖でつい長所や美点にばかり目を向けていた。

（お店で多穂さんに言った通りよ）

洗面所でメイクを落とし、顔を洗いながら真幌は思った。

（私は経営者の目で、芽衣さんのことを見てた。芽衣さんの優れた能力や資質に目を奪われてた）

それぐらい、芽衣が魅力的で食指の動く存在だったことは事実だ。が、真幌は単眼的に芽衣ばかりを見ていて、よそに目が向いていなかったし、全体のことを考えてもいなかった。多穂にも自分にも「経営者の目で」と言い訳しながら、それでは経営者失格だ。

「スッカラカンとした凄味のある魅力で」――多穂の言葉が思い出された。思えば悠介も、似たようなことを言っていた。彼はたしか、「無欠感」と言った。「無欠感とでも言ったらいいのかな、彼女には独特のオーラがあるね」と。

表現の違いこそあれ、悠介が言ったことと多穂が言ったこと、両者の中身はほとんど同じだ。無欠とまで感じさせるオーラを持った人間を加わらせることの影響を、あの時点で真幌は考えていて然るべきだった。

美音子も多穂も大人の女性だ。精神的に成熟しているし、社会人としての常識もきちんと備えている。そこは両者同じだが、当然、個性の違いはある。どちらかと言うと、多穂の方が、悠介の言う「中庸」という点で真幌に近い。中庸というのは、バランスでありバランス感覚でもある。多穂のように、穏やかに自身のバランスをとっているような人間にとって、自分よりも二つ三つ歳下で、突出した存在感を放ち、先行き恐ろしいような素質と能力を感じさせる人間は、やはり脅威かもしれない。自分の磁石を狂わされかねないからだ。磁石が狂えば、バランスも崩れる。

(私だって、自分が多穂さんと同じ立場で、いきなり芽衣さんのような人と隣に並ばされたら、心穏やかではいられなかったはずよ。慌てただろうし、たじろいだだろうし、きっと滅入《めい》った。なのに私ときたら、「芽衣さんって、まるでぴかっと光っているみたいでしょ」なんて、手放しで喜んでた)

悠介がいれば、いつも彼が褒めそやしてくれている「真幌のメタ認知能力の正確さ」とやらに翳りが生じたのではないかと、すぐにでも尋ねてみたいところだった。しかし、悠介は福岡に出張中で、週の半ばにならなければ帰ってこない。

(悠介さんって、いつも肝心な時には案外いなかったりするのよね)

思ってから、真幌はそれを打ち消そうとするように、唇を結んで表情を引き締めた。悠介に対する依存度が強まっている——それもカウンセラーとしては好ましくないことだった。孤独に打ち克《か》ち、自分ときっちり対峙《たいじ》するだけの精神的な強さがなかったら、人の心を扱うカウンセラーの仕事など勤まらない。

(駄目ね。多穂さんや美音子さんの気持ちを思ってブルーになってるんじゃない。今の私は自分に自信が持てなくなって、それでブルーになっている)

真幌は今度は唇を心持ちへの字に曲げた。自分のことより先に、多穂や美音子の心の揺れを思い遣《や》れていない自分に、罪悪感に近い幻滅感を覚えた。が、そんな思いを振りのけるように顔を上げ、意識的にいつもの表情を取り繕った。

(何かあった訳でもないのに、急に自己嫌悪に陥ってうじうじするなんて無意味)

自分に言い聞かせるように心で呟いて、とりあえずはシャワーを浴びることにした。それでまずはからだから先に気分転換だ。人間も、所詮《しょせん》は一動物にすぎない。からだの快不快は、当然心の快不快に直結している。それだけに、からだを心地よくさせることで、心がほぐれていくことも多い。

シャワーを浴び終わって浴室からでると、ようやく人心地ついたような感じになった。どうやらシャワーの効果はあったようだった。からだのみならず心までも、ずいぶんさっぱりした気がして、自然とほっと息が漏れた。顔にさしていた翳も一度は消えていたと思う。が、すぐにべつの思いが頭をもたげ、真幌は再びわずかに顔を曇らせた。

今度は、自身の問題ではなかった。店を出て、多穂と二人肩を並べて駅への道を歩いていた時、多穂が口にしたことが思い起こされたからだった。

「そういえば、スタジオに、これまで見かけなかったような奇妙な感じの女性が時々姿を見せるようになったって美音子さんが——」

「奇妙な感じの女性？」

「真幌先生のクライアント企業の女性社員ではないようです。気がつくと、ティールームの片隅で、ひとり静かにお茶を飲んだりしているみたいなんですけど、何か暗い感じのする、訳ありげな女性らしくて」

「暗い感じのする訳ありげな女性……」

「私も一度行き合わせたようなんですけれど、ほとんど入れ違いだったので、美音子さんに『今の人よ』と言われても、はっきりとした記憶がなくて。ただ、髪の長い痩せた女の人だったような印象はあるんですけど。美音子さんもそんなふうに言ってました」

真幌の脳裏に、「扶持」のカウンターで見かけた、痩せた女の後ろ姿が甦《よみがえ》っていた。

「三十ぐらいの人かしら」真幌は言った。「背丈はそこそこあるんだけど、何となく猫背といった感じがする——」

「あ、真幌先生、ご存じのかたなんですか」

「ううん」真幌は首を横に振った。「私も偶然ちらっと見かけただけ。ただ何となくその人かな、と思ったものだから」

「その人かも。歳も三十ぐらいみたいだし」

「その人、どういうふうに奇妙なのかしら。ただひとりぽつねんとお茶を飲んで、それで黙って帰るから？」

「美音子さんが言うには、何の目的でスタジオに来てるのかわからないって。スタジオに芽衣さんがいると、ちらちら芽衣さんの方を見ている様子もあるので、もしかすると芽衣さん目当てなのかもしれません。でも、直接芽衣さんに話しかけることはないし、芽衣さんの方も彼女に話しかけることはしていないみたいです」

「そう……」

根拠と言えるようなものは何もない。だが、真幌は、それが自分が「扶持」で見かけたあの女性であるような気がしていた。また聞きの恰好にはなるが、大雑把《おおざっぱ》な年齢、風体《ふうてい》も一致している。どこがどうと言うのではないが、彼女は独特の負の気配を強く発していた。あの女性だとするならば、美音子が奇妙な感じを抱いたというのも納得がいく。

あの時は、よもや彼女が芽衣を尾《つ》けて「扶持」にやってきていたとは、真幌もこれっぽっちも考えていなかった。そうではなくて、自分がマークされているような、いやな感じを肌に覚えた。それというのも、真幌もこの一年ほど、誰かに尾けられていると言えば少々言い過ぎになるが、時として肌に人の視線を感じることがあったからだ。「誰かに見られている」——が、幸いにして何も起こらなかったし、今もこれといって何事も起きていない。真幌は、芸能人でもなければ、テレビでコメンテーターを勤めている訳でもないから、不特定多数の人間に顔や名前を晒《さら》しているということはない。それでも、講座、講演、セミナー……人より多くの人間と、友部真幌として生身で接していることもまた事実だ。個人、あるいは一女性として考えた時、やはりある程度の注意と警戒感は必要だった。それよりも何よりも、真幌は「扶持」で見かけた女性に見覚えがあった。だから、当然のように、マークされているとすればそれは自分だと考えた。だが、スタジオに姿を現わしているとなると、話はまた違ってくる。

（はじめてあの女性を見たのは、いつ、どこでのことだったかしら……）

もしかすると、芽衣がカウンセラー養成講座に来ていた頃、さもなくば、ここにきて芽衣と再会してからだったかもしれない。だとすれば、どう考えても彼女がマークしているのは真幌ではなく芽衣ということになる。

直接マークされている訳ではない真幌でさえ見覚えがあったほどだ。恐らくスタジオだけのことではないだろう。彼女は相当執拗《しつよう》に、芽衣の周辺をうろつきまわっているのに違いない。

(迂闊《うかつ》だったな)

麻綾がたちまちに大ファンになったぐらいだ。芽衣に正のファンばかりでなく負のファン、つまりはストーカーがいたとしても不思議はない。

真幌は、シャワーの効果で一度は切り替わりかけていた気分と心が、再び小さくざわつきはじめているのを感じた。

(カウンセラーの仕事の基本は……人の話を聞くこと)

心に起きかけているさざ波を、理性の力で抑えようとするかのように、真幌は心で静かに自分に語りかけた。

(人の話を聞いて、その人に今何が起きているかを、できるだけ正確に把握すること)

今日の多穂との語らいにしてもそうだ。カウンセラーという立場で考えるならば、いい聴き取りができたし、それなりの成果もあった。何しろ、多穂の心境のみならず、美音子や麻綾の心模様、それにスタジオに起きている変化も知ることができた。これをプラスに転化させない法はないだろう。

多穂一人の話ではいけない。真幌は社会でカウンセラーとして活動している一人の経営者として、スタッフそれぞれの話を聞く必要がある。芽衣を含めたスタッフの話だ。恐らくはそれが今、真幌がなすべきことだった。

(手を広げすぎたなんていうのは自分に対するただの言い訳)

真幌は心で自分に向かって言った。

(カウンセラーと経営者、やりようによっては、決して両立できないことじゃないわ)

部屋に帰ってきた時と今と、現実的な状況に変わるところは何もない。マイナス要素もふえていない代わりに、プラス要素もふえていない。それでも自分の思いと視線が前に向きはじめたことに、真幌は安堵《あんど》に近い満足感を、わずかながら胸に覚えていた。

3

遠野美音子

芽衣さんですか。さすが真幌先生がリクルートしてきただけの人と言うべきか、彼女は存在するだけでスタジオのオーナメントですよ。もともときれいなかたですけど、服装やメイクのセンスも抜群だし。そのうえ、頭はいいわ勘どころはいいわ……何しろやることなすこと、すべてそつがありません。お客さんとの距離の詰め方なんて、もう絶妙。相手のふとした隙を突いてすっと寄っていく感じで。そうやって、あっという間に相手との距離を詰めてしまうんですよね。あれは見ていて溜息《ためいき》ものです。ほんと、芽衣さんが来てからというもの、私、溜息の連続かもしれません。あ、悪い意味での溜息じゃありませんよ。

芽衣さん、販売や経営のことにも詳しいんですよね。ですから、いろいろ相談に乗ってもらえる《け》ので、私としては心強いです。一番最初は……それはやっぱり……芽衣さんの輝きに気圧《けお》されるようで、何だか気後《きおく》れするような感じにもなりましたけど。でも、人間的にも優れているし、とても頭のいいかたなので、今は頼りにしています。いい意味で完敗。どっちみち敵いっこないんです、あの人には。

私の方が古株ですし、スタジオ全体のマネージャーという役にも就いていますので、そこは芽衣さんもしかと心得ていて、きちんと私のことを立ててくれていますし。まわりが芽衣さんに注目してしまうのは……これはもう仕方のないことです。

芽衣さんが来てから、スタッフの間にもある種の緊張感のようなものも生まれましたね。悪いことじゃないと思います。そうですね、まずみんなお洒落《しゃれ》になりました。私服やメイクもずいぶん変わった感じがします。所作《しょさ》やものの言いようなんかも、特にアルバイトスタッフの女の子たちは、かなり影響されているんじゃないでしょうか。

麻綾ちゃんなんか、もはや熱狂の域ですね。どう言ったらいいのかしら……彼女にしてみたら、雑誌で見ていた憧れのモデルが、突如自分の目の前に現れたといった感じなんだと思います。芽衣さんにあれこれ訊《き》いては、自分でも実践していますよ。歩き方なんかも真似したりしているので、見ていて何だかおかしくて。あ、ここは、頰笑ましくて、と言わなくてはいけませんね。麻綾ちゃんほどではありませんけど、ユリちゃん、それに野崎結子《のざきゆうこ》さんなんかも、たちまち芽衣さんに魅了された感じでしょうか。

スタジオの問題点ですか。今はこれといってないんじゃないかと思うんですが……。芽衣さんは、そこにいるだけで眩しいような人ですけど、押しつけがましさや差しでがましさが全然ありませんし。さっきも言いましたけど、とにかく距離の詰め方が上手なんですよ。もしかすると、私もそれにはまったクチかも。いつの間にか懐《ふところ》にはいられていたと言うか、はいっていたと言うか。

あれだけ光っている人がスタッフにいるからといって、お客さんが落ち着かないとかくつろげないとか、特にそういったこともないと思います。それよりは、スタジオに来るといっとき違う世界に迷い込んだような感じがして、逆に現実の憂《う》さから離れられるんじゃないでしょうか。私はそんな気がしていますけど。

奇妙な女性客――あ、多穂さんからお聞きになりました？　今でもたまにみえますよ。べつにどこがどうって言うんじゃないんですけど、何だかその人にだけに、薄暗い影が落ちているような感じがするんですよ。ひと言で言うと陰気。見たところ、三十二、三じゃないかと思うんですが。陰気なのはいいとして、最初のうち、どうも偵察に来ているような気配が窺われて、私はそれがちょっと気になったんです。

芽衣さん目当て……よくわかりませんけど、もしかするとそうなのかもしれません。でも、彼女と芽衣さんが言葉を交わしているところは見たことがありません。芽衣さんに直接尋ねてみたことはありませんけど、芽衣さんの方も、無視と言うほどではないものの、まるで彼女に気がついていないかのように知らん顔をしています。

でも、その人、スタジオに来ても何をするでもなく、黙ってお茶を飲んで帰るだけです。これまでどんな小さなトラブルも起こしていません。ですから、真幌先生、べつにご心配なさることはないんじゃないかと思います。すみません。私が先に多穂さんにおかしなことを言っておいて。

おかしなことついでと言っては何ですけど、ひとつお訊きしてもいいですか。真幌先生と芽衣さん、何か特別な間柄と言うか、たとえば縁戚《えんせき》だったりとか……もしかしてそういうご関係なんでしょうか。

あ、違う……そうじゃないんですか。いえ、どこかで誰かからそんなような話を聞いた覚えがあったものですから。たぶん私の思い違いというか、思い込みです。同じ北海道のご出身ということもあって、勝手に関連づけて考えてしまったのだと思います。仮に縁戚で少しでも血がつながっているのだとすれば、先生と芽衣さん、たしかに通じるところがないこともないような気もして。種類は違いますけど、輝きとかオーラとかそういう面で。馬鹿みたいですね、勝手に関連づけて考えてみたりして。

え？　芽衣さんの印象をひと言で表わすとですか。――難しいなあ。そうですねえ……「驚き」でしょうかね。「うわ、こんな人もいたか」みたいな。自分とはあまりにもかけ離れた存在だけに、それよりほか、何とも言いようがない感じで。とにかくすごい人ですよ。そう思います。存在感の強さだけではなく、いろいろなことを本当によく知っているし。観察力、吸収力、尋常じゃないんでしょうね。そう思います。

でも、不思議だな。――あ、こんなこと言ったらまずいかしら。困ったな。

真幌先生、絶対に気を悪くなさらないでくださいよ。どう言ったらいいか……あの、芽衣さんって、アスカ建設といった大手企業にもお勤めだったし、エクストリームでも営業本部に勤務されていたんですよね？　あれだけの人なら、どこの企業にいても頭角を現わしただろうし、面白いように活躍の場が与えられたんじゃないかと思うんです。仮に大手の企業に勤めていなくても、何か特別な活躍の仕方と言うか、力の発揮の仕方があった気がして。世のなか、そんなに甘いものじゃないかもしれませんけど、芽衣さんなら、個人でもやっていけそうな感じさえするぐらいで。なのに、三十一になってうちに……。もちろん、そこには真幌先生とのご縁や先生の仕事をサポートする喜びや、いろいろな要因があったとは思います。でも、やっぱりその年齢でうちのスタジオのスタッフにはいるというのは……。芽衣さんは、多穂さんと違って、カウンセラーになることを志している訳ではないんですよね？　だとしたら、私からすればやっぱり不思議。先生の縁戚なのかもと考えたのも、ひとつにはそれがあったからかもしれません。縁戚だとすれば、不思議はないなと。

私は、芽衣さんのように、飛び抜けた存在ではありませんし、これといって際立った能力もありません。でも、真幌先生が私を高く評価してくださって、信頼してスタジオを任せてくださったことがとても嬉しかったし、今もスタジオを切り盛りすることに喜びを感じています。だけど、芽衣さんは、べつにマネージャー候補としてうちにリクルートされた訳ではないんですよね？　一スタッフ——あれだけの人が、ふつうそれだけの条件で、うちのスタジオに来てくれるでしょうか。

あ、決してうちのスタジオの位置を低く見ている訳ではないんです。私は誇りを持ってやっています。でも――。

ごめんなさい。やっぱり私、率直にものを言いすぎますね。真幌先生、本当に気を悪くなさらないでくださいね。

＊水谷麻綾＊

Ｑｕａｏ'sでバイトすることにしてよかったと思っています。スタジオ自体がとっても快適な空間なので、バイトにやってきているだけで、いつの間にかこっちの気分もアップしてたりして。環境いいです、ほんと。

そう、芽衣さん！　そのうえ芽衣さんが加わったので、私にしてみれば超ラッキーって感じです。だって、わくわくしちゃうぐらい素敵な人なんですもの。突き抜けてますよぉ、芽衣さんって。私、今まで女の三十って、やっぱり大台のラインと言うか、そこを踏み越えちゃうとちょっとなあ……みたいに思ってたところがあったんです。――あ、真幌先生や遠野マネージャーは、三十超えても素敵ですよ。でも、芽衣さんと出逢って、ああ、こんなふうな大人の女性になりたいって、女性の年齢に関する見方や考え方が、何だか少し変わりました。今は、芽衣さんに会えるということも、バイトに来る楽しみのひとつになっています。だって、〝読《どく》モ〟ですよ、本物の〝読モ〟――芽衣さんは、「昔のことだから」なんて軽くおっしゃいますけど。

アラサーターゲットの雑誌だったら、今でも楽勝で〝読モ〟になれるのに。え？　あ、〝読モ〟っていうのは、雑誌の読者モデルのことです。芽衣さん、私ぐらいの年齢の頃、〝読モ〟として雑誌に載ったりしていたんです。アラサーはアラウンドサーティー……すみません、どっちも若者言葉ですね。芽衣さんは、こういう言葉使わないんです。それも大人って感じがするなあ。

芽衣さんの魅力ですか。ひと言では言い表わせないなあ。言うとしたら、うふ、「全部」かな。自然体なのに、いつもさり気なくスタイリッシュに決めていて、ほんと、絵になるんですよ。お客さんへの話しかけ方とか、ちょっとした仕種《しぐさ》とか……もうやっぱり全部カッコイイ。

私も、メイクとかファッションとか、いろいろアドバイスしてもらっています。流行に惑わされる必要はないけど、流行は流行でそれは時代の風だから、うまく取り入れた上でひと工夫――それが芽衣さんの教えの基本かな。あ、このプチネックも、芽衣さんがプレゼントしてくれたんです。わかります？　ペンダントトップが青いスニーカーになってるんです。かわいいでしょう？　「麻綾ちゃんは若くて健康的なところが魅力なんだから、まずはそういう線を狙ってみたら？」って。もうお守りですね、これは。これを身につけるようになってから、何だかツイてきたような気もしたりして。私、「ジュリエット渋谷」のお洋服も、二着プレゼントしていただいちゃいました。私なんて、一人じゃ「ジュリエット渋谷」に行くのにも気後れしちゃう感じなのに。合わせ方や着こなし方も教えてくださるので、服が浮き上がらないんですよ。

遠野マネージャーと芽衣さんですか。うまくいっていますよ。芽衣さん、マネージャーのこと、立ててますもの。本当は、芽衣さんが判断してしまっても構わないようなことでも、あえてお客さんの前で「遠野マネージャー」って声をかけて、許可や指示を仰いだり。

うふ、時々遠野マネージャーが見せるどきっとした顔……遠野マネージャーのあいう顔、芽衣さんが来るまで、私、見たことなかったなあ。

え？　どういう時って……芽衣さん、いきなり真理を突いたようなことを、ぽろっとおっしゃることがあるんですよ。真理と言ったら大袈裟かもしれないけど。「あら、遠野マネージャー、今日は仕事の後デートですか」とか「彼、歳下ですものね」とか。それが毎回ずばりみたいで、遠野マネージャー、一瞬ぎくっとした顔して目がたじろぐんですよ。言い方よくないけど、私、それが可笑《おか》しくて。

その日の洋服やオーデコロン、それに雰囲気から、デートかどうかわかるんですって。今、マネージャーがつき合っている彼氏が六つ七つ歳下だというのも、靴や洋服やバッグ……そういうもののチョイスでわかるって。私が、「わあ、マネージャー、今日デートなんですか」って言ったら、「麻綾ちゃんまでそんなこと言わないでよ。それにしても、恐るべき千里眼。何だか芽衣さんに心の内を全部見透かされているような感じ」って、遠野マネージャー、ちょっと頭掻いてました。そこまで読まれちゃ負けちゃいますよね。

真幌先生と芽衣さん、従姉妹《いとこ》とか又従姉妹とか、そういうご関係なんですか。

あれ、違うんだ。「人の心理を読むことに長《た》けた血筋なのかな」なんて話を、ユリちゃんとだったか結子さんとだったかとしたような……。何でそういう話になっちゃったのかな。いえ、芽衣さんがそう言った訳ではなかったと思います。

芽衣さん、もちろんお客さんにも大人気ですよ。これはお客さんから直接聞いたんですけど、芽衣さんにぽっと話しかけられた時、何だか知り合いから囁きかけられたみたいな、そんな感じがするんですって。あんな素敵な人と自然にお友だち感覚が持てたら、そりゃあスタジオに来ても楽しいだろうし、安心してくつろげるだろうと思います。

ああ、あの髪の長い黒っぽい感じのお客さん——。たしかに芽衣さんのことを時々見ている様子はありますけど、私は、あれはファンというのとも違うと思うなあ。だって、眼差しが尖《とが》っているし暗いんですもの。芽衣さんも、あの人のことは好きじゃないみたいです。全然話しかけないし、前に私が「あの人何なんでしょうね」って、芽衣さんに言ったら、芽衣さんにもよくわからないけど、「どっちみち、こちらからわざわざ接近してみる気にはならないわ」って、そんなふうにおっしゃってましたから。ああいう人って、頑《かたく》なっていうか、こちらがどう働きかけても、どんなアドバイスをしても、まったく変わらないんですって。ええ、芽衣さんがそう言ってました。私もそう思います。だって、いつも同じような黒っぽい服装だし、ティールームで坐る位置もだいたいおんなじだし。地味なんだけど、たしかに頑なって感じ。もちろん、オーダーとかはふつうにとりにいきますけど、私もあの人とは話しません。話したって、べつに意味ないと思うので。一応はお客さんだから悪く言えないけど、できれば来ないでほしいなあ。何だかスタジオの雰囲気が、壊れる感じがしちゃうので。

島岡芽衣

お蔭様で仕事の方は、スタジオのスタッフの皆さんやお客さまとの人間関係も含めて、自分ではここにきてずいぶん慣れてきたように思います。遠野さんの目からしたら、まだ至らないところが多くて、歯痒《はがゆ》く思っていらっしゃるかもしれませんが。

遠野さんは、全体を見渡す目を持っていらして、なるほどマネージャーにふさわしいかただと思いました。決断が早いし、合理的な頭の持ち主でもありますし。それでいて、スタッフに注意をする時などは、相手の気持ちを充分思い遣った注意の仕方をなさっていて、気遣いに女性ならではの細やかさがあるんですよね。あれには私も感心しました。

え？　スタジオの仕事に落胆ですか。まさか。もちろん、全然がっかりなんてしていません。だって、お客さまは真幌先生とつながりのあるかたたちがほとんどですもの。これまで私がやってきた、いわゆるふりの客と接する販売とは種類が異なります。ことに真幌先生のカウンセリングを受けられたかたとなれば、何かしら心に屈託があるか、過去にあったかしたお客さまですよね。そういうお客さまの心模様に思いを馳《は》せながら、グッズをお勧めしたりお茶を差し上げたり……想像力を刺激されると言うと言葉が悪いですが、私もいろいろ感じるところがあります。エクストリームを辞めて、真幌先生のところにお世話になると決めた時、一度先生には申し上げたと思いますが、私、単なる販売ではなく、もっと心に関わる部分のことを、販売と合わせる恰好で勉強したいと思ったんです。先生のところならばそれが可能だと思ったからこそ、お世話になることにしたんです。その自分の判断と決断に、間違いはなかったと思っています。

私に気を遣ってくださってのことだと思いますが、まだスタッフになったばかりだというのに、遠野マネージャーが販売や経営のことなど、私にもいろいろ相談してくださるので、そういう面でも張り合いがあります。あ、もしかしたらもう真幌先生のところにもお話上がっているかしら。スタジオに雑貨を卸してもらっているラピス物産さんからも、これまでとは少し毛色の違う商品を入れてもらおうかと、ちょうど遠野さんと話し合っていたところなんです。いかにもヒーリングやリラクゼーションのためといった感じのものばかりではなくて、たとえば「私だけのステーショナリー」だとか、仕事の場面でも実際に使えて、そのうえほかの人との差別化が図れるような文具などですが。もうほんのちょっとだけ欲張ると、それを使って仕事をしていると、何となく心を支えるお守りになるような文具やデスクまわりの品があるといいんじゃないかと。そんな感じで考えだすとどんどん広がっていって、がっかりするとかつまらないとか、そんな後ろ向きな気分になっている暇なんかありません。

そうですね。ただ、私としては、——これはあくまでも私の側の勝手な希望ですけど、もう少し真幌先生と接触する機会が得られると、なお嬉しく思います。今も申し上げましたけど、私、もっと真幌先生から勉強させていただきたいんです。もちろん、私のためだけに特別な機会と時間を設けてくれということではありません。そうではなくて、たとえば、どこかで真幌先生が講演なさる時などに、同行させていただく機会を与えていただけると、とても有り難く思います。お供する機会がいただけたら、きっとそれだけでずいぶん勉強になると思いますから。

今のところ、私の側の希望はそれぐらいです。現状に何も不満はありませんので、その点はご心配なさらないでください。

え？　髪の長い痩せた女性？　あ、遠野さんからお聞きになりました？

ご心配おかけしてすみません。……実はあの人、私の知り合いなんです。北海道の高校の時の同級生で、北川《きたがわ》千種《ちぐさ》さんという人です。あの人、高校の頃からずっとあんな具合で……。ストーカーと言えるのかもしれません。でも、べつに私に対して何かする訳ではありませんし、危険な人間ではありません。かれこれもう十五年ぐらいのつき合いになりますから、それは私が一番よく承知しています。つき合いと言っても、ただ千種さんが勝手に私のことを尾けまわしているだけで、友だちづき合いをしている訳でも何でもありませんけど。たぶんもう十年以上、ほとんど口を利いていないんじゃないでしょうか。改めて考えてみると、たしかにおかしな関係ですね。でも、あの人の場合、好きにさせておくよりほかない気がして。言ってみれば放置、放任ですね。

黙っていてごめんなさい。どう説明していいか、私としても何だか説明のしようがなかったもので。それに、無害と言えば無害ですから、あえて先生や遠野さんにお話しすることでもないような気がして。それでスタジオでは、知らん顔をしてやり過ごしていました。

ええ、北海道。そうです、私は北海道旭川市の出身です。父の勤めの関係で、釧路《くしろ》や小樽《おたる》にも住んだりしていましたが、どちらにしても高校までは道内で育った道産子《どさんこ》です。真幌先生が北海道札幌市のご出身だということは、私の方は存じ上げていましたよ。それで余計に親近感を覚えたところがあったかもしれません。私の名前の芽衣は五月のMAYで、私も真幌先生と同じ五月生まれなんです。私の勝手な思い入れにすぎませんけど、そんなことからも、前から真幌先生とは何かご縁を感じていました。

五月——北海道はまだ寒いとは言うものの、そろそろ春の気配が濃く感じられてくる、いい季節ですよね。自然の生命の息吹が肌で感じられて、何だかわくわくしてくるようで。北海道では、五月からの三ヵ月間ぐらいが、私は一番好きです。若葉が一斉に芽吹いて、みるみる緑に覆われていって……本当にきれいな時期ですよね、真幌先生。

三人——多穂を含めれば四人になるが、彼女たちは真幌に対して、自分の思うところを包み隠すことなく話してくれたと思う。また、四人の話をふつうに聞くなら、これといった問題点は何も見えてこない。それぞれがそれぞれのレベルで相手への理解を持ちながら、自分の立場を心得て仕事をしている。

だが、これで安心していいのだろうか。表面的に見えていないだけで、内包されている問題が何かありはしないか。それとも、ここは素直に安心すべきところなのか——。

一応の安堵を得ながらも、小首を傾げるような思いが真幌に残った。

(縁戚?……従姉妹か又従姉妹?……)

真幌の額のあたりに、自然と薄い翳が落ちた。

(どうしてそういう話になったんだろう)

容貌、知能、資質……芽衣のような女性と血縁と思われて、悪い気持ちになることはない。

だが、それは事実とは異なる。錯誤であり誤解だ。

(何だってそんな誤解が生じたんだろう。同じ北海道の出身だから?……)

それだけでは、説明がつかないような気がした。

また小骨が心にひとつ。取るに足らないような小さな小骨だ。けれども、真幌は心にわずかな違和感を覚えていた。

4

カチッと金属音に近い音がして、煙草《たばこ》の煙の匂いが漂いだした。いまだ治らぬ悠介の悪癖だ。

喫煙者には厳しい時代になった。今では飛行機のなかでは煙草は喫《す》えない。飲食店でも禁煙という店がふえてきたし、嫌煙家も多い。それだけに、悠介も人前で煙草を喫うことは控えている様子だし、見ていると、本数もずいぶん減ってきたようだ。それでも完全にはやめられないのが煙草というものらしい。家に戻ってきた時、食事をした後、酒を飲んでいる時……ここぞという時の一服は、今も続いている。

「言ってみればフィールドワークだね」

ゆったりとした風情で煙を吐きだしながら、悠介が言った。

「フィールドワーク？」

「うん、聴き取り調査。真幌は経営者として、従業員に聴き取り調査をした訳だから」

「ああ、それでフィールドワーク。学生みたいね。社会人、それも経営者になってもまだフィールドワークとは」

「大事なことだよ。僕もそうさ。いつだってアンテナ立てて、耳欹《そばだ》てて」

悠介の言い方が何だかおかしくて、真幌は苦笑に近い笑みを顔に薄く滲ませた。

「で、今回の聴き取り調査の成果は？　ただし、負の側面での成果」

「負の側面――現時点での問題点ということね。一番の問題点は、私のメタ認知能力の鈍りとマンネリズム。その結果としての視野狭窄かな」

「何だ、そりゃ？」

「まあ、それはそれとして。そうねえ……」

真幌は、自分の内側を見遣るような眼差しをして、やや視線を落とした。実のところ、内側を見ていると言うよりも、自分がノートに書きだした項目を読みだすように、脳裏にそれらを浮かべて眺めていた。

◎芽衣のカリスマ性。特異といっていい存在のありよう。
・「スッカラカンとした凄味のある魅力」「図抜けた存在」「飛び抜けた存在」「いるだけでスタジオのオーナメント」「驚き」（無欠感と言っていいような独特のオーラ）
　＊芽衣は、存在するだけで人の目を惹き、人を魅了する。〝麻綾の熱狂〟〝「ジュリエット渋谷」時代からのファン〟〝新たなファン〟
　＊芽衣は、その圧倒的な存在感で、人を動揺させもする。
・「張り合っても無駄」「いい意味で完敗」「存在そのものが特別」「人が芽衣の方に注目するのは仕方がないこと」
　＊一方で、芽衣は周囲に諦めを抱かせる。

◎芽衣独特の人との距離の詰め方。
・芽衣は、すいと相手の懐にはいる。
・先に気づかれないうちに物理的な距離を詰めておき、囁きかけるように言葉をかけることで心的距離も詰める。
・あたかももともと知り合いだったかと相手に錯覚させるような近づき方をする。
　＊こうした人との距離の詰め方は、生来芽衣に備わっている〝能力〟なのか。それとも、学習の結果、後天的に身につけた〝テクニック〟なのか。
・芽衣は、自分の信奉者である歳下の麻綾には、ネックレスや服などの〝物〟をプレゼントしている。

・先輩格の美音子ついては、真幌に対して「全体を見渡す目を持った人」「合理的なのに気遣いが細やか」といった感心に近い評価の言葉を口にしている。美音子本人に対しても、言葉や態度で敬意を示し、立てている。

＊〝物〟ではなく〝言葉〟というプレゼント？

＊一方で、言葉で美音子に諦めを抱かせてもいる。「千里眼」「心の内を見透かされている感じ」……。

◎芽衣がスタジオにスタッフ入りした不思議。

・芽衣ならば、アスカ建設やエクストリームでも活躍できたはず。

＊芽衣はどうしてアスカ建設等、これまでの勤め先を辞めたのか。

・芽衣ほどの人間が、今現在の仕事とポジションに甘んじていることの不思議。

＊「勉強したい」——彼女が決まって口にする言葉。だが、芽衣は何を勉強したいのか。スタジオに勤めていて、果たしてそれが勉強できるのか。

（講演等への同行？　秘書的なポジションの確保？　しかし、芽衣はカウンセラーを目指していない）

◎不審な女性の存在。

・「扶持」にもいたし、以前も見かけたことのある女性。暗い眼差し、陰気な雰囲気。いまだにスタジオにも時々やってきている。
・芽衣によれば、高校時代から芽衣を尾けまわしている元同級生。(北川千種)
　＊彼女は芽衣が言っているように、〝おとなしくて安全なストーカー〟なのか。
　＊芽衣はなぜ、美音子や麻綾にはそれを告げなかったのか。
　(麻綾には、「ああいう人は、こちらがどう働きかけても変わらない」と決めつけに近い言い方をしている。麻綾もその言葉に影響されている)
・芽衣はなぜ彼女を放置しているのか。

問題点は大きく分けて全部で四つ、そのうちのふたつ——彼女のカリスマ性と独特のオーラ、それに人との距離の詰め方、取り込み方だが、これらは芽衣という存在に根ざしたものと言える。芽衣のありようがほかの人間とはあまりに違うために、どうしても目立たざるを得ない彼女の個性と考えるのが妥当だろう。恐らく問題と言うには当たらない。また、仮に人との距離の詰め方が学習の結果であったとしても、それは芽衣の努力の賜物であって、非難されるべき質のものではない。

残りふたつ——芽衣ほどの人間がスタジオのスタッフになったことの不思議と、ストーカー紛《まが》いの不審な女性の存在だが、北川千種のことは多少引っかかるものの、それらふたつも、問題と言うほどのことではないと言えばそんな気がした。

「だけど、同性のストーカーっていうのも」思わず真幌は呟いた。「まあ、相手が女性だけに、男性と比べて怖さはあまりないのかもしれないけど」

「君が『扶持』で見たという女性――前にも見た覚えがあると言っていたあの彼女、あれは芽衣さんのストーカーだったのか」真幌の呟きに応える恰好で悠介が言った。「それはちょっとびっくりだな」

「そうなの。それも高校時代からもう十五年ですってよ」

「十五年。ただ芽衣さんを尾けまわしているだけ。何をするでもない――」

「うん」真幌は濁った面持ちをして頷いた。「芽衣さんはそう言ってる。でも、人に十五年もの間そんな無意味な行動を続けさせるって、何かすごい。すごすぎる。正直言って、私には理解不能」

「たしかにな。『扶持』で僕らが食事をしているところにまで現われて……。『いつも私はあなたを見てるし近くにいる』――彼女なりのひとつのアピールの仕方なんだろうか」

「だとしたら――」

「何もしていない訳じゃないよな」真幌にみなまで言わせず悠介が言った。「無言ではあっても一種の威嚇《いかく》だ」

「私だったら、芽衣さんみたいに放置、放任はしておけない。無言って、逆に案外気味悪いものだもの。それが十五年もだなんて」

そんな人間を産みだしてしまったのも、芽衣の飛び抜けた魅力ゆえのことなのだろうか。多穂や美音子を圧倒し、果てには諦念を抱かせてしまうほどの存在そのものが放つ強烈な威力、威光。

そこに思いを及ばせると、改めて真幌は自分の思い上がりを悟るようだった。

「私は経営者の目で芽衣さんを見て、芽衣さんが私のところに来てくれることを、ただ単純に喜んでた。芽衣さんのような、ある意味特別な人が加わることで、周囲に広がる波紋のようなものに、まったく頓着《とんちゃく》してなかった。それがまず心理を扱うことを職業にしている人間として問題だし、経営者としても逆に問題よね」

「まあ、真幌のところは組織の規模が小さいし、ことに女同士というのは難しいからな」

「それに、たしかに美音子さんの言う通りなのよ。客観的な目で見れば、芽衣さんがうちに来たというのは不思議。実際、芽衣さんほどの人なら、アスカ建設でもエクストリームでも、どこでも力を発揮できたはずだわ」

「それは最初の頃、芽衣さんと話したことじゃなかったのか。たしか芽衣さんは、これまで自分は、その時点その時点での自分の関心の方向に従う恰好で生きてきた。だから、あれもこれも中途半端になってしまった——そう言っていたとか何とか」

「それはそうなんだけど……。私も、芽衣さんが勤め先をいくつか変わっているのはそのためだと思ってた」

真幌もその時は芽衣の言い分に納得した。だが、よく考えてみるならば、エクストリームを辞めて真幌のスタジオのスタッフになることの方が、芽衣の言う「中途半端」に拍車をかけることになりはしないか。

「私は今の自分の仕事に満足してる。でも、それは私がまがりなりにもカウンセラーとして一本立ちできているからだし、あなたの助けもあって事業が順調にいっているからだわ。でも、芽衣さんにとって私のところに来るということは、それほど魅力的なことかしら」

真幌はかすかに首を傾げた。

「芽衣さんがずばりそれに当てはまるかどうかはわからないけど、何でも人並み以上にこなせる人というのは、案外そういうものだったりするよ。あれもこれも中途半端になってしまったと自分で言いながら、やっぱりその時の自分の興味の方向に動く。どこに行っても何とかなると思っているし、事実何とかなっちゃうんだよな」

「私もそう思ってた。でも、そういうことなのかなあ……」

芽衣は、いずれは自分で何かの店を経営したり事業をしたりすることは志してはいるが、カウンセラーになることは望んでいない。ことさらカウンセリングを取り入れた事業をしようと考えている様子もない。今現在の芽衣にとって、真幌の下で働くということに、エクストリームの営業本部で販売戦略に加わる以上のどんなメリットがあるだろう。彼女なら、今すぐにでも然るべきスポンサーさえいれば、自分の店を持つことだって可能ではないか。

「芽衣さんは、勉強したいって言った訳だよな」悠介が言った。「真幌から学びたい何かがあった――現時点ではそう考えるよりしょうがないんじゃないか」

うん、と真幌は気のない相槌《あいづち》を打った。

「真幌が考えている以上に、心理学に関心があるということも考えられるし」

たしかに、そんな気もしないではなかった。現に芽衣は、真幌の講演に同行することを、現時点での自分の唯一の希望として挙げていた。

「結局、現時点で、問題と言える問題はない訳だ」

「まあね」真幌は軽く頷いた。「ないと言うより、目下のところ見当たらない、見つけられないと言う方が正しいかも。当初、問題があったことはあったのよ。ただ、美音子さんも多穂さんも大人でしょ？　二人それぞれに自分なりに消化して乗り越えてしまった——そういうことだと思う」

「君はそれだけの人たちに恵まれているということだ」

「それは有り難い限りなんだけど、このままでいいのかと思って。この流れのまま行ってしまっていいものなのかしら」真幌は広げた片手を自分の胸のあたりで動かした。「何だかもうひとつすっきりとしないと言うか、胸のもやもやが取れなくて」

「何となく冴えない君の気持ちはわかるよ。本当のところ、〝これ〟という問題点が見つかった時の方が気持ちの落ち着きがいい。それを解決する方向に動きさえすればいい訳だから」

悠介の言う通りだった。問題があっては困るが、問題があるのに見つけられないよりは、やはり見つかった方がいい。気持ちの落ち着きだけの問題でなく、問題を知り、解決に動くことで、先の憂いを取り除けるからだ。

「しかし、美音子さんが『駄目。張り合っても無駄』って言ったのか」

話の方向を転換させるように悠介が言った。

「うん。『いい意味で完敗』『驚き』とも言ってた」

「ふうん。美音子さんというのは、女性としては珍しいぐらいに理性が勝っていて実務的で、感情の抑制がきく人だと思ってたけどな」

「そうよ。あなたが今言った通りの人よ、美音子さんというのは」

「その人が、芽衣さんに関しては感情論に近い評価を下した訳だ」

「感情論……感情論と言っていいのかどうか」本心、断じかねて真幌は再び首をちょっと傾げた。「とにかく、動揺したことは事実ね。芽衣さん、また鋭いことを、さり気なく美音子さんに言うことがあるみたいで」

「たとえば？」

「私生活の推理……私生活の断定的な推理かな」

「何だ、そりゃ？」

真幌は、麻綾から耳にしたことを、ざっと悠介に話して聞かせた。

「はは。デートの予定や彼氏の歳まで読まれると、たしかに『完敗』と言いたくもなるわな」

「美音子さんみたいにオン・オフしっかりつけて、職場ではてきぱきと仕事をしている女性にしてみれば、そのあたりのところを鋭く突いてこられると、思った以上に焦るのかも。事実、美音子さんは職場にプライベイトは一切持ち込んでいないのよ。なのに、相手には見えてしまう。それって痛いわ」

悠介に向かって言ううちに、真幌は、自分でも事実そういうことなのではないのかと、納得がいくような思いになっていた。

美音子は、スタジオでは一女性としての気持ち、感情、私生活……そうしたものをいったん棚上げにする恰好で、マネジメント業務に当たっている。にもかかわらず、一女性としての側面を不意に持ちだされれば、どうしたって慌てる。そもそも、きちんと公私の区別はつけていても、どちらも同じ自分だ。逃げも打てなければ嘘もつけない。「参った」という気持ちにもなるだろう。

「芽衣さんにそのつもりはなくても、美音子さんは彼女に弱点を突かれている訳だ」悠介が言った。「だから『駄目。張り合っても無駄』『いい意味で完敗』と降参せざるを得ない」

「今の心境はそうかもしれない。でも、美音子さんが『完敗』とか『驚き』とか言ったのは、芽衣さんが眩しすぎるってことを言いたかったんだと思うけど」

芽衣を見ていると眩しくなる。だから真っ直ぐ目を向けていることを放擲《ほうてき》したくなる。眩しいものはどうあっても眩しい。だから、それ以上対象を覗き込んだりその光について考えたりすることが疎《うと》ましくなる。それゆえ、とりあえずは「降参」と手を上げて、いったん戦線離脱しておく。その方が、感情的に面倒がなくて、ほかのことに集中できるからだ。当初の美音子の対処策がそれだったと思う。それもまた、美音子の合理的かつ理性的な判断と言えるのではないか。したがって、美音子は決して感情論には依拠していない。にもかかわらず、逆に芽衣から一女性としての心理や感情を突かれ、いきなり感情的な土俵に引っ張り上げられるからうろたえる。そういうことなのではないか。

（だけど、芽衣さん、どうしてそんなことを）

思わず真幌は心で呟いていた。

（他人の私生活に触れるのはエチケット違反。場合によってはルール違反、ハラスメントだわ。あの人なら、そんなことぐらいよくわかっているはずなのに）

「芽衣さんは太陽ってことか」

真幌のもの思いを中断させるかのように悠介が言った。真幌はいくらかぽかんとした顔を彼に向けた。

「お月さまなら時を忘れてぼうっと眺めていることはできても、お陽さまにはずっと目を向けていられない。目を背けるしかないもんな」続けて悠介が言った。「ああ、あれは誰だったかな。『太陽と人の死は眩しすぎて見ていられない』なんて名言を残した人がいたっけ」

太陽と人の死——悠介は、ほとんど意味なく口にした言葉だろう。けれども、真幌の意識はその言葉に、思わず目を惹きつけられるみたいに反応していた。その組み合わせが、なぜだか妙に不吉に感じられていた。あの時と同じだ。背後ではらりと何かが舞い落ちた気配を感じた時。それに父の晴明が、電話で「好事魔多し」と言った時。

「どうした、変な顔して？」

「あ、ううん」

悠介に向かって首を横に振った途端、美音子と麻綾、二人の言葉が思い出されていた。

「真幌先生と芽衣さん、何か特別な間柄と言うか、たとえば縁戚だったりとか……」「真幌先生と芽衣さん、従姉妹とか又従姉妹とか、そういうご関係なんですか」——。

魚の小骨にも満たないような微細な骨だ。が、小骨が、咽喉にではなく心に引っかかったままになっていることに思い至って、真幌の顔はおのずと曇った。

小骨の正体は見えない。だが、それこそが、恐らく真幌がまだ見つけられずにいる問題の手がかりであり尻尾《しっぽ》であるのに違いなかった。

5

自分の部屋に帰り着くと、遠野美音子はすぐにテーブルの上のリモコンを取って、ピッと音を立ててエアコンのスイッチを入れた。この季節は、帰って部屋の電気をつけたら、バッグを下ろすよりも自分が腰を下ろすよりも何をするよりも先に、まずはエアコンのスイッチというこことになる。何しろ部屋には、日中建物の外側から蒸し上げられた空気が、少しも熱を失うことなく充満している。窓を開けて一度空気を入れ換えればいいのだろうが、マンションの周囲の部屋の住人も、そろそろみんな帰宅しはじめていて、どの部屋もたいがいエアコンを入れている。あちこちの窓を開け放つ苦労をして、逆に熱気を取り込むのではまさに徒労だ。

「うー、暑い」

夏場は車に乗り込んだ時点でひと汗掻くが、それは諦めがつく。だが、夜、自分の部屋に帰ってきてひと汗というのは、割に合わない感じがしないでもなかった。

「ふぁーあ」

エアコンの風が届く位置のソファに腰を下ろし、美音子は気の抜けた溜息をついた。息からと言うよりも、からだや心から気が抜けていた。すぐに立ち上がっていつものように手を洗い、うがいをするだけの気力がない。

昨日、七月期の売り上げの締めをした。思っていた通り、ショップもティールームも入場人数がふえていて、グッズの売り上げもこれまでより大きくひと伸びしている結果となった。手応えや感覚だけではなく、美音子は数字によって目に見えるかたちで、スタジオの増益を再確認する思いだった。オーナーである友部真幌にも、早速パソコンでグラフと細かい数字のデータを送信した。真幌からも、間もなくメールが返ってきた。

〈七月期、どうもご苦労さまでした。数字の方、拝見させていただきました。

七月から八月にかけては、例年だと売り上げが落ちる季節ですが、今年は逆に売り上げが十五パーセントほど上がってますね。

この結果は、これまでの美音子さんのマネジメントの努力が実ってのことと思います。どうもありがとうございます。

ヒーリングスタジオという性格上、入場人数が箱のキャパ以上になってしまうのは考えものですが、顧客の滞在時間が長引き、結果としてグッズの売り上げが伸びているというのは、喜ばしいことだと思います。

来月も引き続き、よろしくお願いいたします。
何かありましたら、いつでもご連絡ください。
私からもまたご連絡させていただきます。

友部真幌〉

真幌からのメールの文面を思い出し、美音子は再び息をついた。暑いからか、くたびれているからか、気持ちがへこんでいるからか……自分でもよくわからないままに口から漏れでた息だった。

真幌がメールに書いているように、もともとヒーリングスタジオＱｕａｏ'sは、利益追求型の施設でもなければ事業所でもない。利潤は少なくても構わない。赤字をださずにうまくまわしていってくれれば——それが当初からの真幌側の希望だった。つまり、Ｑｕａｏ'sは、産業カウンセラーという真幌の仕事において、その存在に意味があるということだ。カウンセラー、あるいはカウンセリングという総合ビジネスにおいて存在意義があるということであって、Ｑｕａｏ's単体では意味を持たない。

かといって、もちろん美音子も、これまで営業努力をしてこなかった訳ではない。ただ、たとえ営業努力をしてもほぼとんとん、そういう種類の施設なのだ。ここにきて売り上げが伸びたことを、真幌は「これまでの美音子さんのマネジメントの努力が実ってのこと」と書いてくれたが、そうではないことぐらいは、美音子自身が一番よく承知していた。売り上げが伸びはじめたのは、ひとえに芽衣がスタッフに加わったがゆえのこと——。

美音子は今夜、芽衣を労《ねぎら》う意味合いも込めて、彼女と一緒に食事をした。ひとつには、何日か前に急に真幌からランチの誘いがあり、芽衣を含めたスタジオの現況を、それとなく探られたことが頭にあったからだった。

スタジオの近くのレストランでランチをとりながら、美音子が真幌に告げたことに嘘はない。どう説明したらいいのか、美音子にも適当な言葉や表現が見つけられないのだが、芽衣は存在自体がふつうの人とは違うのだ。単にきれいだというのとも違う。ひと目見るなり、「何だろう、この人は?」と、思わず目を釘付けにされてしまうような、破格の容姿とオーラの持ち主だ。だから、「お手上げ」——おのれを知っているだけに、美音子は降参せざるを得ない。

ただ、正直言って、内心疑う気持ちがないではなかった。単なるスタッフという条件で、あれほどの女性がきちんとした勤めを辞めて、単体では意味を持たないスタジオになど来てくれるはずがない。実のところ真幌は、芽衣を将来のマネージャー候補としてリクルートしたのではないか。

美音子は、自分の内で燻《くすぶ》る疑惑を、それとなく真幌に投げかけてみた。結果はシロ、真幌と芽衣の間にその種の話はなかった様子で、どちらかと言うと真幌はぽかんとしていた。

(とぼけている顔じゃなかった。だいたい真幌先生は、嘘をつくような人じゃない)

曇りが感じられない真幌の表情を思い出しながら、美音子は軽くストレッチをするように、からだを捻って手足を延ばした。

芽衣が来てくれたことで、売り上げが伸びているばかりでなく、実際美音子は楽にもなった。これまでは、事務処理のために残業することもしばしばだったが、今はスタジオの方は芽衣に任して、スタッフルームのデスクでパソコンに向かう時間も持てるようになった。水谷麻綾や内野ユリ、それに野崎結子……アルバイトスタッフたちも、これまでのように美音子が目を配っていなくても、彼女らが自分から芽衣に倣って、ほぼ一人前にやってくれている。

（なのに疲れる、疲れてる……何でだろ？）

今夜、美音子は芽衣本人に対して、真幌に向かって投げかけたのと同じ疑問を、さもどうということなさそうな調子で軽く口にしてみた。芽衣の返答も同じだった。べつに将来のマネージャー候補としてスタジオに来た訳ではない。真幌との間に、そうした約束は一切ない——。

「そうなの？　でも、芽衣さんほどの人が……」美音子は芽衣に言った。「私にはやっぱりちょっと不思議」

「それは美音子さんの買い被《かぶ》りですよ」

芽衣はさらりと笑った。スタジオでは「遠野マネージャー」だが、外で芽衣から「遠野マネージャー」と呼ばれると何とはなしに面映い。それで名前で呼んでくれるよう美音子が頼んだ。だから、芽衣も「美音子さん」と呼ぶ。

「真幌先生にも申し上げたんですけど、私はただ、真幌先生の近くにいて、いろいろ勉強がしたかったんです」続けて芽衣は言った。「それでスタッフとして使っていただくことにした訳で。それだけです」

「勉強？　勉強ってどんな？」

美音子の問いに、芽衣は独特の笑みを見せた。ほわりと柔らかげなのに深みのある笑みだ。しなやかな笑みでもある。

「真幌先生は心理のプロです。それも相当なプロだと私は思っています。だって、三十三かそこらの若さで女性が産業カウンセラーとして一本立ちするなんて、レアケースもいいところですもの。おまけに真幌先生は、黒沢さんというご自分にとって最も必要なパートナーを得て、カウンセリングから派生するかたちでのビジネスも手がけていらっしゃる。真幌先生ご自身は、自分は運がいいだけだとおっしゃいますが、私はそれだけではないと思っています。運がいいことは事実だと思いますよ。でも、運だけで今のポジションはあり得ません。そのあたりの秘訣なんかも、私は真幌先生から勉強させていただきたいと思ったんです」

「運のよさだけでは片づけられない秘訣……」

美音子の言葉に、芽衣は小さく、しかし力強く頷いた。

「スタッフのかたたちを見ても何となくわかります。真幌先生は、相手の心理を読むプロでいらっしゃるから、本当に適材適所。美音子さんをスタジオのマネージャーに据えたこともそうですけど、フリーオフィスの多穂さんにしてもそうです。小松さんはともかく、多穂さんは、今はカウンセラーとして一本立ちすることよりも、この先も真幌先生の下で働き続けることの方を望んでいらっしゃるんじゃないでしょうか。真幌先生のことを信奉していらっしゃるし、ナンバー2のサポート役が、きっと多穂さんの性には合っていらっしゃるんだと思います。人心掌握術とでも言ったらいいのか、先生は、相手の性格や心理をよく読んで、〝この人〟という人を、とても上手にご自分の思う方向に使っていらっしゃる。しかも、相手に少しもいやな思いをさせることがない。講座に通っていた頃から、さすがに世にでる人は違うなと、私は感心するばかりでした。そういうテクニックみたいなものも、私は勉強したかったし、今も勉強したいと思っているんです」

聞いた時はそうでもなかった。が、次第に芽衣の言葉が美音子の心に重たくもたれてきた。真幌というのは邪気《じゃき》がなく、人との関係においても計算のない人だと、これまで美音子は思ってきた。頭はいいが、性格的におおらかで、小さなことにいちいちカリカリすることがないのも真幌の魅力だ。おっとりとまで言えば言い過ぎになるだろうが、接していて自然とくつろぎに似た解放感を感じさせてくれる人なのだ。少なくとも美音子はそう思ってきた。多穂もだと思う。でも、実際は、そうではないのだろうか。

(もしかすると私は、真幌先生にうまく使われているってこと?——ううん、そんなことない)

美音子は、自分の内に浮上しかけた疑惑に近い思いを、一度は自ら打ち消した。けれども、そのそばから、すぐにまたべつの思いが浮かんできた。

(だったら、どうして真幌先生は、芽衣さんをリクルートしたんだろう。芽衣さんが加わらなくても、私とスタッフ、それにアルバイトで何とかまわしていけてたのに)

真幌と芽衣の間に、約束のようなものは何もないと言う。だが、本当のところ真幌は、酸素カプセルだのマッサージだの……ショップやティールームとはまたべつのかたちでの、スタジオと事業の拡大を考えているのではないか。先行きを睨《にら》んで、まずは芽衣をQuao'sに入れた――。

(親族という訳でもない……真幌先生はそう言っていたけど)

頭で思いながら、美音子は図らず唇をへの字に歪《ゆが》めていた。

噂話というのは、無責任なことが多いので好きではない。だが、美音子自身の憶測とはべつの噂も、美音子の耳には聞こえてきていた。

公にはしていないが、真幌と芽衣は遠い血縁関係にあり、大きな意味での親族に当たる。産業カウンセラーとして信用と箔《はく》がついてきた真幌は、できればこの先、カウンセラー業に専念したいと考えている。ついては、組織化した事業体、すなわちフリーオフィスQとヒーリングスタジオQuao'sを、信用ができ、実力もある人間に任せたいと考えるに至った。それで呼び寄せたのが遠縁の芽衣――。

(いっそ親族という方がわかりやすかったかも)

遠縁であれ従妹であれ、芽衣が真幌と血縁関係にあるというのなら、芽衣がQuao'sに来たことにも納得がいく。ところが、真幌はぽかんとした顔で美音子に言った。

「芽衣さんと私が縁戚？　いいえ、違うわ。そんなことない。最初に言った通り、芽衣さんは養成講座の受講生。でも、どうして？」

芽衣は芽衣で、「勉強したかったから」を繰り返す。「運だけで今のポジションはあり得ません。そのあたりの秘訣なんかも、私は真幌先生から勉強させていただきたいと思ったんです」

「そういうテクニックみたいなものも、私は勉強したかったし、今も勉強したいと思っているんです」……。

芽衣の口ぶりに、真幌との特別なつながりを匂わせるものは窺えない。それでいて、周囲には、芽衣は真幌の遠い血縁関係にある人間で、事業体の次期経営者だと考えている人間が案外大勢いる。アルバイトスタッフの麻綾まで言っていた。

「真幌先生と芽衣さん、べつに従姉妹でもなければ又従姉妹でもないんですってね。私、真幌先生に直接訊いちゃいましたから。だったら私、いったいその話、どこから聞いたんだろう。それに芽衣さん、真幌先生の北海道時代のこともよくご存じだし、前に真幌先生を『身内としてサポートするのが自分の勤めだ』というようなことをおっしゃっていたような気がするんだけどなあ。その時、『あれ？　ご親族なんですか』って私が尋ねたら、たしかに芽衣さん、ちょっと首を横に振って見せたけど。それでいて、いつもの芽衣さんとは違う意味深《しん》な笑いを浮かべてたし……。お客さんのなかにも、『真幌先生と芽衣さん、二人の従姉妹がタッグを組んだら、それは磐石《ばんじやく》よね』なんておっしゃるかたがいるんですよ。本当のところはどうなんでしょう？」

麻綾が言うように、思えばどうも話の出所がはっきりしない。考えれば考えるほど、どうしてそんな話が広まったものかと、美音子も首を捻らざるを得ない。第一、当の真幌が、血縁でも縁戚でもないと言っているのだ。二人は、事実、赤の他人なのだろう。

（だからまたわからなくなるのよね。だったら、どうして芽衣さんほどの人がうちに来たのか

ってことが)

話はまた頭のなかで堂々巡りだ。それだけに、自分自身うんざりせずにはいられない。

「今は諦めが勝っているけど、最初はやっぱり圧倒されたわ」

多穂がぼそりと美音子にこぼした言葉が思い出された。

「芽衣さん、もともとの出来が違うでしょ? 何て言うか……ちょっぴり嫉妬みたいなものを覚えたりもして。私、そんな自分にがっかりしちゃった」

美音子も一緒だった。「存在自体が違うんですよ」「ひと言で言うと驚きでしょうか」「いい意味で完敗です」……真幌にはそんな言い方をしたものの、美音子も多穂と同じく、嫉妬に近い自分の感情と闘った末、これは敵わないと諦めた。諦めて、芽衣との関係をいい方向で築いていくことの方を選択した。そうするしか仕方がないからだ。

美音子は以前、たまたま真幌の講演を聞く機会があって、それで真幌との縁ができた。不安やコンプレックス……そうしたマイナス因子が心にあったとしても、そのマイナス因子の解消に躍起になるのではなく、それはそれとして放置し棚上げした状態で、自分がある程度自信を持てる領域で行動することの方を優先させる。行動さえしていれば、必ずなにがしかの達成感が得られるし、ひとりでに自分の感覚のなかで、実際に接している現実の方の比率が大きくなる。そうやって、自分にとってのマイナス因子の意味合いを、どんどん小さく意味ないものにしてしまう——。そんな真幌の講演内容が新鮮だったし、理に適《かな》った方法だと得心がいった。高ぶったところや厭味《いやみ》のようなものがまるでなく、柔軟な感じがする真幌の人柄にも心惹かれた。

美音子が自信を持って行動できるのは、実務的な領域だ。一方、苦手とするのは感情的な領域だ。人との感情的なやりとりは煩《わずら》わしいし、人との関わりにおいて女々《めめ》しい感情を抱いたりすると、自分で自分が許せなくなる。だから美音子は、スタジオを任されるようになっても、ある程度感情を排してやってきた。それが自分に合ったやり方だということも、仕事を通して改めて学習する思いだった。

(なのに、感情的な女に引き戻された。だから私は疲れてる……そういうことなのかな)

麻綾やユリが芽衣に傾倒して懐いているのも、スタジオを訪れる客のなかに芽衣のファンが複数いるのも、美音子は「仕方のないこと」「当然のこと」として受け入れている。べつに芽衣が悪い訳ではなく、彼女にはそれだけの魅力があるのだからどうしようもない。非のない相手を敵視すれば、芽衣に対する内なる嫉妬と、自らの狭量さを思い知るだけだ。

(そんなのはいやだ)

今夜芽衣と話をして、真幌と芽衣の間にどんな約束ごとも交わされていないと確認して、一度は美音子も心に落ち着きを得た。そのはずが、知らず知らずのうちに芽衣の言葉を振り返っている。振り返るうちに、これまで敬愛してきた真幌の心が見えないような思いに囚《とら》われて、何だか心が翳っている。恐らくは、それが心が胃もたれを起こしたようになっている一番の原因に違いなかった。もしも真幌を見失えば、美音子は自分の立ち位置も見失いかねない。

(馬鹿ね。私、どうかしている)

自分が苦手としている領域から、何とか脱出しようとするかのように、美音子は今度は意識的に大きくひとつ息をついた。

「よし」

ほとんど無意味なかけ声で気持ちに勢いをつけてから、美音子はようやくソファから腰を上げた。帰宅してから四十分近くが経《た》ってしまっていた。気持ちを切り替え、しゃっきりとした足取りでバスルームに向かう。

(どうでもいいけど、『今日はデートですか』なんて、麻綾ちゃんたちの前で言わないでほしいな)

それでも、美音子の心は勝手にぼやいていた。

(何か恰好がつかない。だいたい、人の心理を勉強したからといって、どうしてあんなに何でもよくわかるんだろ。『このあいだのデートは、スペイン料理だったんじゃありません?』──そんなことまで言い当てられた日には、こっちだってびっくりするし敵わないわ)

芽衣がスタジオにはいったことで、物理的にはたしかに楽になった。反面、心がいやな感じでざわつくことも多くなった。あれもこれも……わからないことが多いからだ。

(真幌先生には言い損なった。でも、芽衣さんが来てから謎がふえた。わかっていたことまでわからなくなった)

バスルームに身を置いてもまだ、美音子の心は愚痴《ぐち》に等しい言葉を発し続けていた。

第三章　真夏の闇

＊

ポーシャ——心のなかで、今もそんなふうに呼びかけたりすることがある。

シェイクスピアの『ヴェニスの商人』のポーシャだ。

高校の時だった。彼女は文化祭の演劇で、ポーシャを演じた。見たところ、うってつけという感じの役柄だったし、見事な演技だったということもあって、以降、彼女はポーシャと呼ばれた。それが綽名《あだな》になったのだ。正義と善、そして愛と知恵の象徴としての美しき女性裁判官、ポーシャ。

馬鹿げている。純粋無垢《むく》な幼子のような心を持った童話作家はいないと言うし、極悪非道な悪役を演じる俳優ほど、その素顔は心やさしく穏やかだと言う。それと同じで、あれは、ポーシャとはまったく正反対の人間だ。正義とも無縁ならば善とも無縁、知恵はあっても、人に対する愛などひとかけらも持ち合わせていない。見た目はポーシャかもしれなくても、本当のところはシャイロックだ。利に敏《さと》く、狡猾《こうかつ》にして冷酷無慈悲。借財の代わりに胸の肉をと、命を奪おうと企《たくら》む人でなし。

なのに、いまだに心でポーシャと呼びかけたりしているのは、半分は、今もポーシャを演じ続けている彼女に対する皮肉みたいなものだ。何がポーシャだ——時として、私は心で笑う。実際のところ、あんたは何が正義かすらも知らないじゃないの。関心があるのは自分のことだけ。これっぽっちも人の心を解さないくせに。それで人の心を扱おうと言うの？ 人の心を操ろうと言うの？

残り半分は……彼女の名前を口にすること自体が、忌《い》まわしいからかもしれない。その名前を口にしただけで、またおぞましい出来事に見舞われそうな気がして、何だか妙に不安になるのだ。いつだってポーシャが運んでくるのは、頭を抱えずにはいられないような問題と厄介、そして恐ろしいような災難と決まっていた。

もしもポーシャがこの世に存在しなかったら、私の人生は、もっと違ったものになっていたかもしれない。いや、絶対に違ったものになっていたはずだ。ポーシャのせいで、私の人生はこんなにもつまらないものになった。ポーシャが私の人生を台無しにした。

それなのに、なぜかポーシャはポーシャとして、いつもしあわせそうに生きている。人に愛され、人に恵まれ、常に輝きのなかにある。こんな不公平があるものだろうか。どうかしている。……どうかしているのは、まわりの人間たちもだが、神様もだ。

ポーシャは嫌いだ。大嫌いだし憎んでもいる。あんな女、この世から消え去ってしまえばいいと思っている。ううん、本当は、もともとこの世に存在しなければよかったのだ。元からポーシャが存在しなかったら、きっと私は心穏やかに、日々を過ごしていたに違いない。あんな女がいたばっかりに——。

ポーシャ——この世で一番嫌いで憎い女。だからこそ、私はポーシャから目が離せない。だってポーシャのような女が、いつまでも恵まれたしあわせな日々を過ごしていていいはずがない。そんなことが、許されていいはずがない。

化けの皮が完全に剝がれて、ポーシャが絶望と破滅の淵に陥るところを、私はどうしてもこの目で見届けたい。あの整ったきれいな顔が、無残に歪むところを見てみたい。でなければ、私の心は永遠に晴れないままだ。こうして生きていることにも意味がなくなる。

ポーシャ、たぶんあなたは知らないでしょう。だけど、人には運が尽きるということがあるものなのよ。人生、そうそう思うようにはいかないものなの。

ポーシャ——考えてみれば、あながち的外れな呼び名ではないかもしれない。『ヴェニスの商人』のポーシャにしても、たしか本物の裁判官ではなかったはずだ。彼女は、夫の親友の危機を救おうと、裁判官に扮《ふん》してシャイロックを裁いた。正義と善を装ったいかさま女ということでは、ポーシャも彼女もおんなじだ。

だけど、ポーシャとあなたじゃ中身が違う。その後が違う。ポーシャは、夫と夫の友人夫婦としあわせに暮らした。でも、あなたにそんな未来はない。愛を知らないあなたに、そんな未来は絶対にめぐってこない。

1

　東京は、もう二週間もかんかん照りの日が続いている。真夏日ということからすれば、もう四十一日間連続だ。夕刻から夜にかけて、ざっとひと雨くる日もある。だが、それも、夕立と言うに当たらないほどの雨でしかなく、その雨を境に気温が下がることもない。東京に居ながらにしての東南アジア旅行とでも言いたいところだが、スコールがない分、ひょっとすると東南アジア以上の暑さかもしれなかった。近畿、九州は、東京以上の厳しい暑さらしい。

かと思うと、日本各地の限定的な地域では、局地的な集中豪雨に見舞われて、思いがけない事故や災害も起きている。たとえば横浜で一時間に百ミリ近い雨——これまでには考えられなかった驚異的な降雨量だ。〝ゲリラ豪雨〟などという新しい呼称まで生まれたぐらいだ。

　こんな夏も、だんだん例年のことになりつつある。となれば、もはや異常は異常ではない。だから真幌も、これを異常気象と言っていいのかどうか、正直言って迷うところだった。

（でも、やっぱり異常）

　アスファルトの照り返しで蒸し上がった都会の街を歩きながら、真幌は思った。

（気象も異常なら人間も異常……まるで磁場そのものが狂ったみたい）

　都市のみならず日本各地で、頻々《ひんぴん》と通り魔事件や家族間での陰惨《いんさん》な殺人事件が起きている。人が見ず知らずの相手を次々と襲って殺傷し、親が子を、子が親を、ハンマーで殴り包丁で滅《めっ》多刺《たざ》しにする夏。

太陽があたりを隈《くま》なく照らしだそうとするかのようにぎらぎらと輝き、眩しい光と緑に溢れるこの季節を、美しい季節、命の勢いに満ちた季節と、少しは楽しめるだけの余裕が心にある人間はいい。が、うつ状態に陥った人間には、その太陽の光も目にはいらないぐらいに、日々はどんより曇って色のないものにしか感じられない。さもなくば、鋭い陽射しが肌のみならず神経や心までをもきりきりと苛《さいな》むような、単に無慈悲で過酷な季節でしかない。真幌のクライアント企業の社員にも、うつ症状を呈している人間は少なくない。

今もそんなペイシェントの出張カウンセリングからの帰り道だった。ゆうあい銀行システム部、今西晃市《いまにしこういち》——うつ状態が強まっている。真幌は今日、彼のカウンセリングをしてみて、すでに自分の守備範囲を超えていると判断せざるを得なかった。

(早急に受診が必要だわ)

精気がまったく感じられない今西晃市の顔と、精神科医の小宮山隆の顔を、それぞれ脳裏に思い浮かべながら真幌は思った。

(何かが起きてからじゃ遅い)

日本の年間の自殺者数は、約三万人と言われている。一方、うつ症状で医療機関を受診する人間は約八十万人だ。どちらも少ない数字ではないように思えるが、実際は、双方現実を大きく下回った数字と言わざるを得ない。隠れ自殺というのがある。つまり、家族に精神的な傷を残さないよう、あるいは家族に保険金なり賠償金なりがはいるよう、表向きは事故を装った自殺が、陰にはずいぶんあるということだ。また、八十万人という受診者数にしても、うつ症状を抱えながらも受診していない人間がその背後には四倍近くいると言われている。近代化、IT化の進んだ現代社会では、人口の三パーセントから四パーセントの人間がうつ病になるというWHOの統計分析結果から弾きだされた数字だ。

(うつ病以外の精神疾患を全部合わせたら、いったいどういう数字になることか)

真幌にとっては、この先クライアントやペイシェントがふえることはあっても、なくなることはないということを意味してはいる。だからといって、単純に自分の商売繁盛を喜ぶ訳にはいかなかった。

「真幌先生」

フリーオフィスとスタジオがはいっているビルのある通りに差しかかったところだった。呼びかける男の声に、真幌は自分のもの思いから現実へと引き戻された。考えごとをしながら歩いていたので気がつかなかったのだろう。はっと見ると、すぐ目の前に見知った男の顔があった。

「ああ、沢崎《さわざき》さん」

言いながら、真幌は軽く頭を下げた。

「いやあ、暑いですね」にこっと笑って言ってから、男はその顔の上にさらに晴れた笑みをいっぱいに広げた。「もう『暑いですね』という挨拶にも食傷気味と言ったところですがね。先生は、これからMKビルですか」

沢崎の問いかけに、真幌は黙って頷いた。

MKビル——フリーオフィスとスタジオがはいっているビルの名称だ。

「そうか……残念だな。そうと知っていたら、アポイントの方を前に持ってきて、もうちょっと遅めにスタジオに顔をだしてみるんだった」

「あら。沢崎さん、うちのスタジオにいらしてたんですか」

「ええ。今日、たまたまこちらの方に用事があったので、運よく真幌先生にお目にかかれればと思いましてね。少々時刻を読み違えましたが、まあたとえ道端であっても、お目にかかれなかったよりはちょっとはよかったということにしておきますか」

そう言って、沢崎は再び顔に笑みを広げた。またしても、頭上の夏空にも負けないような明るく晴れた笑みだった。

いつだってこの男はそうだ。いかにも屈託なげに晴れ晴れと笑う。目にも作為を窺わせるような曇りや翳りは微塵《みじん》も見当たらない。常に晴天そのものの笑顔なのだ。が、真幌は、なぜかこの男の笑顔が苦手だった。笑顔がと言うよりも、沢崎という男自体がと言うのが正しい。

沢崎詠一《えいいち》、四十四歳。ヘッドランドという会社の企業主だ。沢崎とは、若手実業家や企業主が催したレセプションで顔を合わせたのが一番最初だ。ヘッドランドは、リゾートマンションの販売やリゾート施設の設営、運営などを手がけている企業らしい。その沢崎が、以来、どうしてだか時々真幌に連絡を寄越したりオフィスに現われたりするようになった。ある時期まで、その理由が真幌にもよくわからなかった。が、真幌がスタジオとフリーオフィスの運営をはじめた時、沢崎は真幌に言った。

「参ったな。真幌先生は、私が話を持ち込む前に、自ら事業を拡大なさってしまった。真幌先生は、私以上のビジネスマンであり事業家だったという訳だ。いやはや、出遅れましたよ、今回は」

当然ながら、ヒーリングスタジオとリゾート施設は異なるが、共通する部分がないではない。沢崎としては、真幌にその種の施設の経営を、いずれは持ちかけてみようという肚《はら》だったらしい。真幌がスタジオとフリーオフィスの運営をはじめた今も、こうして折々顔を見せるのは、何かしら彼なりの目論見《もくろみ》あってのことだ。それぐらいのことは、さすがに真幌にもうわかっている。

「それにしても、さすがに目端の利く真幌先生だ。今度はまた素晴らしい人をスカウトしてきたものですね」沢崎が言った。「新たにスタジオに加わった人ですよ。島岡芽衣さん」

ああ、と真幌は表情を動かさずに頷いた。

「彼女に会って、真幌先生の次の一手が読めた気がしましたよ。今度こそは、私も前回の轍《てつ》を踏まないようにしないといけないな」

「え？　どういう意味です？」

「今度は出遅れないようにしなくては、ということですよ。真幌先生には、黒沢さんという人がついているので何ですが、次回はぜひとも私にも一枚嚙《か》ませてくださいよ」

「おっしゃっていることの意味が——」

「とぼけたって無駄ですよ。あれだけの人を連れてきたんだ。当然、事業の拡大を視野に入れてのことでしょう？　たしかに多少設備投資をしたとしても、彼女が存分に働いてくれたら回収は早い」

「沢崎さん」手を額《ひたい》のあたりにあてがって日をよけながら、ちょっと顔を顰《しか》めるようにして真幌は言った。「はっきり申し上げておきますけど、私は今で手一杯。これ以上の事業の拡大は考えていません。本当です」

「じゃあ何だってわざわざカウンセラー候補の人間をスタジオに？　カウンセラーならフリーオフィスの方にもういるのに」

真幌の側にしてみれば、沢崎の言っていることはとんちんかんと言うしかなかった。強烈な陽射しの下で耳にしているだけに、余計にそんな思いが募って鬱陶《うっとう》しかった。早く逃げたい。強烈な陽射しからもこの男からも、早く解放されたい。

「島岡さんは、べつにカウンセラー候補じゃありませんよ」

色のない声で真幌は言った。

「え？　だって、養成講座の時の先生の教え子でしょう？」

「そうですけど、彼女にその意志はありませんし、私もそういうつもりで彼女に来てもらった訳ではありません」

「港南大の心理学部の出身で、先生の講座にも来ていた彼女にその気はない？　彼女はカウンセラーを目指していない？」

「芽衣さんは心理学部の出身ではありません」と言いかけて、真幌は口にしかけた言葉を飲み込んだ。沢崎は、自分の勝手な思い込みでものを言っている。そんな男にまともにものを言う必要はないし、こちらから芽衣の個人情報を提供する必要はさらにない。これ以上沢崎と炎天下で立ち話を続けるのは、まったくもって無意味と言うよりほかなかった。

「ごめんなさい」真幌は腕の時計にちらりと目を走らせて言った。「私、今日はフリーオフィスの方で約束がありますので」

真幌は、最初と同じように沢崎に向かって軽く頭を下げた。あえて頬笑みはしなかったが、べつに冷淡な表情も浮かべなかった。凪いだ顔——真幌なりのポーカーフェイスだ。

「ああ、どうもすみませんでした。こんなところで長々と話をしていたら、日に焼けさせてしまいますね。申し訳ない。今度また、代々木の事務所の方にでもお邪魔させていただきます」

「あの、沢崎さん、困ります。今、私が申し上げたことに嘘はありません。ですから、あんまり先読みや深読みはなさらないでください」

事実、真幌は困惑していた。このうえ代々木の事務所に訪ねてこられては、困惑を通り越して迷惑でしかない。「それでは」と、真幌が歩きはじめてしまったせいもあるだろう。沢崎も、それ以上は何も口にしなかった。ただ、納得いかないというような彼の気分が、波動か念のように、背後からぼんやり伝わってくる感触があった。

本当のところ、納得がいかないのは真幌の方だった。芽衣という存在を根拠にそう判断したのだろうが、真幌が事業の拡大を目論んでいるなど、先走りもいいところだ。そもそも手にしている情報が間違っているというのだから、話にならない。

(港南大の心理学部出身？　どこからそんな話がでてきたんだか)

ＭＫビルに向かって歩きながら真幌は思った。

(港南大は港南大だけど、芽衣さんは経済学部よ。もしも心理学部出身だったら、私だって二年前にカウンセラーになることを、彼女にもっと強く勧めていたわ)

ビルにはいり、エレベータホールで一度足を止めると、待ち構えていたように汗がたらりとこめかみを滴《したた》り落ちていった。

今年はとにかく暑くて長い夏になりそうだ――真幌は暑さに顔を歪めながら思っていた。

2

小学生の頃、夏休みもそろそろ終わりという段になって、何か大変な忘れ物をしているような、そんな妙な思いに見舞われたことがあった。どの教科の宿題も、一応すべてこなしたはずだ。それなのに、算数だったか理科だったか、何かの教科で、べつに先生からだされていた宿題があったような……。

真幌は、三十ももう後半といういい大人だ。宿題をだす先生もいない。それでいて、何となく忘れ物に似た積み残しがあるような気分を心のどこかに残しながら、この暑い夏、ひたすら仕事に追われる恰好で、何とか毎日を乗り切っていた。

（貧乏暇なし。バカンスなんて夢のまた夢ね）

個人業というのは、手を広げれば広げるだけ自分が忙しくなって、優雅に休暇を取っている余裕がなくなる。大企業に勤めていた方が、断然休暇は取りやすいだろう。真幌は悠介の勧めもあって、一応組織化しているものの、まとまった休みが取れないということは、真幌のやっていることがまだ個人業の延長でしかないということの証だろう。

（ここを頭ひとつ抜けだせれば）

時として真幌も、そんな夢を抱かないこともない。個人プレイには限界がある。だから、個人プレイをチームプレイに高めることだ。ただし、単なるチームプレイでは駄目だ。各チームのリーダーが、自分の受け持ち組織を完全に掌握し、諸事万端、遺漏なく遅滞なく、きっちりまわしていってくれなければ、本当の意味でのチームプレイではないし、真幌も楽にはならない。

小松礼文、藤井多穂、遠野美音子――それぞれみんなよくやってくれている。わかっているからこそ、真幌も、ここを頭ひとつ、この地点からもう一歩、という望みを抱いてしまうのだと思う。

（もうちょっとなのよね。何だろう……何かもうひとつ、起爆剤みたいなものが必要なのかな）

起爆剤――言ってみれば、化学変化を起こさせる正触媒のようなものだ。思ってから、自分が芽衣をスタッフに迎えられることを手放しで喜んだ一番の理由がそこにあったかもしれないと、思い至る心地がした。

(楽がしたいってこと?……やっぱり少し疲れてきたのかな、私)

振りだしに戻るように考えながら、真幌はマンションの玄関のドアの鍵を開けた。本当のところはわからない。が、今現在、延々と続く夏の暑さに、いい加減からだが音《ね》を上げはじめていることは間違いない感じがした。

講演と言うほど大袈裟なものではないが、一度小規模な講演会に、芽衣に同行してもらった。芽衣をただのスタッフとして使っていることに申し訳なさを感じるようになっていたし、真幌もある程度芽衣の希望は聞き届けてやりたいと思ったからだ。芽衣の側もそれを喜んでいたし、現場では、申し分のない秘書ぶりを発揮してくれた。そういう意味では、真幌も楽をさせてもらった。

今夜も、悠介は出張で留守にしている。動きまわっていることがすでに彼の日常になっているとはいえ、元気な四十五歳だと感心する。お蔭で真幌は、今夜も帰ってから家事に勤《いそ》しむ必要がなく、それこそ楽ができた。この暑さで多少食欲も落ちている。今夜は帰りに惣菜《そうざい》屋で、キスの天ぷらとゴーヤチャンプルーを買ってきた。あとは素麺《そうめん》でも湯掻《ゆが》けば充分だった。

家にはいり、やれやれとばかりにバッグを下ろしかけた時だった。バッグのなかの携帯が鳴った。慌てて携帯を取りだして見る。液晶表示に遠野美音子とあった。

「あ、もしもし、美音子さん? 友部です」

「ああ、真幌先生、遠野です。夜分にすみません。今、大丈夫ですか」

「ええ、大丈夫よ。ちょうど部屋にはいったところ。どうかした？」

話しながら、リモコンでエアコンのスイッチを入れた。

「急いでお報《しら》せすることでもないかと思ったんですが」ふだんとほぼ変わらぬ声のトーンと口調で美音子が言った。「実はユリちゃんが、五日前のシフトから連絡なしにやってこなくなっていて……。今日ようやく連絡がついたんですが、彼女、アルバイトを辞めさせてほしいと言うんです」

「あらま」

自分でも、とんちんかんと言うより間の抜けた返答だと思った。だが、思ってもみなかったことだっただけに、これという言葉がでてこなかった。

内野ユリ――麻綾と同じくアルバイトスタッフの女子大生だ。純朴な雰囲気を残した生真面目な娘で、麻綾とはまた違った性格と個性の持ち主と言える。両者、特性は異なるものの、その分麻綾とはかえって仲よくやっている様子だったし、芽衣が加わってからは、麻綾と一緒にずいぶん芽衣に入れ込んでいると耳にしていた。だから真幌は、てっきりスタッフ間はうまくいっているものとばかり思っていた。

「で、アルバイトを辞めたいという理由は何なの？」

「そこがどうもはっきりしなくて。で、何だかちょっと気になりまして、明日を待たずに携帯にご連絡させていただきました」

美音子が電話で尋ねても、ユリは口籠《くちご》もるような感じになって、理由らしい理由を口にしようとしないらしい。なおも問うと、今度は「ごめんなさい」と謝る。

「このまま問い続けると、まるでいじめているようだという気持ちになって、いったん電話を切る判断をしました」美音子は言った。「ただし、また連絡させてねと、その承諾だけは取りましたが」

「そう……。ユリちゃん、五日前から連絡もなしにスタジオに来なくなったのね？」

真幌は確認するように美音子に言った。

「はい。ご連絡が遅れてすみません」

「ああ、それは。あなたに任せていることだから」

「私、ユリちゃんの電話の受け答えの様子から、何か傷つくような出来事があったんじゃないかと、そんな気がして」

同感だった。ユリは生真面目だから、適当な理由を口にしてその場を誤魔化《ごまか》すことができない。では、なぜ本当の理由を美音子に対して申し述べられないのか。それは、彼女自身の心に何らかの痛みがあるからと考えるのが妥当だろう。

美音子はユリとの電話の後、何か思い当たる節がないか、スタッフの野崎結子に尋ねてみた。結子は見当もつかないと首を捻った。ならば、同じアルバイトスタッフである麻綾ならどうだろうと考えて、今度は麻綾に尋ねてみた。最初のうち、麻綾は何となくとぼけている雰囲気だったが、なかば懐柔するように美音子が重ねて問うと、ようやく口を開いた。

「もしかすると、あれかな？　遺伝子」

二週間か三週間前のことらしい。スタジオで、ぽかっと空いた時間ができたことがあった。その時、芽衣と麻綾、それにユリの三人で、どうということのないおしゃべりをした。そこででた話題が遺伝子だった。女性が美しくなろうとする努力を阻む最強の壁、それは遺伝子にほかならない――。

「何なの、それ?」

思わず真幌は美音子に言っていた。

「一般論と言うより、世間話みたいなものらしいです。他愛《たあい》のないおしゃべりの流れのなかで、芽衣さんがぽろっと口にしたことで」

駅の階段を上っていたら、自分の目の前にでんとふたつ並んで、そっくり同じ形をした大きなお尻、太い股《もも》、短くてくびれのない脚があった。年代は双方二十代。あれだけそっくりのお尻と脚をしていたら、前にまわって顔を見なくても、同じ遺伝子を持った姉妹だとわかる。つまり、彼女らがどんなにダイエットをしたり一生懸命ジムに通ったりして、モデルやタレント並みのスタイルを手に入れようと努力しても、それは無駄な試みにすぎないということだ。もちろん、心持ちお尻が引き締まったり若干脚が細くなったりはするだろう。けれども、脚の長さは変えられないし、お尻の位置も変えられない。強烈な遺伝子には、努力でとうてい敵うものではない――。

「それで遺伝子……」

真幌は言った。言いながら、何とも表わし難い疲れを心に覚えていた。

「あまりいい例の引き方とは言いかねるわね」

「ユリちゃん、部分部分にわりと強いコンプレックスがあったみたいなんですよね」美音子が言った。「手指が太くて短いこととか、わりと小柄なのに足のサイズが大きいこととか……」

それでも芽衣という存在に魅了され、少しでもきれいになりたいという思いを強くしていたし、彼女なりに努力もしていた。ところが、麻綾がスリムになってどんどん垢抜けていくのにひきかえ、ユリは努力の結果がほとんどでない。いささかへこみかけていたところに持ってきての遺伝子発言だった。

「麻綾ちゃんも言っていましたけど、もちろん芽衣さんに悪気はなくて、本当に何の気なしに言ったことのようです。私も当然そうだったろうと思います。もしもユリちゃんにそんなコンプレックスや屈託があるのを感じていたら、間違っても口にしなかったことだったでしょうから」

携帯を耳に当てたまま、真幌はわずかに眉を寄せ、少しの間黙《もく》して考えていた。

同世代の若い女性同士ならば、どうしても互いを比較し合う。時には張り合う気持ちも抱く。あの芽衣が、そんな若い女性の心理に頓着せず、何の気なしに不用意な発言をしたりするものだろうか。真幌には、そこが納得いかない思いだった。

「真幌先生?……」

「あ、ごめんなさい」美音子に名前を呼ばれ、我に返ったようになって真幌は言った。「あのね、ちょっと訊きたいんだけど、前に麻綾ちゃんと話した時、彼女、芽衣さんからプチネックや洋服や、何点かプレゼントしてもらっているみたいなことを言ってたの」

ああ、と電話の向こうの美音子が頷くような調子で言った。

「ユリちゃんはどうだったのかしら。ユリちゃんも同じように、やっぱり芽衣さんから何かプレゼントしてもらっていたのかしら」

「——あ、いえ、それは」そこでいったん言葉を区切ってから、改めて美音子が言葉を続けた。

「たぶんなかったと思います。そういう話はユリちゃんから聞いたことがありませんし、それらしいものを身につけていたということもありませんでしたから」

「そう……」そのまままた沈黙しそうになりかけて、真幌は意識的に気を引き締めて言葉を接いだ。「わかった。ユリちゃんには私から一度連絡してみる。もしもユリちゃんが心に傷を負ったのだとしたら、私も放っておけないし」

「すみません」

「ああ、美音子さんが謝ることじゃないわ。——で、ユリちゃんが抜けても、スタジオの方は大丈夫なの？」

「ええ、それは。仮にこのままユリちゃんが来なくなったとしても、当面スタッフの補充の必要はありません。結子さんもずいぶん慣れてきましたし、芽衣さんが優に二人分ぐらいの仕事はこなしてくれていますから」

「そう。ならよかった」

「よかった」と言って美音子からの電話を切ったものの、実のところ真幌の心は、言葉とは反対の方向に傾いていた。まさか、そんなはずはない……ざわつく心を宥《なだ》めるように自分自身に語りかけてみるのだが、内に生じた疑心を消し去ることができない。心の不穏な波立ちも収まらない。

正触媒に対して負触媒というのがある。正触媒が物質同士の化学反応のなかだちとなって反応速度を増進させるのに対して、負触媒は反応速度を減少させる。

自分でも明確に意識していなかったが、真幌は芽衣に正触媒の役割を期待してスタッフとして雇い入れたところがある。だが、芽衣は正触媒ではなく負触媒だったのだろうか。いや、反応速度を減少させるのみならず、停止させたり阻害したりということになれば、負触媒ではなく触媒毒だ。

（そんな、まさか）

芽衣の整った顔と落ち着きのある表情、それに深みのある眼差しと独特の頬笑みが思い浮かぶ。脳裏に顔が思い浮かぶと、ますますそんなことはあり得ないという気持ちになる。あの芽衣が、そんなことをするはずがない——。

それでいて、真幌は心の奥で思ってもいた。とうとう問題が表面化しはじめた——。

現時点での事実は、ユリが連絡もなしにアルバイトに来なくなったこと、アルバイトを辞めたいと言っていること、この二点だけだ。あとはまだ推測であって事実ではない。事実はほとんど見えていない状況だし、真実に至ってはまったく見えてないと言っていい。ただ真幌は、自分の大事な忘れ物、夏休みの宿題の積み残しが何だったたか、ようやくわかった心地がした。

何かひとつ歯車が狂いかけているような感じがする、どこかおかしい、辻褄《つじつま》が合っているようで合っていない……そんな思いから聴き取り調査のようなことまでしておきながら、真幌はそれをきちんと分析して、結果を見極めることを怠っていた。それが真幌が積み残した夏休みの宿題だ。

(気にはなっていたのに、芽衣さんの同級生だというあの女性のことも、私は放りだしたままだった)

忙しいというのは言い訳にならない。夏の暑さも暑さの疲れも言い訳にならない。

(私はそういう立場にいる)

虚空を半分睨むように見つめながら、真幌は心で呟いていた。

3

真幌は、視線に力が籠もらぬようにと意識しながら、目の前のユリの白い顔を静かに見ていた。ユリは視線を下に落としている。それだけ見ても、何か心に蟠《わだかま》るものがあることが察せられた。たしか青森県弘前《ひろさき》市の出身だったはずだ。そういう予備知識があるせいか、ユリの肌の深い白さが雪国の出身であることを物語っているような感じがした。唇はやや薄めだが、輪郭がはっきりとしていて紅い。この娘は、決して意志の弱い娘でもなければ心の弱い娘でもない——真幌は、俯け気味のユリの顔を静かに眺めながら思っていた。

新宿の高層ホテルのラウンジだ。場所は、べつに代々木の真幌の事務所に来てもらっても構わなかったし、ユリのアパートがある高円寺《こうえんじ》に真幌が出向いて行っても構わなかった。ただ、事務所に来てもらうと、何だか呼びつけたような恰好になる。かといって、ユリのホームグラウンドである高円寺まで出向いて行けば、今度は無理矢理押しかけたような恰好になって、彼女の気持ちを追い詰めかねない。会う場所は、中間地点で、それも開かれた場所の方がいいと判断した。その方が、きっとユリも出てきやすい。話もしやすい。

「スタジオの仕事だけど、続けるのはやっぱり無理?」真幌は柔らかな口調でユリに尋ねた。

「私としては、これまでユリちゃんはとてもよくやってくれていたし、お客さんをくつろがせる空気を持った人だっただけに、ここでユリちゃんに辞められてしまうのはすごく残念なんだけど」

「すみません」と、ユリは落としていた視線をより内向きにして頭を下げた。

「あ、謝らないで。ユリちゃんは謝らなきゃいけないようなこと、何もしていないんだから。そうね。いつかまたその気があったらということでもいいわ。その時は、いつでも私か遠野さんに連絡もらえないかしら。待ってるから」

「………」

無言だった。それでもユリは、ほんの少しだけ視線を上げた。

「本当よ。私も遠野さんも同じ気持ち。ユリちゃんからの連絡を待ってる」

「真幌先生や遠野マネージャーにそう言っていただけるのは、本当に有り難いです」

ようやくユリが言葉らしい言葉を口にした。

「話せる範囲で構わないの。私にだからということで、何でも安心して話してもらえると嬉しいな。もちろん、外には漏らさない。だってユリちゃん、私はカウンセラーよ。秘密を守るのも仕事のうちですもの」

言った後、真幌は穏やかに頰笑んでみせた。ユリを安心させたかったし、何よりも少し上向いたユリの視線を捉えておきたかった。また俯かれたのでは話が前に進まない。

「もしかして、スタジオで何か問題があった？　そういうことではなくて、もしも待遇面に不満があったということなら、それも正直に聞かせてもらえると有り難いな」

「いえ、待遇面での不満なんて――」

「じゃあ、何？」と、あえて真幌はすぐには追い討ちをかけなかった。そう問いかけるより先に、テーブルに運ばれてきたグレープフルーツジュースをユリに勧めた。

問題なく勤めていたユリがこんなかたちで挫《くじ》けたのは、芽衣がスタジオに来て以降のことだ。美音子が麻綾から耳にしたという芽衣の遺伝子発言が、直接の引き金になったのかどうかはわからない。だが、今回のことと芽衣は完全に無関係ではないという仮説は成り立つ。それだけに、逆にそこに焦点を絞った問いをしてはいけない。恐らくはユリの心を挫けさせたであろう原因を意識的に避けて、多少的外れな質問を重ねていくことも必要だ。ユリに「ノー」を繰り返せることで、彼女の口を軽くしていく。口が緩んで言葉が漏れれば、心のもつれた紐《ひも》もほどけていく。

「私は産業カウンセラーの仕事をしていて、組織という人の輪の構図や微妙な力関係を読み取るというのは、本当に難しいといつも思うわ」世間話のように、真幌はユリに言った。「A、B、C、D、E……何人かの人間がいて、実のところ真の問題は、AとBとの間に起きていたりする。なのに、AとBからは遠い割には余波を受けやすいポジションにいるEに、大きなダメージがでたりする。E本人には何の問題もないのにね。今回、うちは、芽衣さんという新しいスタッフを迎えた。ユリちゃんがスタジオを辞めたいという気持ちになったのは、芽衣さんとユリちゃんの間がどうこうということじゃなく、遠野さんと芽衣さんの間に起きている問題が、ユリちゃんに波及したという可能性もあるということね。そうやって、いつも全体を見なければと思っているんだけど……」

「いえ、遠野マネージャーと芽衣さんの間には何も」

「そう。でも、ユリちゃんはもうスタジオに来たくないと思った。原因がひとつとは限らないわね。原因そのものじゃなくてもいいの。スタジオで、何かユリちゃんがいやだなと思ったり、生理的な不快感を感じたりしたことはなかった？　何か思い出すことはない？　一例としてでいいのよ。何か話してくれると助かるわ」

「一例……」

「ええ。直接ユリちゃんに関わることでなくても構わない。何でもいいの」

ユリの視線がさらに上がった。ユリは真幌の顔にではなく、真幌から見てかなり左上高くに眼球を動かして虚空を見つめた。過去の出来事を思い出し、それをどう話すか考えている時、人がよく見せる顔であり目つきだ。

（ユリちゃん、話して）

真幌は心でユリに懇願するように語りかけた。

「本当に一例というか、一例にも当たらないようなことですけど」

ユリの言葉に、真幌は「うん」とすかさず頷いた。

「それでいいの。そういうことが聞きたいの」

「仕事帰りにたまにスタジオにいらしていたお客さんのことなんですが……」

まずは関わりの浅い他人の話から――固くなっていたユリの口が、ようやく綻びはじめたことを、真幌は内心安堵をもって実感していた。

＊内野ユリ＊

デパート勤務のお客さんです。たしか八洲屋《やしまや》だったと思います、銀座八洲屋。

そうしょっちゅう見えていたお客さんではありません。たぶん月に一、二回程度です。たまにお友だちと一緒のこともありましたが、たいがい仕事帰りにお一人で。ショップでグッズを買われてから、ティールームでお茶を飲みながら本を読んだり手帳に何か記したりなさったり。

そういうことからすれば、静かなお客さんです。

芽衣さんがスタッフになってから初めてスタジオに見えた時、そのお客さん、芽衣さんを見て、とたんに顔色を変えたんです。顔色を変えるって、ふつうは比喩《ひゆ》的に使いますよね。でも、そのお客さんは、本当に顔色が変わったんです。血の気が失《う》せた白い顔と言うより、何だか蒼《あお》ざめた顔色をなさっていて、私には、目の色まで変わったみたいに見えました。凍りついたって言ったらいいか。で、ちょっと茫然《ぼうぜん》となって立っていたかと思ったら、今度はいきなりスタジオを飛びだしたんです。私、顔面蒼白《そうはく》になったのを見ていましたから、貧血でも起こして気分が悪くなったんじゃないかと心配になって、そのかたの後を追いかけました。

そのお客さん、エレベータ前ではなくて階段の方で、壁に腕を突くような感じでうなだれてました。「ご気分悪いんじゃありませんか。大丈夫ですか」と声をかけると、こちらに顔を向けられましたけど、やっぱりひどい顔色をなさっていて……。その時、その人、私におっしゃったんです。「どうしてあの人がここにいるの？　どうしてスタジオにあの人が？」って。

あの人というのが芽衣さんを指していることはわかりました。ですから、芽衣さんがスタッフとして加わったことをお話ししました。そうしたら、そのかた、私にぼそりとおっしゃったんです。「あの人は、小鳥の足を全部切った」って。半分口のなかで呟くような口調でした。

最初は、何を言っているのかよくわかりませんでした。でも、言葉通りのことと言うか、本当にそういうことらしいんです。そのかた、続けて私に言いましたから。「あの人は、うちで飼っていた文鳥四羽の両足を、全部植木鋏《ばさみ》で切ってしまった」――。

聞いただけでぞっとして、腕や背中に鳥肌が立ちました。だって、鋏で小鳥の足をみんな切ってしまうなんて、そんな残酷なこと――。過去、現実にその場面を目にしたそのお客さんはなおさらだったと思います。言った後、ご自分でもぞくりと身を震わせて、しばらく手で顔を覆っていらっしゃいました。たぶん、その時のことを思い出したことで、本当に気分が悪くなったのだと思います。だから私、少しの間、そのお客さんのそばについていました。いくらか気分が回復して「もう大丈夫だから」とお帰りになる時、そのお客さんは私に向かって大きく首を左右に振って「あの人は駄目」と言いました。本当に、怖いぐらい真剣な表情で、「あの人に近づいては駄目。とにかく離れることよ」って。

芽衣さんとどういう関係なのか、突っ込んだことは訊けませんでした。私も半分茫然としていましたし。

それからです。まさかと思いながらも、そのお客さんの言葉や様子を思い出すと、何だか芽衣さんが怖くなってしまって。

芽衣さんは、とてもきれいでお洒落でカッコよくて、頭もいいし人気もあって……素敵なかたです。まわりもみんなそう言っていますし、私もそう思います。心理学を勉強なさっていただけに、心に響くような言葉をぽっと口になさるし。でも、そんなことがあってから、芽衣さんの心に響くひと言というのも、だんだん怖くなってきてしまったんです。もちろん、単純に嬉しかったり気分が弾むようなひと言もあります。そっちの方が断然多いです。でも、逆の場合、それをどう捉えたらいいのか、私には芽衣さんの意図が読めなくて。

あ、私、芽衣さんを悪く言うつもりはまったくありません。そのお客さんがおっしゃったことが事実かどうかもわかりませんし。ただ、そんなことがあったもので、だんだん私が勝手に芽衣さんの言葉を深読みするようになってしまっただけのことなんです。

それと……これはマネージャーにも言っていないことなんですが……昔からの芽衣さんのファンだというお客さんが、タイだったかベトナムだったか、どこか海外旅行に行った時のお土産を、芽衣さんに持ってこられたことがありました。シフォンのスカーフみたいなものだったと思います。それ、その日のうちにそのままスタジオのスタッフルームのゴミ箱に捨ててありました。その時は、「ああ、こういうのは芽衣さんの趣味じゃなかったんだろうな」ぐらいにしか思いませんでした。でも、やっぱりちょっと——。

芽衣さんが加わってから、スタッフもみんなお洒落になって、スタジオ全体が明るい雰囲気になったと思います。お客さんたちの間にも、まるで前よりグレードの高いスタジオに来ているかのような優雅さみたいなものが生まれた感じがしますし。ただ、私はそういうなかにあって、何だか自分がひどく場違いなところに身を置いているような気分になってきたんです。たぶん自分の心だけが翳っていて、場の雰囲気からはぐれているからだと思います。

ある時期までは何とか頑張れたんです。でも、そのうちスタジオに行かなくちゃと思っても、からだが全然動かなくなってしまって。マネージャーにきちんとご連絡して、アルバイトを休むなり辞めるなりすればよかったんです。だけど、何て説明したらいいか……どうにも理由の説明のしようがなくて。それに、芽衣さんは真幌先生の親族だと言う人もいたので、もしもそれが本当なら、遠野マネージャーに話すのも、先生の身内のかたの悪口を言ってるみたいになったら困るし、そう思われてもいやだと思って。

ええ、知ってます。私がアルバイトに行けないようになってから、心配した麻綾ちゃんから電話をもらって、その時、芽衣さんは真幌先生の身内ではないらしいという話は聞きました。そのこともあって、今日も思い切って先生とお目にかかることに決めたんです。麻綾ちゃんは芽衣さんの大ファンなので、このことはまったく話してません。先生も、麻綾ちゃんには話さないでくださいね。

今は……何となく自分でも混乱してるし、気持ちもちょっと落ち気味なので、スーパーの早朝の品だしとかパソコンへのデータ入力とか、しばらくの間はあんまり人とは関わらない単純作業みたいなバイトをしようと思っています。

何か、ちょっとくたびれちゃったんです。人に疲れたと言うと大袈裟かもしれませんけど。

え？　そのお客さんのお名前ですか。たしか……永田《ながた》さんだったか永島《ながしま》さんだったか、そのどちらかだったと思います。下のお名前までは覚えていません。歳は、芽衣さんよりちょっと下だと思います。そういえば、お姉さんがどうとかおっしゃっていたような。

真幌先生、芽衣さんって、港南大学の出身ですか。そうですか。だとしたら、そのかたのお姉さんと芽衣さんが、港南大学で同級生だったということなのかも。「港南大をでた人よね？」「あの人と港南大の心理学部で出逢わなかったらうちの姉は……」——そんなようなことをおっしゃっていましたから。私からは何もお尋ねしなかったので、それ以上のことは。

真幌先生、ご迷惑やらご心配やらおかけしてしまってごめんなさい。でも、私、今日思い切って先生とお目にかかることにしてよかったです。自分勝手な話ですけど、ある程度理由をお話しすることができて、気持ちが楽になりました。

馬鹿みたいですね。でも、私、ずっと怖かったんです。何が怖いのか、それが自分でもよくわからないまま、ずっと怖かったんです。

もう少し落ち着いたら、遠野マネージャーにもちゃんとお詫びしようと思います。真幌先生、ごめんなさい。それに、今日はどうもありがとうございました。

4

身長は、たぶん一六七センチか一六八センチ。すらりとした長身で、ことに引き締まった脚のラインが美しい。立ち姿が絵になるし、着こなしのうまさがいっそう彼女の姿の長所を引き立たせている。艶のある長い髪。長いのに、カットに工夫があると見え、夏場でも暑苦しく見えたり重たく見えたりすることがまったくない。色は明るすぎないブラウンで、軽やかなのにほどよい落ち着きを感じさせる。顔は、輪郭のきれいな整った顔立ちをしていて、ことに黒くて深い瞳とじんわり顔に広がっていく奥行きのある頬笑みが特徴的だ。いきなり笑ったりはしない。いつだってじんわりと、相手を自分の笑みに引き込むようにゆっくりと頬笑む。笑みだけではなく、喜び、怒り、嘆き、悲しみ……どんな感情もあらわに顔に表わすことはほとんどない。

申し分のない見た目。加えてきわめて頭がいい。知能そのものもさることながら、優れた観察力、学習能力、知識量……それに人間力と言うべきものまで持ち合わせている。それだけの容姿と能力に恵まれながらも、それをひけらかすこともない。

それが、島岡芽衣という女性のはずだった。

代々木上原のマンションに帰り着くと、真幌はたて続けにグラスに二杯、冷たいミネラルウォーターを飲み干した。飲み終えるか終えないかのうちに、早くも汗となって肌から滲みだしてきたが、そんなことに構っている余裕がない気分だった。

これまで真幌が目を向けてきたのは、島岡芽衣という女性の長所だ。だが、どんなに完成度の高い人間であっても、短所のない人間はいない。場合によっては、長所がそのまま短所になることだってある。徐々に問題の本質が見えはじめてきたことを感じて、真幌は軽い眩暈《めまい》を覚えていた。

真幌と会って話をしたことで、ユリは気持ちが楽になったと言ってくれた。ユリの言葉には救われたし、真幌もそれには素直に安堵の念を覚えた。が、ユリの話を聞いていて、正直、真幌の心に戦慄《せんりつ》のようなものが走る瞬間が幾度かあった。こうして家に帰り着いた今も、戦慄の余韻が今度は重たい振動となって、真幌の心と存在を、内側からゆさゆさと揺さぶっているようだった。

「私、ずっと怖かったんです」——ユリは言った。曖昧な感情表現のようでいて、その実、現実に即した的確な表現であり指摘であると言わねばならなかった。恐怖——それが今回の問題の根っこにある。

ユリは芽衣の遺伝子発言については言及しなかった。ただ、心に直接響いてくるような芽衣のひと言には、ユリを嬉しい気持ちにさせたり気分を弾ませたりする種類のひと言と、その逆の種類のひと言があると言った。同じ心に響くにしても、プラスにではなくマイナスに作用するひと言、気持ちを萎《な》えさせ落ち込ませる種類のひと言だ。

聞いていて、事実、遺伝子発言はあったのだろうと真幌は思った。ただし、ユリの心がその発言によって大きく損なわれたのかと言えば少し違う。なぜならユリは、芽衣の意図が読めなくなったと言っていたからだ。読みきれないということが、結果として恐怖へとつながっていった。

芽衣は、麻綾にはファッションに関するアドバイスをするだけでなく、アクセサリーや服もプレゼントしていた。時には麻綾を褒めそやし、持ち上げることもあったと思う。もちろん、ユリにも声はかけていたろうし、やさしく接してもいただろう。けれども、麻綾に対するそれと比べると、そこには明らかな差があった。先にそうした流れがあっての遺伝子発言だ。「美しくなろうというどんな努力も、強烈な遺伝子には勝てない」——。

敏感な人間なら、どうしたって一連の出来事を、結びつけて考えずにはいられない。ユリもずいぶん悩んだはずだ。本当のところ芽衣が言いたいのは、「麻綾ちゃんはOKだけど、ユリちゃんは無理ね」「早く気づきなさいよ。ユリちゃんは、努力をしても無駄なのよ」……そういうことではないのか。

まさか——ユリも心で何度も繰り返したに違いない。きれいでやさしくて頭がよくて、誰にでも好かれるあの芽衣が、そんな含みを持たせた意地の悪い発言をする訳がない。ところが、それと前後する恰好で、例の女性客の一件があった。それでユリは、まさかと思いながらも、芽衣の心を疑う気持ちをどうしても拭えなくなった。

翳った心で窺うように芽衣を見る。が、芽衣は不動だ。常に女性らしくて柔らかな面持ちをしているし、澄んだ深い眼差しをして頬笑みかけてくる。その頬笑みも、人を包み込むような懐深さを感じさせる。この人の心を疑う私の方がおかしい――。

しかし、スタジオを飛びだした女性客は明らかに顔色を変え、真剣な面持ちをしてユリに言った。「あの人は、うちで飼っていた文鳥四羽の両足を、全部植木鋏で切ってしまった」「あの人は駄目」「とにかく離れることよ」……。

女性客の言葉を思い出すと、それと連鎖するかのように、シフォンのスカーフも映像として目に甦る。まるで紙屑《かみくず》同然に、ゴミ箱のなかにぽいと捨てられていた、顧客が芽衣に贈ったシフォンのスカーフ。

明るく和やかなスタジオにあって、ユリはひとり迷い道に紛れ込んでしまったような心地だったことだろう。しかも、自分が迷子になっていることを、誰にも打ち明けることができない。道標を見失うというのは不安なものだ。ユリは混乱しつつも、何とか自分なりの真実を見出そうと試みたに違いない。ところが、芽衣を見れば見るだけますます真実という答えが見えなくなる。答えが見えないだけに怖さが募る。そのうちに、脳が考えることを放棄しはじめた。混乱と恐怖を回避しようとする自己防衛本能のようなものだ。スタジオに通っていながら、それについて考えないというのには無理がある。それでユリの脳の命令中枢は、ユリにからだがスタジオに向かうことを停止させた。

　真幌は深い溜息をついた。

　辞めたのは、大学生のアルバイトスタッフ一人だ。必要とあらば、どうとでも入れ替えがつく。が、これは、ユリ一人の問題にとどまらなかった。芽衣は、ほとんどその存在の圧力だけで、ほどよくバランスを保っていた多穂を大きくぐらつかせた。育ちのよさが裏目にでると言ったらいいか、多穂のように生来穏やかで中庸な人間は、大きくバランスを崩すと、案外たやすくポキリと折れかねない。そして芽衣は、あのしっかり者の美音子をも、存在感と言葉とでうろたえさせて、内心お手上げという気持ちにさせた。

（ユリちゃんに対するのとは違う。でも、同じ心理作戦よ。芽衣さんは、美音子さんの弱いところを突いてきた）

　QとQｕａｏ'sを合わせても、アルバイトを含めて延べ十名ちょっとというような小さな組織だ。美音子たちヘッドの人間がしっかりしているだけで、寄せ集めに近い組織とも言える。それでも、これまで組織はそれなりに緊密な状態を保ってきた。が、芽衣がやってきてから、たちまちにして組織の糸があちらこちらでほつれはじめたような気がした。まず、ユリをつないでいた糸が切れた。ユリをつないでいた糸だけならいい。けれども、このまま放っておくと、あちこちで糸が軋《きし》みを上げ、ぷつりぷつりと切れかねない。

（だいたい、私と芽衣さんが血縁だなんて、いったいどこからそんな話が……）

真幌は、臍《ほぞ》をかむような思いで、心のなかで呟いた。

(小さな組織だもの。そんなことを耳にすれば、たしかに余計に風通しが悪くなるだけよ。それに、べつの誤解だって産みかねない)

美音子や麻綾からその話を耳にした時、真幌はその時点ですぐに話の出所を、しかと確かめておくべきだった。美音子にしても、それが気にかかっていたからこそ、あの時あえて真幌に確認した。

(私も咽喉に刺さった小骨みたいに気になっていた。なのに、些細なことのような気もして放置してた。馬鹿よ、放っておいちゃいけないとわかっていたのに。手抜かりもいいところだわ。もしもその噂を、芽衣さん本人が流したのだとしたら……そうよ。あれだけ頭のいい人だもの。芽衣さんが何も考えていない訳がない。毎日単なるルーティンで、スタジオに働きにきているはずがない)

真幌はべつに策略家ではない。それでも、真幌には真幌のヴィジョンなり目的なりがあって、その実現のために、日々懸命に働いているし動いている。それは芽衣にしても同じはずだ。いや、あれだけの能力を持った女性ならばなおさらだろう。何らかのヴィジョンなり目的なり、あるいは野望なりがあって当然だ。今は、その実現に向けて仮初めにスタジオに働きにきているに過ぎない。そう考えるのがたぶん正しい。

(美音子さんが言っていた通りよ。芽衣さんは、一スタッフで収まるような人じゃない。仮にマネージャーという任に就かせたとしても、きっと役不足と感じるはずよ)

そういうことからするならば、遺伝子発言にしてもユリが疑った通り、裏に何らかの意図があって、故意に口にしたことと考えざるを得ない。美音子から話を聞いた時にも思ったことだが、あの芽衣が、何の気なしにそんな不用意な発言をするはずがないからだ。

(でも、どうして?)

なかば確信しつつも、やはり真幌は首を傾げずにはいられなかった。芽衣にとって、ユリは決して目障《めざわ》りな存在ではなかったはずだ。麻綾と個性の種類や質は違っても、ユリは麻綾に劣る存在でもない。ユリが芽衣を毛嫌いしていたとか敵視していたというのなら話は多少違ってくるが、ユリは麻綾と同じく、芽衣に憧れを抱いていたぐらいだ。そんなユリを、あえて傷つけ排除する必要が、いったいどこにあるだろう。

(わからない……)

恐らくは、これがユリのはまった迷路だった。答えが見つけられないだけに、不明感と不安ばかりが募るいやな迷路。

どうあれ、芽衣の長所や美点に目を奪われるのではなく、短所や欠点に目を向けるべき時がきたことは確かだった。眩しさが、人に芽衣を凝視することを放擲させる。真幌も、そういう人間の一人だったかもしれない。でも、目を背けていては駄目だ。あの眩しさの向こうには、芽衣の頭脳明晰さがあり、目的があり、そのための計算がある。それをきちんと捉えなくてはならない。

(だけど、ユリちゃんの気持ちをいじることにどんな意味がある?)

堂々巡りのように、思いはまた元へと戻る。どう考えてみても、ユリをいじったところで、芽衣にこれといったメリットはない。頭脳明晰で、芽衣の言動には計算があると仮定して考えれば考えるほど、真幌はますます深い穴にはまっていくようだった。

(芽衣さん、いったい何を考えてるの？　何が目的で私のところに来たの？　何を企んで人の気持ちをいじってるの？)

真幌は一度首を横に振った。

(駄目よ、感情に走っちゃ。事実を客観的に眺め直さないと)

そう考えた直後、芽衣と悠介を交えた三人で、西新宿の「扶持」で食事をした時のことが思い出された。その場の光景が、自然と脳裏に甦ったと言うべきかもしれない。和やかな笑みを浮かべた後、かすかに眉を持ち上げてみせた芽衣の表情――。

思えば、あの時はじめて真幌は芽衣に違和感に近いものを覚えた。なぜなら、その頰笑みと人懐こい表情が、料理を運んできた店の若い男性のそれを、そっくり写したものだったからだ。

〝感覚の写真機〟――その時、真幌は思ったし、今も芽衣にはたしかにその種の能力が備わっていると思っている。だが、芽衣は、どうして彼独特の人懐こい笑みを、自らの顔に写してみる必要があったのだろう。記憶、もしくは記録しても、即座に反芻してみる必要はないはずだ。

(もしかして芽衣さんは、〝これ〟という表情にめぐり逢うと、ああやって一度反芻して、その表情を自分のものとして取り込むか否か取捨選択してるの？　そうやって、自分の表情の持ち札をふやしてるの？)

だとしたら、今の芽衣の魅力的ないくつかの表情は、幾多の取捨選択の結果ということになる。ならば芽衣本来の表情は、いったいどれなのだろう。真幌はそれを目にしたことがあるのだろうか。

考えていると、何だかからだと心が、おのずと縮こまっていくようだった。

(そこまで考えるのは、いくら何でも考え過ぎ?……)

思い直しかけた時、家の電話がけたたましい電子音を鳴り響かせた。神経がそそけだったようになっていただけに、その音に真幌は一瞬びくっと弾かれたみたいになった。

(やだ、驚かさないでよ)

悠介は今夜、帰りは遅くなるものの、帰宅できると思うと話していた。だから、悠介からの連絡かとも思ったが、悠介なら、大概携帯に電話してくる。ならば札幌の実家からだろうか……ぼんやり考えながら、真幌は充電台から子機を取り上げた。

「はい、もしもし」

真幌が言った後、向こうから言葉が返ってくるまでに、やや間があった。重ねて「もしもし」と言おうとした時、先方の声が耳に届いた。

「友部、友部真幌先生でいらっしゃいますか」

女性だった。低めと言うより重ためと言った方がふさわしいような種類の声だった。

「失礼ですが——」

そうだとも違うとも言わずに、真幌は暗に誰何《すいか》した。が、相手はそれには答えず、念を押すように重ねて言った。

「友部真幌先生ですね」

「あの——」

今度は、明確に誰何しようとした、が、それを遮るように、相手が勝手に話しはじめた。

「先生、先生はどうして島岡芽衣のような人間をご自分のスタッフにされたのですか」

「あなたは……」

ユリの話が思い出されていた。芽衣の姿を目にして顔色を変え、「どうしてあの人がここにいるの？」と言ったという女性客のことだ。

「先生も、カウンセラーならおわかりになるはずじゃありませんか。あの女、島岡芽衣は、周囲に災いしかもたらさない恐ろしい人間です」

「ごめんなさい」気を落ち着けて真幌は言った。「できればお名前をお聞かせいただけますか。それが無理なら、ぼんやりとした芽衣さんとのご関係だけでも」

相手が素直に名乗るとは思っていなかったし、頭では、すでにユリが話していた女性客を想定していた。銀座八洲屋に勤める、永田か永島という苗字の女性。

「それなのに、先生はどうしてあんな人間を……」案の定と言うべきか、彼女は真幌の問いを無視して言葉を続けた。「島岡芽衣のような人間に目をかけて、あんな女と夫婦で食事までして」

最後のひと言で、真幌の想定はとたんに崩れた。「えっ？」という思いに言葉を失う。

「先生にご忠告しておきます。あんな女は、即刻追い出すことです。そして二度とご自分の身に近づけないことです」

「あなた……あなたは?……」

やや茫然となりながら何とか言葉をつなごうと試みた。けれども、そのうちにも電話はぷつりと切れていた。

5

一方的にかかってきて、一方的に切られた電話というのは、ただでさえ後味がよくない。今回は、相手がわからず、話の内容が内容だっただけになおさらだった。電話が切れた後、真幌は何だかひとり取り残されたようになって、しばしぼんやりと行き暮れていた。

「あんな女と夫婦で食事までして」——電話の主は真幌に言った。

途中まで、ユリが話していた女性客と言っていたことが一致していただけに、てっきり真幌は彼女が電話を寄越したものと思っていた。だが、永田だか永島だかいう女性客は、芽衣の姿を目にしてスタジオを飛びだしたというほどだ。どういうかたちであっても、芽衣との接近は避けようとするだろう。したがって、真幌が芽衣と悠介を交えて食事をしたことを、その女性客はたぶん知らない。

ほかに真幌が思い当たる人間と言えば、「扶持」で見かけたあの女性しかいなかった。十五年もの間、芽衣を尾けまわしているという高校時代の同級生、北川千種。当夜、まさにその現場にいたのだ。彼女ならば、間違いなく三人で食事をしたことを知っている。

(だけど、どうやってうちの電話番号を？……)

考えられるとすれば、カウンセラー協会の名簿だった。あれには連絡先として、自宅の電話番号も載っている。千種ならば、そこまで調べかねない感じがしたし、彼女ではないかという気はした。彼女の声そのものは聞いたことがないが、姿と電話の声に違和感はない。千種はスタジオにもやってきているから、真幌が芽衣をスタッフとして雇い入れたことも、当然承知している。とはいえ、どっちみち憶測の域をでない。そもそも判断材料が少な過ぎる。真幌の持ち駒は、ユリから聞いた女性客と北川千種しかないようなもので、たった二人の人間を候補に判断しようとするのは、あまりにも乱暴だ。彼女かもしれないし、彼女でないかもしれない——どんなに考えたところで、そういう答えにしかならない。

(だいたい、前提自体が違っているかも)

千種に関することは、芽衣の口から耳にしたに過ぎない。千種が芽衣の高校時代の同級生で、以来ずっと芽衣を尾けまわしているというのが事実かどうかも、本当のところわからなかった。

「え？　港南大の心理学部出身で、先生の講座にも来ていた彼女にその気はない？」——通りでばったり出くわした時、沢崎が真幌に言ったことが思い出された。そういえば、ユリもその女性客が、「あの人と港南大の心理学部で出逢わなかったらうちの姉は……」と口にしたと言っていなかったか。

（沢崎さんは、何を根拠に芽衣さんは港南大の心理学部出身だと私に言ったの？　もしかして芽衣さんは、事実、港南大の心理学部出身なの？　だけど、私には経済学部の出身だと言った）

言っただけではない。履歴書にも、たしかに港南大学経済学部卒業と書かれていた。考えれば考えるだけ、あるいは思い出せば思い出すだけ、どんどん闇の領域が広がっていくようで、思わず真幌は表情を翳らせた。だが、憂鬱な気分になって、ひとりたそがれている場合ではなかった。

べつに芽衣の言葉や芽衣という人間を疑っているというほどのことではない。今はまだその段階に達していないというのが正確な言い方かもしれない。それでも、事実の確認だけは、しっかりとしておくべきだった。この先芽衣といい仕事をしていくためにも、それは間違いなく必要なことだ。

（甘かったわ。私）

甘かったし慢心もあった。晴明が言った通りだ。好事魔多し——順風満帆の時こそ、自分の器と足もとに、真幌はもっとしっかり目を据えていて然るべきだった。

携帯が鳴った。着メロでわかる。リベル・タンゴ、今度こそ本当に悠介からだ。

「もしもし」

「ああ、真幌。もう家？」

「ええ。私はもううちに帰ってるわ」

「そうか。こっちは一時間ぐらい前に品川に着いたんだけど、構内のティールームで石川君《いしかわ》とちょっと仕事の段取りをしたりしていた」

「そう。どうもお疲れさま」

口で言いながらも、一瞬、どうして品川なんだろうかと、頭の端で考えていた。ただし、考えるか考えないかで、すぐに今日は戸塚《とつか》での仕事だと言っていたことを思い出した。横須賀《よこすか》線での帰り道……石川というのは、悠介の事務所の人間だ。石川融《とおる》、三十七歳。

「これから電車に乗る。だから、家に着くのは三十分後ってとこかな」

「わかったわ」

「そうそう、エキナカで芽衣さんを見た」

「え？　芽衣さんを？」

また芽衣だ。何だか今日は芽衣に取り憑《つ》かれているような一日だと、内心真幌は溜息をつく思いだった。今日と言うより、このところと言うべきかもしれない。

「うん、品川駅のエキナカでね」背後に駅の雑踏が放つ雑音が混じるなか、悠介が続けた。「それが変な組み合わせでさ、芽衣さん、沢崎さんと一緒だったんだよな。ヘッドランドの沢崎さん」

沢崎のことも、さっき思い出したばかりだ。今度こそ、彼独特の快晴と言わんばかりの笑顔が真幌の脳裏にくっきりと浮かんだ。反対に、真幌の顔と心は一気に曇天《どんてん》になった。

「それだけじゃない。石川君、芽衣さんのことを知っているって言うんだよな」

「知ってる？　知ってるって、それ、どういうこと？」

「去年の暮れだったか、横浜でやった僕の起業セミナーに、やっぱり芽衣さんは参加していたらしい」

「えっ。でも、悠介さん、前に食事をした時、芽衣さんとは初めて会ったたって……」

「うん。そうなんだけどね」

横浜の時は、いつもより会場が大きかったし、芽衣は最後列の席にいた。しかも、「扶持」で会った時とは出で立ちがまったく違った。冬場だったということもあるが、だぶっとした中綿入りのカーキ色のジャケットコートにニット帽、それに太い黒縁の眼鏡をかけていた。次の仕事があったので、悠介はそのまま会場を後にした。が、整理のために現場に残った石川は、帰り際、眼鏡をはずした芽衣の顔を見た。その時芽衣は、ニット帽も一度被り直した。

「眼鏡と帽子を取ってみたら、びっくりするほどきれいな人だったんでよく覚えてるって言うんだよ」

「………」

「あ、電車がきた。じゃあ、まあそれは帰ってから」

悠介の電話はそれで切れた。

充電台に携帯を戻す。ひとりでに、真幌の視線は俯いていた。

沢崎の経営するヘッドランドは、リゾート関連の会社だが、デベロッパーと組んだ仕事もしているから、時には大きな金を動かすこともあるようだ。ヘッドランドとは別法人で金融業も手がけているのではないかと、前に悠介が言っていた。

「企業投資屋とまで言うと言い過ぎか。僕の仕事も似たようなものだと言われればそれまでだけど、事業の立ち上げ屋とでも言ったらいいか。たぶん金主《きんしゅ》がいるし、彼自身、金の匂いには敏感なんだろうな。他人の金であれ自分の金であれ、いつも潤沢《じゅんたく》に金の流れるところにいる感じがする」

事業家と言うより野心家と言いたくなるような沢崎と、なぜか芽衣が一緒にいた。恐らく沢崎の方が芽衣に接触を図ったのだとは思うが、自分が沢崎を苦手としているということもあって、真幌はどうにもいやな感じがした。

(それに悠介さんのセミナーにまで。去年の暮れと言ったら、九ヵ月も前のことだわ)

真幌がコートヤードでいい気にぼんやり日向《ひなた》ぼっこをしているうちに、バックヤードの日陰では、どうやら何かが動きはじめていたようだ。そう考えるより仕方がないし、そう認めざるを得ないところにきていると思った。

この一年ほど、真幌は時々誰かに見られているような感じがしていた。もしかすると、探るように真幌を見つめていたのは、芽衣だったのではないか。芽衣は講座を辞めた後、真幌や真幌の周辺の人間のことをあれこれ調べ、その上で再び真幌の前に姿を現わした――。

(きっとそうだわ。だって、いかに芽衣さんが感性鋭い人だとしても、美音子さんが今つき合っている彼氏が六つか七つ歳下だなんてことまで、たやすく見抜けるはずがない。調べたのよ。だからずばりと言い当てることもできる)

多穂や美音子……真幌が信頼している人間の性格や性分まで踏まえた上で、芽衣は満《まん》を持《じ》してスタジオに乗り込んできた。相手の性格を承知しているから、弱いところを突いて揺さぶりをかけることもできる。

(血縁……あの話もたぶんそうよ。芽衣さんがそれとなく周囲に流したのよ。でなかったら、そんな話が広まるはずがないもの)

考えていると、背筋に悪寒《おかん》が走るようだった。芽衣の目的、企みの内容は、いまだしかと見えない。けれども、真幌には芽衣が、自分を脅《おびや》かすためにやってきた侵略者のように思えた。現に、組織の糸にほつれが生じはじめてる。

(Ｑｕａｏ'sやＱをぐずぐずにして駄目にしてしまうことが目的なの？　それでわざわざやってきたの？)

組織——それはこれまで真幌が築いてきた人間関係でもある。

(私の人間関係を駄目にすることが望み？　だけどそんなことをして、芽衣さんにいったい何の得がある？)

そう考えてから、真幌は大きくかぶりを振った。

ユリの一件がある。自分に何のメリットもないにもかかわらず、芽衣はユリの心をいじった。そこから考えてみてもわかる。恐らく芽衣に一般的な損得勘定は通用しない。彼女は違う価値観のなかで生きている。違う価値観に基づいて行動している。

電話の女性のことも思い出された。自分が誰かを名乗りもしない人間の言葉を真に受けるつもりはない。しかし、芽衣の意向を汲む恰好で、彼女を講演会に秘書よろしく同行させたりしたのは軽率だったかもしれなかった。それは、真幌の周辺社会への、芽衣のお披露目《ひろめ》と受け取られかねないことだ。なぜなら、そこだけ見れば、どうしたって周囲は、真幌が芽衣を買っているし信頼していると判断するからだ。もしも芽衣をめぐって何かことが起こった時、真幌は後に退《ひ》けなくなるし、言い訳もきかなくなる。

「あの人は、うちで飼っていた文鳥四羽の両足を、全部植木鋏で切ってしまった」──ユリが口にした言葉が思い出され、真幌は思わず怖気《おぞけ》をふるった。

(手遅れでないといいんだけど……)

何をどうしていいかどころか、何が起きているのかも見えていない。当然打つ手も決まらない。それだけに、真幌は気持ちが焦《あせ》った。一方で、こんなことはまだほんの序章にすぎず、いよいよこれから本格的に何ごとかがはじまろうとしているという気もしていた。きっと動きだしたら大きく動く。それを止める力と手立ては真幌にないかもしれない。

真幌のからだに、もう一度小さな怖気が走った。何に脅《おび》えて戦《おのの》いているのか、本当のところ真幌は、自分でもよくわからずにいた。よくわからないということ自体が、恐ろしくもあった。

第四章　魔の微笑

1

小田急線の窓から見える西の空が、真っ赤に燃え上がっていた。凄絶なまでの夕焼けだった。日のある時刻に帰途に就くことが少ないということもあるが、こんな夕焼けを目にしたのは何年振りだろうかと、嘆息する思いだった。真幌はなかば呆気《あっけ》に取られるような心地で、しばし窓の外の光景に目を奪われていた。

夏が断末魔《だんまつま》の叫びを上げている感じがした。街には執拗な残暑が未練がましくへばりついているものの、もう九月になった。日によっては、夜に涼しい風が吹くこともある。暑くて長かった夏にも、そろそろ終わりが見えはじめているようだった。

(何だかこの世の終わりみたいな夕焼け)

思ってから、真幌は顔に薄い苦笑を浮かべた。見事な夕焼けに世界の終焉《しゅうえん》を感じて茫然となるのは、統合失調症などの患者に見られる情緒傾向だった。

苛烈《かれつ》な都会の夏にも疲れたが、それより芽衣がもたらした問題に、どうやら真幌の神経は、いささか参っているようなところがあった。

今日は仕事はオフだった。本当なら、真幌も久しぶりに家でゆっくりしていたいところだった。だが、結局、今日も一日、芽衣や芽衣の周辺のことを当たる作業に時を費やすことになってしまった。

窓の外の夕焼けから目を離し、真幌は音にならない息をついた。

何と言っても、当然仕事が優先だ。だから、なかなかまとまった時間が取れない。そこが歯痒いところだった。が、折々こうして自分の時間を充てる恰好で、真幌は芽衣に関することを調べてきた。それでわかったこともずいぶんある。一方で、逆にわからなくなったことも多かった。

真幌がまず驚いたのは、芽衣が港南大の経済学部ではなく、心理学部の出身だったことだ。おまけに一年半余り前、芽衣は真幌の講座から去った後、べつの講座に通ってカウンセラーの認定資格の取得に努めていた。協会に申請して試験を受けさえしたら、もう認定資格が取れるところにまできているらしい。ところが、芽衣はそれをせず、なぜか真幌のところにやってきた。

この事実を確認した時は、さすがに真幌も愕然《がくぜん》となったし、自分自身に落胆もした。何をとんちんかんなことを言っているのかと沢崎のことを心で馬鹿にしていたが、芽衣に関して間違った情報を持っていたのは、沢崎ではなく真幌の方だった。

(それにしてもわからない)

カウンセラーを目指しているのなら、何も真幌の講座を途中でやめることはなかった。もしも真幌の講義に不満があったのであれば、一年半が経ったのち、真幌のところに戻ってはこないだろう。そもそも、港南大の心理学部出身なのに、どうして芽衣は真幌に経済学部の出身だと偽ったのか。そんな嘘を言って、芽衣にどんな得があるだろう。

(ない。何もない)

エクストリームでの仕事を続けながら、よその講座で勉強と実地を積んだのなら、そのままカウンセラーの資格を取ったらいい。それを隠す恰好で戻ってきて、真幌のスタッフになる必要はない。

(いつもそう。あの人のやることは、一般の損得勘定や価値観では測れない)

芽衣の言動と言うよりも、その言動の背後にある芽衣の思考が、真幌にはどうにも理解ができない。自分にわかる理由が見つけられないのだ。それだけに、知れば知るほどかえって謎が深まることが多く、一筋縄ではいかないという思いに気持ちが疲れた。

ユリが話していた女性客は、銀座八洲屋に勤める永田桐子《きりこ》という女性だとわかった。デパートは、女性中心の職場と言えるし、接客という仕事の性質上、内側にはいってみると何かとストレスが多い。以前、真幌は八洲屋から依頼を受けて、銀座八洲屋の新入社員教育の一環として「働く女性の心の健康」というテーマで話をしたことがあった。桐子は、その時会場にいた新入社員だったようだ。真幌は桐子に連絡を取って、昨日の晩、会社帰りの桐子に会ってきた。

「友部先生のお話は、新入社員教育で聞いた時よりも、数年経ってからの方が『なるほど』と思い至ることが何かと多くて」桐子は言った。「それでネット検索してみたら、スタジオをやっていらっしゃることがわかったんです。それで時々……。でも、まさかあそこであの人に再会するなんて。――ごめんなさい。あの人に関することは、あんまりお話ししたくないと言うか、思い出したくないんです」

当然だろう。芽衣の姿を目にした途端、顔色を変えてスタジオを飛びだしたほどだ。桐子が過去に心に負った傷は、まだ癒《い》えていない。わかっていても、そこを何とかと、真幌も分けて頼まざるを得なかった。

重い口を開いて、桐子はようやく話をしてくれた。桐子の姉の葵《あおい》が、芽衣と大学時代の同級生だったこと、その関係で、世田谷《せたがや》の彼女たち姉妹の家に、一時期芽衣がしょっちゅう遊びに来ていたこと、やがて姉の葵が大きく心を損なう結果になったこと……。

「最初は、素敵な人だと思いました。きらきら光っていて、やることなすこと魅力的で、何しろあれだけきれいな人ですから。でも、本当のところあの人は、見た目とは正反対の、何て言ったらいいか、悪魔みたいな人でした」

葵の長い髪の毛にこっそりガムがつけられている、着ていたブラウスがいつの間にか汚されている……最初のうちは、陰湿だが子供じみた悪戯《いたずら》みたいなことだった。そのうちに、芽衣が家にやってくると、その後家じゅうの時計の時刻が全部四十分遅れている、ジャーのコードが抜かれていてどこを探しても見当たらない……次々と異変が起きるようになった。だが、芽衣がやったとは思わなかったし、思いたくもなかった。だいたい、芽衣がそんな馬鹿げた悪ふざけをする道理がない。だが、芽衣が現われると、必ずと言っていいほど何かが起きる。その内容もどんどんエスカレートしていって、単なる悪戯では片づけられないものになっていった。「妹の私が言うのもおかしなものですけど、姉は本当に心やさしくて善良で……だから、あの人を疑うまいとしていましたし、それでもどうしても疑ってしまう自分を責めていました」

飼っていた文鳥の足が全部切られているのを見つけた時は、さすがに葵も絶叫した。自分がかわいがっていた文鳥だ。けれども足を切られた文鳥に、葵は触ることができなかった。かわいそうだと思う気持ちよりも、気持ち悪さの方が上回ってしまったのだ。

「あの人がやったことに間違いないんです」額のあたりを暗く翳らせて桐子は言った。「でも、理由が全然——。姉はあの人によくしていましたし、恨《うら》まれる筋合いなんかまったくなかったはずなんです。だから、あれこれ考えていると、何だか頭がおかしくなりそうになって」

芽衣がそんな真似をする理由がわからないだけに、葵も桐子も懊悩《おうのう》したし苦しんだ。実際のところ、芽衣以外にあり得なくても、現場を押さえた訳ではないから証拠はない。そして、いつだって葵は、最後には自分を責めることになる。

証拠もないのに、友人のことを疑っている。本来あってはならないことだ。文鳥にも、足が刈られているのを目にしたら、気持ちが悪くて触れなかった。名前をつけたりしてかわいがっていたはずが、自分の愛情なんてそんな程度のものでしかなかった——。

「そのうちに、姉はだんだん塞ぎ込むようになって、笑顔だけでなく、顔から表情自体がなくなっていくようでした。かと思うと、居ても立ってもいられないといった様子で、急に何かに脅えてみたり……。姉がどんどんおかしくなっていくようで、私は見ていて怖くて仕方がありませんでした。それで父や母とも相談して、あの人を姉にも家にも絶対に近づけないようにしたんです。それからのことは……もうこれ以上はお話ししたくありません」

スタジオで会った時、芽衣の方は自分に気づいていなかったと思うと桐子は言った。だからこそ桐子も、真幌に少しは話をしてもいいという気持ちになった。

「でも、私がお話ししたことは、絶対に耳に入れないようにしてください。あの時、つい余計なことを口走ってしまいましたけど、どうかスタッフのかたにもそうお伝えください」最初にもだが、最後にも桐子は念を押すように真幌に言った。「苦労してせっかく解放されたのに、こんな話があの人の耳にはいったら、またどんなことになるか。それに、これは私たちの側から見たことで、あの人が何かをしたというはっきりとした証拠があることではありません。ですから、先生、それだけは確実によろしくお願いします」

葵が今現在どうしているのか、気になりながらも真幌は尋ねることができなかった。妹の桐子でさえ、いまだに色濃く引きずっているほどだ。当事者であった葵ならばなおさらだろう。一家で相談の上、何としても芽衣を寄せつけない策を取ったというから、港南大を中退したということも考えられる。芽衣と出逢ったことで、葵の人生の設計図は狂ったし、ずいぶんまわり道をすることになったのではないか。そして、桐子が語ることを控えた部分は、一家を挙げての芽衣との戦いだったかもしれない。当然、桐子もそれに巻き込まれた。

「でも、理由が全然——」

桐子の言葉が思い出された。理由がわからない——それが芽衣を解くひとつのキーワードであるような気がした。頭脳明晰、したがって、やっていることもいたって明瞭なはずなのに、なぜか理解しかねることが多い。それが芽衣だ。

（おかしい。やっぱり芽衣さんは、どこかふつうじゃない）

小田急線を代々木上原駅で降り、人に紛れてホームを歩きながら真幌は思った。

（でも、決めつけるのはまだ早い。すべては細かな事実の確認をしてからのことよ）

芽衣の身元や経歴に関することまで、いちいち自分で調べていられない。そのノウハウもない。だから真幌は、そうしたことについては調査会社に依頼した。その結果も、そろそろ上がってくる頃だった。

ひと通りの事実が出揃うことで、真幌は早く芽衣という人間のアウトラインを摑《つか》みたかった。そう思う気持ちの一方で、内心真幌は恐れてもいた。不快な事実を確認することになるのが怖い。それに、事実がずらりと出揃えば、芽衣という人間は見えてくるのだろうか。これまでの道筋から言うなら、逆に不明感が強まるのが芽衣という人間だ。

（芽衣さんに関わった人間は、みんなこの迷路にはまるんだわ）

真幌は思った。

（ユリちゃんも永田さんも……それに私も）

今もってわからないことが何かと多い。だが、桐子と実際に顔を合わせてみて、真幌はひとつ自分で確認できたことがあった。

真幌に忠告とも警告とも取れる電話を寄越したのは、桐子ではない。直接桐子に質《ただ》した訳ではないが、声が違った。口調も違った。それに桐子は、一貫して芽衣を「あの人」と言い、一度も名前を口にしなかった。恐らく桐子にとっての芽衣は、いまだ名前を口にするのが憚られるほど、忌まわしい存在なのだ。

ほかに真幌が当たるべき人間がいるとすれば、それは北川千種だろう。芽衣が言った通り、千種が本当に十五年もの間、芽衣を尾けまわしているおとなしいストーカーかどうかはわからない。が、たぶん彼女は、芽衣に関する多くの情報を握っている。それは間違いない気がした。「扶持」で目にした千種の姿を思い浮かべる。芽衣とは見た目も種類もまるで異なる。それでいて、千種もまた、同じく強い不明感を象徴しているようで、真幌は何だか気が滅入るようだった。

ともすれば萎えかける気持ちを意志の力で保ちながら、真幌は徐々に暮れゆく町を、自宅マンションへと向かった。

2

真幌は、JR中央線を西荻窪《にしおぎくぼ》駅で降りた。西荻窪駅に降り立つのは久しぶりだった。と言うよりも、近頃は、新宿―東京間の往き来はあっても、中央線で新宿から西に下ることが滅多にない。

今日、真幌が西荻窪を訪れたのは、中谷美絵《なかたにみえ》と会うのが目的だった。中谷美絵は、真幌の大学の先輩であり、カウンセラーの先輩でもある。ただし、今はカウンセラーの仕事はしていない。料理研究家の夫の仕事が忙しくなって、そのサポートに奔走せざるを得なくなったからだ。

「まったく人生なんてわからないわ」前に美絵は、愚痴半分、冗談半分に言っていた。「昔はただのぐうたらで、あっちが私の扶養家族だったのよ。ところが、主客逆転。いまやあちらが中谷先生だもの」

『無手勝流料理秘伝』だったか、中谷あきのりの名前でだした本が馬鹿売れしたのだ。以来、ユニークな料理本の執筆にも忙しいし、講演活動に近い料理指南にも忙しい。当の明徳本人は、あまり乗り気でない様子だが、時々テレビにでていることもある。多少浮き世離れした感じの茫洋とした人柄が、人気の理由かもしれない。

自宅は善福寺《ぜんぷくじ》公園の近くだが、自宅まで訪ねると、逆に迷惑になりかねない。真幌も何となく気詰まりで、落ち着いて話ができない。それでクラブサンド風のサンドイッチがおいしいという西荻窪のカフェで待ち合わせることにした。

「何だったら私、新宿あたりまで出ていくわよ。代々木の事務所に行ってもいいし」

電話で美絵は言ってくれたが、真幌の相談ごとで時間を作ってもらうのだ。先輩の美絵に足を運ばせる訳にはいかなかった。

「ああ、真幌ちゃん」

指定されたカフェにはいろうとした時、入口で美絵に声をかけられた。振り向くと、美絵が真幌に向かってさくりと頬笑んでいた。真幌より六つ歳上の四十四歳。美絵はその笑み同様、気取りがなくて明朗な人柄だ。少々おかしな言い方になるかもしれないが、侠気《おとこぎ》のようなものもある。

「久しぶりね」美絵は言った。「二年ぶりぐらいになるかしら。そもそも、真幌ちゃんが私に相談ごとというのがちょっとした珍事《ちんじ》」

相談ごとは、ほかでもない芽衣のことだった。カウンセラーの先輩である美絵にだからこそ話せることであり、今はカウンセラーの職を離れている美絵にだからこそ話せることだった。逆に言えば、現時点では美絵にしか相談できない話——。

芽衣に関する調査報告書も上がってきた。それを読むにつけても、真幌は唸《うな》る思いで首を捻らざるを得なかった。

芽衣が真幌に話している経歴の大まかなラインに、これといった虚偽はなかった。芽衣は北海道旭川市の出身で、港南大学を卒業したのち、アスカ建設に新卒入社している。エクストリームに至るまで、二つ会社を変わっているが、履歴書と照らし合わせてみても、その職歴にも詐称はない。大学時代、「ジュリエット渋谷」のカリスマ店員だったことも本当だ。それでいて、芽衣は、真幌からすれば、嘘をつく必要のないところで、なぜか嘘をついている。

港南大学の心理学部の出身なのに、経済学部の出身だと言ったこともそうだが、たとえばエクストリームでは、営業本部にいたのは事実でも、店舗まわりが主な仕事で、芽衣は営業戦略には携わっていなかった。芽衣が営業戦略の立案に関わっていようがいまいが、真幌にとってはどちらでもいい。なのに芽衣は、あえてちょっぴりの嘘偽りを交えている。

「ふうん……」

サンドイッチを頬張りながら、美絵が深い相槌を打った。芽衣に関する大まかな話は、美絵には事前に電話で告げてあった。その時、美絵は電話で、「何だかいやな感じがする」と言った。「もしも故意に人を動揺させたり、周囲に真幌ちゃんと親族だと思わせたりしているんだとしたら、性質《たち》がよくない」——。

「アスカ建設での所属部署も違いました」真幌は言った。「営業二部ではなくて総務。まあ、私にはどうでもいいことなんですが」

「そこでもまた必要のない嘘という訳ね」口のなかのものを飲み込んでから美絵が言った。

「で、真幌ちゃんの判断は?」

「わからないというのが本当のところなんです。もともと理解し得ない、理解しようと試みることに無理があるという気もしてきていて。芽衣さんを理解しようとすることに、少し疲れてきたのかもしれません」

「……」

無言ながら、目の前の美絵が低く唸ったような気がした。

演技は苦手だ。が、真幌は、スタジオに顔をだした時、あたかも不意に思い出したかのように、振り向きざまに芽衣に向かって言ってみた。

「あ、そうだ。沢崎さん、今も時々スタジオに来ている?」

すると芽衣は、きょとんとした顔を真幌に向けて言った。

「え？　沢崎さん？　沢崎さんってどなたでしたっけ？」

その顔には、微塵も動揺が見られなかったばかりか、芽衣は澄んだ目をして真っ直ぐに真幌を見ていた。虚心坦懐《きょしんたんかい》と言いたくなるような顔だった。

「あら。芽衣さんは知らなかったかしら」真幌もとぼけて続けた。「ヘッドランドの沢崎さん。リゾート会社の社長さんよ。四十半ばの男の人だけど」

「ヘッドランドの沢崎さん──私には記憶が……」

言ってから、芽衣はちょっと考えるように小首を傾げて見せたが、その芽衣の様子は、それこそ小首を傾げた文鳥か何かのようで、あざとさも邪気もまったく感じられなかった。

しかし、悠介は、芽衣と沢崎が品川で一緒にいるところを見かけたと言っていた。二人に声こそかけなかったが、絶対に見間違いではないとも言っていた。もちろん、真幌は悠介の言葉を信じる。それだけに、平然と白《しら》を切れる芽衣に、内心鳥肌が立つような薄ら寒さを覚えた。反面、真幌は不思議でもあった。沢崎にはスタジオで会ったことがあるし、たとえそれが嘘であっても、その後たまたま外で行き合ったことがあると言ってしまう方が、後々話に破綻がなくて、表面的な辻褄も合うのではないか。

「なのに、あくまでもとぼけ通す。そこがまた謎と言うか」

「なるほどね。何かにつけて、やたら小嘘が多い人なのね」

心得たように美絵が頷いた。

「小嘘、それも意味ない小嘘が多い人なんです。脈絡もないし」

「意味がないし脈絡もない。だから、理解しようと試みることに無理がある——」

「そういうことです」

芽衣の苗字は島岡だが、芽衣は過去、その時々によって、「島尾」と名乗ってみたり、「岡島」と名乗ってみたり……微妙に自分の苗字をいじっていたようだ。本当の苗字など、調べればすぐにわかることだ。なのにどうしてそんな微妙な小細工をしなければならないのか。これもまた真幌には謎と言うか理解不能だった。

「性癖のひとつであるにしても、小嘘をちりばめるというのは、あまり褒められた傾向ではないわね」

「そう思います。まわりが混乱しますから」

「苗字の件にしても、何だか小狡《こずる》い感じがするわ。どうせなら、山本だの斉藤だの、まったく違う苗字を名乗ればいいのよ。それを島尾だの岡島だのって……。相手も後から迷うわよね。島岡と言ったのを、自分が島尾と聞き違えたんじゃないか、自分が岡島と引っ繰り返して記憶してしまったんじゃないかって」

真幌も美絵の言う通りだと思う。相手の責任にできれば言い訳も立つ。芽衣ならではの計算に基づいた偽名という感じがする。

「計算ね……それにしても、訳がわかったようなわからない計算と言うか」

「私たちとは、もともと頭のなかの数式が違うのかもしれません」

調査報告書を目にして、真幌が一番目を惹かれたのは、芽衣に年子の姉がいたことだった。もちろん、芽衣に姉がいようが妹がいようが、基本的には関係ない。だが、報告書の姉の名前には千種とあった。しかも、千種は、母方の北川家を継ぐ恰好で、ある時期北川の籍にはいっていた。したがって、今現在の名前は北川千種だ。

「お姉さんの方が自分の生まれた家を出て、母方の家の籍にはいってるの？」

「そのようです」

「まあ、家庭にはそれぞれ事情があるものだけど。二人きりの姉妹よね？ なのに一人を養女にねえ」

「そこにもちょっと引っかかりましたけど、それよりも、私や美音子さんが見かけた女性が芽衣さんのお姉さんの千種さんだとすると、それを自分の高校時代からのストーカーみたいな同級生だと、偽る理由がわかりません」

「また嘘か。でも、それは小嘘とは言いかねるわね」美絵は水で口と咽喉を潤してから真幌に言った。「小嘘よりもちょっとばかり大きな嘘だわ」

「芽衣さんにしてみれば、自分を尾けまわしているのが、実の姉だと言うのが憚られる思いだったのかもしれません。となると、今度はお姉さんの方も少々変です」

「そうよね。ふつういい歳をした姉が妹の周辺を執拗にうろつくなんてことはしないものね。お姉さんの方には、そうするにはそうするだけの、何か理由のようなものがあるのかしら」

「それも、私や美音子さんが見たのが、芽衣さんが言った通り、北川千種さんであればの話ですけど。ひょっとすると芽衣さんは、その時の思いつきでお姉さんの名前を口にしただけで、北川千種さんとはまったくの別人かもしれませんし」

「やれやれ、何だか頭が痛くなってくるわね。それにしても、何の必要があってそうあれこれと嘘を」

「芽衣さんは頭のいい人です。ですから、芽衣さんには芽衣さんなりの考えがあってのことだとは思うんです。でも、それは芽衣さんの理屈であって、私たちの常識では理解しかねる理屈なのではないかと」

「それだけに、考えれば考えるだけ、どんどん迷路にはまっていく」

「はい」

嘘とはいささか質が異なるが、横浜での悠介のセミナーに参加していながら、「扶持」で悠介と顔を合わせても、芽衣がそれを完全に伏せてとぼけていたことも、真幌の心に大きく蟠っていた。そもそも、だぶっとしたジャケットにニット帽、黒縁の眼鏡……それではまるで変装だ。それに、今にして思えば、「扶持」では店の造りだの内装だの、経営コンサルタントである悠介の気を惹き、感心させるようなことばかりを、あえて選んで口にしていた気がする。

「証拠がある訳ではありませんから、妄想と言われればそれまでです。でも、何だか私、やっぱり事前に芽衣さんに、あれこれ調べ上げられたような感じがして。電話でもお話ししましたけど、美音子さんや多穂さんのことにしてもそうです。性格や性分も含めて、二人のことをよく知っているからこそ、彼女たちを動揺させることもできるんじゃないかと」

「とにかくヘッドのスタッフが揺らいでいるというのはいやね。美音子さんも多穂さんも、二人ともいたってしっかりした人なのに」

「そうなんです。その二人をぐらつかせることができるというのは――」

「やっぱり下調べが済んでいるということか。黒沢さんの身辺に出没していたということからも、その推論は成り立つわね。それにしても」言ってから、美絵はひとつ息をついた。「電話で話を聞いた時にも思ったし、真幌ちゃん自身も言ってたけど、真幌ちゃん、ことによるとかなり厄介なカードを引いてしまったのかもしれないわね」

「……かもしれません」

いささか力の抜けた声で真幌は認めた。

「芽衣さん、親しい同級生が飼っていた文鳥の足を、植木鋏でみんな切っちゃったって言ったっけ?」

想像するだに凄惨で気持ちが悪い。真幌は無言のまま、曇らせた顔を縦に振り降ろした。

「その同級生、妹さんの話によればだけど、心やさしい人だったのよね。芽衣さんをしょっちゅう自宅に招いていたぐらいだから、芽衣さんにもよくしてた。それなのに――」

「同じです。そこにも理由がまったく見当たらないんです」

いささか疲れたように真幌は言った。

「だから悩む、だから怖い」

美絵の言葉に、真幌はもう一度深く頷いた。

永田葵と桐子の家庭については、真幌も調べた訳ではないからわからない。が、家は世田谷だというし、桐子と接した感じからしても、裕福できちんとした家庭の育ちという印象を受けた。話していて、桐子の真面目な人柄も感じられた。姉妹仲もよかったようだから、葵が心やさしくて善良な女性だという桐子の言葉にも、それほど大きな誇張はないと思う。だとすれば、どうして芽衣は、自分にとって好ましいとしか言いようのない友人に、単なる悪戯では片づけられないような陰湿な悪さを仕掛けたのか。

「もしも無理にでも答えをだすとすれば、それは葵さんという人が、生来善良である上に、いわゆる温室育ちだったから、ということになってしまうんです」

真幌の言葉に、美絵は黙したまま眉を顰《ひそ》めた。暗く濁った顔色になっていた。

たとえどんなに善良な人間であっても、悪質な嫌がらせが度重なれば、どうしたって誰かを疑う。いやな気持ちになる。相手に憎しみを覚えもする。

「葵さんの何かが芽衣さんの気に障ったとすれば、葵さんが純粋無垢と言っていいような心の持ち主で、人を妬《ねた》んだり憎んだりすることもなければ、人を疑うことさえしない人間だったということじゃないかと思うんです」

それがゆえに、「あんただって人を疑いもすれば人を憎みもするでしょ」という目に葵を遭わせてみたかった——。

「文鳥の足を切ったのも、同じ理由からだと仮定すると、少しはわかるような」

ピッコロだのチッチだのと名前をつけて、手乗りにして餌をやって話しかけたりしていても、相手は文鳥、ただの小鳥だ。仮に足をちょん切られたり腹を裂かれたりしていたら、かわいい小鳥どころか、たちまち気色悪いだけの汚物に転落しかねない。

真幌の穿《うが》ち過ぎた見方かもしれない。だが、芽衣が葵に言いたかったのは、「どう？　こうなってみれば気持ち悪いだけで、手で触ることもできないでしょ？　わかった？　あんたの愛情なんて、そんな程度のものだったのよ」ということではなかったか。葵がやさしい心の持ち主で、他人よりも自分を責める性分だと承知していたからこその悪さだし、その読み通りに、葵は刃《やいば》を自らに向けた。結果として、心と神経を傷めた。

「それにしたって、たしか四羽って言ったわよね？」げんなりしたように美絵が言った。「一羽なら『えいっ』と目を瞑《つぶ》る思いでやれたとしても、小鳥四羽の足を次々鋏で切るなんて」

美絵の言葉に、真幌は小さく頷いた。

「とてもふつうの神経でできることじゃありません」

「そうよね。やる人間の方が、先に気持ちが悪くなるわ」

短いが、重みを感じさせる間があった。その間の後、美絵が視線を真幌に据え直して言った。

「もう一度さっきと同じことを訊くわ。で、真幌ちゃんの判断は？　どう考えてるの？」

「――わかりません」

「それもさっきと同じ答えね」

穏やかな口調で美絵は言った。それでいて、柔らかにその先の答えを促すような口調でもあった。けれども、真幌はその先の言葉を口にすることなく、押し黙らざるを得なかった。芽衣の顔や姿が脳裏に浮かぶと、その図が完璧すぎるがゆえにあまりのギャップに、ますます混沌《こんとん》としてしまうのだ。

「あまり口にしたくないことだけど……」

　事実、重たげな調子で美絵が言った。視線はテーブルの上に落とされ、真幌には向けられていなかった。

「芽衣さん、アンチということはない？」

　美絵の言葉に、真幌はきつく眉根を寄せた。同時に唇も自然と引き結ばれていた。

「実際に彼女に会ったこともないのに、こんなことを口にするのは軽率かもしれないけど。ただ、真幌ちゃんの話を聞いていると、何だかちょっとそんな感じがしたものだから」

「実は、私も一度はその可能性を考えました」真幌は言った。「でも、芽衣さんの場合、アンチとは何かが決定的に違うような……」

　アンチ——真幌たちは、仲間うちで俗にそう称したりしているが、ＡＰＤというのが、現代医学界での正式名称だ。ＡＰＤ＝アンチソーシャル・パーソナリティー・ディスオーダー。

　以前は、精神病質とも社会性病質とも言われたりもした。ボーダーライン、すなわち境界例と混同されることも少なくなかった。現代の精神医学界では、両者の正確な区分けと判別が困難ということもあって、それらふたつの呼称は用いられていない。代わりにと言うべきか、両者の統合呼称として、ＡＰＤという疾病名が用いられている。ＡＰＤ、日本語で言えば、反社会性人格障害ということになる。

自らに向かって言い聞かせるように、あるいは確認し直すように、美絵が低く呟いた。

「たしかに芽衣さんには、アンチを思わせるものと言うか、アンチと共通する点があるにはあります。なかでも、慢性的な嘘つきということが最たるものですけど」

人間としての資質の部分に違いがあるから、APDもいろいろだ。したがって、一概に型にはめ込むことには無理がある。ただし、いくつかの象徴的な特徴を挙げることはできる。

1．社会的規範に順応できない。
2．病的、慢性的な嘘つきで、人を騙《だま》し、人を操作する。
3．衝動的で計画性がない。
4．カッとしやすく攻撃的である。
5．他人の身の安全はもちろん、自分の身の安全をも考えない。
6．一貫した無責任さを通す。
7．他人を傷つけたり、他人の物を盗んだりしても、良心の呵責《かしやく》を覚えない。

これらがAPDの特徴として挙げられる主なものだが、次のようなことがつけ加えられることも多い。

「アンチではない——」

8. 口が達者で、表面的な魅力を感じさせる。
9. 極端に自己中心的な思考をし、行動をとる。

2の慢性的な嘘つきという特徴、それに桐子の話が事実だとすれば、7の他人を傷つけても良心の呵責を覚えないという特徴も、芽衣に当てはまると言っていいだろう。8の口が達者で表面的な魅力を感じさせるという特徴もだ。この特徴を「一種のカリスマ性」と置き換えているテキストもあることからすればなおさらだ。

「当てはまる要素があることは事実なんですが……」

「そうよね」みなまで言わせず美絵が言った。「特徴を並べて眺めてみれば、自分もまわりの人間も、ひとつやふたつは当てはまる感じになるわよね。うちのダンナも、1と3、それに9にも当てはまるかも。あの人、まさに『わが道を行く』で、きわめて自己中心的な自由人だから。たまたま何とかなったけど、一歩間違えばただの変人、落伍者《らくごしゃ》だったもの」

言うまでもなく、幾つか挙げられる特徴よりも、見るべき問題はその根にある。彼らは、人間としての感情を持たない。脳の前頭葉、大脳皮質の問題とする学者もいる。感情情報と処理に関わる神経伝達物質の先天的なホルモン異常だ。かたや、成育環境や心的外傷といった外的要因に原因を見る学者もいて、その発生原因については意見が分かれるところだ。ただ、現在では、精神疾患ではなく生物学的な病気とする見方が強まってきている。生物学的な病気——脳の発達障害だ。ただし、発達障害を呈しているのは、感情面のみであって、脳のほかの部分には問題がない。ならば何とかなりそうなものだが、人間は、感情面での交流なしには共感し合えない。また、その感情面での共感こそが、人間が社会に生きるに当たって、最も必要とされる能力だった。

「じゃあ、ここで質問」気分を変えようとするかのように、明るくさばさばとした口調で美絵が言った。「さっき、真幌ちゃんは、芽衣さんの場合は、アンチとは何かが決定的に違う気がすると言ったけど、その決定的な何かって何？」

真幌は精神科医ではなく産業カウンセラーだ。だからと言うべきか、これまで自分のペイシエントとしては、ＡＰＤに出くわしたことがない。ただ、症例のケーススタディの一環として、精神科医からＡＰＤとの診断が下された患者の観察学習に臨んだ経験はある。実地のケーススタディだ。

その患者は、二十八歳の女性だった。仮に名前を高橋純子《たかはしじゅんこ》としておこう。純子は、知能指数も百三十三と高く、外見的にもタレントかと思うような華やかさを備えていた。頭がいいので、何ごとに関しても飲み込みが早く、話をしていても、当意即妙の返答をする。知識も豊富だから、話をしている分には面白い。彼女自身、話をすることが好きだった。話の内容ばかりでなく、話しぶり、仕種や表情……すべてに、人の気を逸《そ》らすことなく自分に惹きつけておくだけのものが彼女にはあった。

「スッカラカンとした魅力、カリスマ性――思えば多穂さんが芽衣さんを表現した雰囲気と、似た印象ではあったんです」

だが、精神科医であり、大学教授でもある織機治郎《おりはたじろう》が、あえて純子の根幹の部分にある不快感に触れる話を口にすると、瞬間、純子は顔色を変えた。本当に、ほんの一瞬のことだ。けれども、刹那、明らかに純子の目の色は変わり、彼女はからだからも尖った空気を発した。

「彼女の場合、瞬間的にボッと内部のオイルに火がついたというような感じで」真幌は美絵に言った。「猫がキッと毛を逆立てるような、そんな雰囲気です」

「まさしく瞬間湯沸器ね」

「ええ。でも、その火もたちまち消えてしまうんですよ。べつに、事実鎮火した訳ではないんです。頭がいいので、すぐに元の表情を装って、覆い隠してしまうんです。それでいて、織機教授が言葉を換えて再びその部分のことに水を向けると、また瞬間的にボッと火がつく」

「ははあ……」美絵がゆっくり大きく頷いた。「感情面での大きな欠落、ことに良心的な面での欠落がある彼らを動かすのは、快不快といった感覚、もしくは情動だものね。彼らにとっては、快不快が、感情の代わりになっていると言ってもいい」

「そうなんです」真幌も大きく頷いた。「ウォッチングしてみて、私は、そこがその人間がAPDかどうかを見極める、大きなポイントになると思いました」

真幌が実際目にしたのは、高橋純子一例のみだ。が、織機によれば、彼らの多くは、上手に演技を続けているようでいて、実のところその演技には継続性がなく、断続的と言えるということだった。だから特徴として挙げられるのも「表面的な魅力」——じきに周囲に演技を悟られる。

「なるほど。瞬間的にとはいえ、不快な部分のこととなると、そこで演技がいったん中断する訳ね」美絵が言った。「うっかりして見逃すと、演技は継続されているように思えるけど、実はところどころで中断している」

美絵の言葉に、真幌は静かに首を縦に振った。

「だから断続的――。美絵先輩、私、それは大きな特徴だと思うんです。でも、芽衣さんには……」

「それがない。それが窺われない」

「はい。周囲を観察して取り込むような目をすることはあっても、私が高橋純子に見たような目の色、空気の感触を、芽衣さんから感じたことはありません。カウンセラーとしての私の目から見て、いまだ芽衣さんの演技に――あれが演技だと仮定してのことですけど、一度も中断が窺われたことはないんです」

真剣な面持ち、しなやかな頬笑み、きょとんとした顔……表情は違っても、どれも紛れもなく芽衣の顔だ。そういうことでは一貫している。まるでモナリザ、絵に描かれた女のように綻びがない。

「それが真幌ちゃんが、芽衣さんはAPDではないと判断した根拠か……。だったら、その芽衣さんって何者？　何者って言うか、いったい何なの？　意味も脈絡もない嘘。意味のない嫌がらせ……」

ユリの件にしても、葵の一件とほぼ同じだ。恐らく芽衣は、ユリに対して嫌いと言うに値するほどの感情すら抱いていなかったと思う。芽衣にとってのユリは、ほとんど意味を持たない存在だ。ただ、芽衣は、ユリの純朴さに通じる素直さ、生真面目さが、可笑しくてならなかった。だから、ユリの心にちくりちくりと針を刺した。

「徒然《つれづれ》なるままにってこと？」いかにも不愉快と言わんばかりに、美絵が顔を顰めた「つまりは自分なりの遊びがお好きって訳ね。こっちにはわからない理屈を持った相手。しかも嘘をつくし、人に性質のよくない悪さを仕掛ける。頭がいいだけに厄介ね。だけど彼女、どうして真幌ちゃんのところに来たんだと思う？」

真幌は力なく首を横に振った。

「わかりません」

言いながら、同じような台詞《せりふ》ばかり繰り返していることに、自分でも嫌気がさしていた。「謎」「理解しかねる」「理由がない」「わからない」……さっきからそればかりだ。

「でも、芽衣さんには芽衣さんの理屈と言うか、なにがしかの理由のようなものがあって、それで私のところに来たんだとは思います」

「そうね、私もそう思うわ。それ以外、考えようがないもの。芽衣さんは、何らかの目的を持って、真幌ちゃんに近づいてきた。ほかの人にはわからない、彼女なりの目的を持ってね。それも、今、真幌ちゃんから聞いた話からすると、決していい目的とは思えない」

「――」

「さっきのことにしてもそう。私は真幌ちゃんの妄想なんかじゃないと思うわ。黒沢さんのセミナーに紛れ込んでいたこともそうだけど、美音子さんに多穂さん、二人の性格を飲み込むのが早過ぎる。目的があるからこそ、きちんと下調べをした上でやってきた。用意周到、そう思った方がいいと思う」

　そう言った美絵の顔は、真剣と言うよりも深刻だったし、声も深刻な色合いを帯びていた。おのずと真幌のからだと心にも緊張が走る。

「でも、何の目的で……」

　こぼすように、つい真幌は口にしていた。

「それがわかれば苦労はないのよね。こちらの常識の外、価値観の外にいる人だから困る。でも、真幌ちゃんのソサエティの屋台骨を揺るがしかねない人だというのは感じるわ」

　美絵の言葉に、真幌は黙って頷いた。

「大丈夫かしら。こんなこと言いたくないけど、何だかいやな予感がする。芽衣さんって人、外見もかもしれないけど、たぶん中身も超弩級《ちょうどきゅう》よ。でなきゃ友だちの小鳥の足なんて刈れない」

　たしかに、芽衣は外見的な美しさも破格なら、放つオーラや吸引力も破格と言っていい。逆の意味で、それと同じぐらいに中身も破格だとしたら、恐ろしいと言うよりほかにない。

「心が読めない……まがりなりにもカウンセラーなのに、情けないです」

「そんなこと言ってる場合じゃないって。で、黒沢さんには話したの？」

　美絵の問いかけに、真幌は無言で首を横に振った。

「どうして?」

「彼に話すのは、私が自分なりに何らかの確証を得てからと思ったものですから。無駄に心配をかけたくありませんし」

「気持ちはわかる。でも、なるべく早いうちに話しておいた方がいいと思う。芽衣さんが黒沢さんの周辺に出没してたことは間違いないんだし、何だかいやな感じよ。まだ芽衣さんが何者かやその目的を見極めることはできなくても、慢性的な嘘つき、人に性質のよくない嫌がらせを仕掛ける……それだけでも大いに問題児だわ。この先どんなことが起きるかわからない。大事になってからでは遅いんじゃない?」

「大事……」

「芽衣さんがそうだと言ってるんじゃないわよ。だけど、自分がターゲットと定めた人間に関わるものなら、それが何であろうと、全部欲しがる、根こそぎにしたがる——そういうストーカーを私は以前に見たことがある」

緊張を通り越し、今度は怖気が真幌のからだに走った。

「アンチならアンチ、ボーダーならボーダー、既存の枠に当てはめられる方が、まだやりやすいということもあると思うのよ。だけど、相手が新種と言うか、ある種のモンスターやミュータントだったりしたら——」

美絵の言う通りかもしれなかった。過去の症例、事例、それに対処法を、文献なり何なりで当たれる相手だったら、対策も練れる。けれども——。

「敵の本当の姿はまだ見えない。だけど、やっぱりこれは緊急事態よ。そう心得て、気を引き締めて当たらないと。黒沢さんにも遠慮している場合じゃない。私はそう思うわ」

美絵の言葉を耳にしながら、真幌は自分の足元が大きく揺らぎはじめているような不安と恐怖に、心震わさずにはいられなかった。

3

西新宿「扶持」十九時——。

三十代の女性三人が、ほのかな笑みを浮かべた顔でテーブルを囲み、小ぶりのビアグラスを軽く合わせた。「乾杯」——。

「ふー、こうして三人で夜にお酒を飲むなんて、考えてみるまでもなくはじめてのことよね」

口開けのビールで咽喉を潤した後、遠野美音子が言った。

「シフトの関係で、三人揃ってというのはなかなかね」美音子の言葉に、藤井多穂も頷いた。

「今日みたいに、スタジオもフリーオフィスも揃って休館という日でもないと」

「ほんと。滅多にあることじゃないわね。それにしても、ここ、いいお店ね」美音子が、島岡芽衣の方に顔を向けて言った。「芽衣さんが見つけて予約してくれたのよね。個室っぽい造りになってるので落ち着けるわ。毎日西新宿に通っていても、ビルのなかのお店って、実はあんまり知らないものなのよね」

「あら？」

美音子の言葉に、芽衣が小さく声を上げた。意外そうでありながら、慎みを忘れぬ控えめな声でもあった。続けて芽衣が言葉を添えた。

「美音子さん、ここ、初めてですか」

「ええ、初めて」

「多穂さんは？」

「私も初めて」

「そうなんですか。ここ、黒沢さん——真幌先生のご主人が、開業から経営まで関わっていらっしゃるお店なんですよ」

「え、そうだったの？」

「前に黒沢さんと真幌先生と、ここで三人でお食事したことがあって。その時、黒沢さんからお聞きしましたから」

「なるほど。それはいいお店のはずだわ」

一拍、微妙な間があった後、あたかもその間を消し去ろうとでもするかのように、朗らかで元気のいい声で美音子が言った。その美音子の言葉に、多穂もにっこりと頰笑んだ。

美音子も、真幌の夫である黒沢悠介とはもちろん面識があるし、真幌と三人で食事をしたこともある。が、過去だ。近頃、そういう機会には恵まれていない。今の今まで、べつに真幌夫妻とともに食事がしたいと思っていた訳ではない。それでいて、芽衣の口からそういう話を聞かされると、自分一人が取り残されたかのような一抹《いちまつ》の寂しさを覚えるからおかしなものだった。美音子の言葉に、多穂はにっこりと頬笑んでみせたが、美音子は多穂の瞳に影がよぎったのを見た気がした。一瞬のことだ。でも、それは自分が感じたのと同じ種類の寂しさの影だったように思えた。そういう意味では、今のところ二人は同志だった。

テーブルの上に、料理が並びはじめた。トロサーモンの生春巻きには、アクセントとして色鮮やかなイクラが乗せられている。ソースは、特製のすだちのソースだという。ミディアムレアといった感じのホタテに添えられているのは本シメジのソテーで、こちらは、匂いからして醬油ベースだろう。見た目からも匂いからも、自然と食欲をそそられる。

「わあ、おいしそう」美音子は言った。「いよいよ秋の味覚って感じになってきたわね」

「私、日本酒いただこうかしら。こういうお料理を前にすると、やっぱり日本酒なんて気分になっちゃう」

「いいわね。私も冷酒をもらおうかな」

美音子も多穂も、目の前の料理に意識を向けた。今夜は女三人のささやかな気晴らしの会だ。せっかくの料理を楽しまない法はない。それぞれ選んだ冷酒も運ばれてきて、場も雰囲気も、華やぎながらも和《なご》んできた。

「あ、これ」

芽衣が不意に思い出したように言って、自分のバッグを探りはじめた。そして小さな猫のフィギュアを取りだすと、それをテーブルの上にちょこんと置いた。

「ご存じですよね？　ミケコマ」

「ううん、知らない。ちょっと見せて」

美音子は芽衣がテーブルの上に置いた猫のフィギュアを手に取った。

「うわ、かわいい。……って言うか、リアルなんだけど、ちょっとゆるキャラもはいってて、これ、すごくよく出来てる」

「ほんとだ」美音子の手元を覗き込んで多穂も言った。「この猫特有の目つきが何とも。猫好きの人には堪《たま》らないわね」

「うん、ちょっと人を食ったような目つきがいいわね。この猫、ミケコマって言うの？」

「ええ。ご存じありませんでした？」日本酒のグラスに口をつけてから、凪いだ顔をして芽衣が言った。「今、ネットでも人気急上昇中の注目キャラなんですよ」

「へえ、そうなんだ。今、猫ブームと言えば猫ブームだものね」

「そうそう」多穂の言葉に、美音子も大きく頷いた。「鍋猫、猫カフェ、猫駅長……神出鬼没の親子眠り猫なんていうのもいたわね」

「このミケコマも、黒沢さんのプロデュースです」何ということなさそうな顔で、さらりと芽衣が言った。「黒沢さん、シャッター商店街になりつつあった千葉の中宿《なかじゅく》商店街を、このミケコマで、一気に活性化させて復活させた立役者なんですよ」

もともと中宿商店街には、ミケコマ、ミケコママなどと呼ばれる、独特の風格を持った雌猫がいた。仙台四郎《せんだいしろう》と同様で、この猫が寄りつく家は栄え、寄りつく店は繁盛すると言われていた。

「豪徳寺《ごうとくじ》の招き猫の現代版ってところですね。生き残りを懸けた商店街活性化策の相談を受けた黒沢さんが、そのミケコマに注目したんです。で、プロのなかでもこの種のデザインには定評のあるデザイナーにミケコマをキャラクター化してもらって、商店街全体の商標登録に近い統一シンボルにしたんです。商店の人たちが着ているブルゾンやエプロンに刺繍《ししゅう》されているのもミケコマなら、商店街で配るエコバッグもミケコマプリント。結果、これが大受け」

「へえ」

「フィギュアは全部で五種類あるんですけど、五種類揃えるために、商店街で買い物をする人がふえて。今ではミケコマサブレや、人形焼きみたいなミケコマ焼きなんかも作られていて、県外からもわざわざ人が買い求めにくるような大人気になっているんですよ」

「へえ」

まるで呼吸《いき》を合わせたように、美音子と多穂は、同じ相槌を同じ調子で繰り返していた。声が揃った分、間が抜けた空気も相乗した感じがした。

「黒沢さん、猫一匹でほんとにすごい」

言いながら、芽衣は首を左右に動かした。感嘆と降参の気持ちを表わすような首の振り方であり表情だった。それから、ちょっとつけ加えるような感じで芽衣は言った。

「先週の商店街のイベントも、大変な盛り上がりようでしたもの」

「え？　芽衣さん、商店街のイベントにも行ったの？」——反射的に尋ねかけて、美音子はすんでのところで言葉を飲み込んだ。聞くまでもない。たぶん答えは「イエス」だ。そして、芽衣が商店街のイベントにまで行ったとすれば、それは悠介の依頼か要請であり、真幌の依頼であり要請でもあったということだ。

美音子は、芽衣の口から直接言葉で答えを聞くことで、自分の気持ちが余計にへこむのが厭《いと》わしかった。だから口を噤《つぐ》んだ。

「芽衣さんは、いろいろなことを勉強したくて真幌先生のところに来たんだし、スタジオにはいったんですものね」

多穂が言った。穏やかな声音《こわね》だったし、口調もゆったりとしていて柔らかかった。だが、芽衣に向かって言っているというよりも、自分の気持ちを納得させんがために、自らに向かって言っているような口調だったし、ある種の諦念も感じられた。しょうがない。だってこの人は、一スタッフとしてスタジオに来た訳じゃない。勉強がしたくて真幌先生のところに来たんだもの。スタジオではできない勉強を、外でするのも当然――。

「あの、多穂さん。多穂さんは、カウンセラーとして独立なさるおつもりはないんですか」

まるで不意に切り返すかのように、芽衣が多穂に尋ねた。多穂は虚を突かれたように、刹那、目をぱちくりと瞬《まばた》かせた。

「そうね、今のところは」一度はぱちくりとさせた目をやや俯かせて、多穂は静かに言った。「先のことはわからないけど、どちらにしても、いきなり一本立ちというのは私には無理だと思うし」

芽衣は言い、何事か考えるような素振りをちらりと見せはした。が、その先の言葉を接がなかった。まるでいきなり尻尾が切れ落ちたかのような沈黙だった。

「多穂さんがずっとフリーオフィスにいてくだされば、真幌先生としても心強いですものね」

「多穂さんなら、独立しても充分やっていけそうなのに」……何だって構わない。傍で聞いていて、美音子はそこで何か口にすべき言葉があるような感じがした。沈黙が、人の心を不安定にするということがある。そこで言葉を接がないと、どういう思いなり思惑なりがあって、わざわざそんなことを訊いたのか——勝手な憶測だけが、頭のなかで一人歩きしかねない。それがまた人の心を不安にする。

他人のことだからこそ、冷静に見られるということもある。多穂は案外こういう不安定な状態に弱い。いい意味でやじろべえなのだ。決して不動ではない。いつもかすかに揺らいでいる。そのかすかな揺らぎが多穂の人間としての魅力だし、常に揺らぎは小さくて、変に大ぶれすることがないのがいい。カウンセラーということもあって、多穂本人も自分の心が大きく揺れることのないよう、心がけているのだと思う。でも、やじろべえはやじろべえだ。外から大きく揺さぶられたらぐらりといく。今、芽衣が多穂にしていることがそれだった。

「私、冷酒のお代わり頼もっかな」

美音子は地酒のリストを手に取って、あえて砕けた陽気な調子で言った。その分、いくらか取ってつけたような感じになっていたが、それには頓着しなかった。

「そうなんですか……」

「ええと……銀盤。今度は私、銀盤にしよう」

先刻の芽衣の、「カウンセラーとして独立なさるおつもりはないんですか」という言葉は、言うまでもなく多穂に向けられた問いかけだ。それでいて、美音子は芽衣から自分も同じことを、言外で突きつけられている気がしていた。「美音子さんは、ずっとスタジオでのお仕事を続けられるおつもりなんですか」――。

美音子ももうじき四十になる。今はいい。けれども、あと十年余りが経って五十を過ぎたら、美音子は働く女性のヒーリングスペースであるスタジオに、ふさわしい存在と言えるだろうか。そもそも、その時スタジオは、今と同じく存続しているだろうか。黒沢悠介という切れ者の経営家がついているから、組織全体はすでに株式会社化されている。仮に年齢がいっても、違った事業や職種で救われるという道は残されているが――。

「あ、多穂さんは？　冷酒、お代わりどうする？」

美音子は、自分の気持ちを切り替えようとするように、あえて現実的なことを口にして、地酒のリストを多穂の前に差し出した。ここで強制的にでも場の雰囲気を変えなかったら、美音子自身が陰鬱な暗い穴にはまってしまう。

「じゃあ、私も……」

リストに目を落として、あまり気のない様子で多穂が言った。

多穂はもともと感情を表にだすタイプの人間ではない。だから、その表情に大きな変化は見られなかったが、思いがよそごとに囚われているような目の色をしていると美音子は思った。

恐らく多穂は、さっきの芽衣の質問の意味を、今もまだ考えている。そこから気分を切り替えられずにいる。

「で、多穂さん、何にする？ さっきと同じでいいの？ それともべつのを飲んでみる？」

「そうね……それじゃ今度は、浦霞《うらがすみ》にしようかしら」

「芽衣さんは？」

「あ、私はまだ」

「ここは地酒の種類も豊富なのねぇ」美音子は地酒のリストに改めて目を遣りながら、そこから視線を上げずに言った。「試飲といった調子であれもこれも飲んでいたら、最後には飲み過ぎて酔っ払っちゃうわね」

ほとんど意味のないことを口にしてでも、美音子は話の流れを変えたかった。が、その間隙《かんげき》を縫うように、多穂がぽつりと言った。

「そういえば芽衣さん、真幌先生の講演会にも同行されたのよね」

美音子は、内心溜息をつく思いだった。やはり多穂の思いは、どうしてもそこから離れられずにいる。

「ええ、小さな講演会でしたけど、とても勉強になりました」

何の屈託もない口調で、さくっと芽衣が言った。

芽衣の言葉は、常に明瞭と言っていい。それでいて偉ぶった感じもなければ利巧ぶった感じもしないのは、喋《しゃべ》り方が柔らかくて、言葉を急いで口にしないからかもしれない。ゆっくりと話すと言えばやや言い過ぎになるが、頭の回転が速い人間にしては珍しく、彼女は決して早口ではない。早口になることがない。

「日々小さなストレスが降り積もって、ある日大きなストレスになる——そんなお話だったんですが、その日々のストレスの真幌先生式解消法が、私にはユニークに感じられて面白かったです」

「日々のストレスの解消法——たとえば?」

「ふつうはショッピングに出かけたり、映画を見たり、小旅行に出かけたり……そんなことを考えますよね。でも、違うんです。どちらかと言うと、その反対で」

「その反対……」

「美音子さんや多穂さんは、ふだんの生活で、いつも側を通ったり目にしたりしているのに、足を踏み入れたことのない公衆の場みたいなものってありますか」

言っていることの意味がもうひとつ正確に摑めずに、美音子も多穂も小首を傾げた。

「そうですね……たとえばマックとかミスドとか、ああいうファーストフード店にははいります?」

「それは、たまにはいることはあるわ」

「なら、ファーストフード店は除外。でも、マックやミスドみたいに誰に対しても開かれた場所なのに、なぜかはいったことがない、何となく敷居が高い、はいるのがためらわれる……そういうところって、どこかありませんか」

「そうねえ、今の伝《でん》で言えば、私の場合はセルフの『讃岐《さぬき》うどん』かしら」美音子は言った。「お腹空《す》いたな、おいしそうだな、食べたいなと思っても、讃岐うどん独特の作法と言うか、決まりごとがよくわからなくて」

「あ、それです」美音子の言葉に芽衣が瞳を輝かせた。「美音子さんの場合だったら、小さなストレスを解消するには、『讃岐うどん』デビューなさるといいですよ。多穂さんなら……そうですね、パチンコ屋とかゲームセンターとか、はいったことがないんじゃありませんか」

「ゲームセンターにはいったのは大昔のことだし、パチンコ屋さんに至っては一度もないわ」

「じゃあ、やっぱりゲームセンターやパチンコ屋ですよ。この間の真幌先生のお話は、そんな内容のお話だったんです」

そこでのしきたりのようなものを知らないと、どうしても人間は緊張する。ふだん自分が接するのとは違うタイプの人間が大勢いる場所であれば、それもまた緊張につながる。だが、たとえ讃岐うどんの決まりごとを間違えたとしても、たいして恥を掻く訳ではない。パチンコ屋にしても同様だ。はいってゲームをはじめてしまえば、後は喧騒《けんそう》に掻き消されるだけで、どういうことはない。そうやって、何となく苦手に感じていたハードルを自ら飛び越えてみる。自分で自分に、あえて日常的なストレスとは異なる小さな緊張やストレスという負荷をかけてみるのだ。結果として、不思議とそれが日常のストレスを解消する——。

会社帰りに、同僚と居酒屋で酒を飲みながら職場の愚痴を言い合うことで、ストレスが解消されることもある。が、飲んで愚痴ったばっかりに、帰宅してから余計に気持ちが重たくなったりすることもあれば、酒の勢いで自分が口にしてしまったことを後で気に病む結果を招く場合もある。

「たとえば、職場でのストレスを職場の同僚と、家庭でのストレスを家庭の構成員である家族と……そこで生じたストレスを、同じ場や同じ場にいる人間との間で解消することに無理があるというのが、この解消法の前提なんですけど」芽衣は、つるむらさきのおひたしに箸を延ばしながら言った。「ストレスをストレスで解消するという発想が、真幌先生らしくて面白かったですね。現実や日常のストレスは、あえて自らに非日常的な小さなストレスを与えることで解消しろ——」

少し前に、間抜けた相槌だと悔やんだばかりのはずだった。けれども、美音子は芽衣の話に、つい「へえ」と声を上げていた。言ってしまってから、内心舌打ちをするような思いだった。

(馬鹿みたい)

自分に向けた言葉だった。小さな講演会だったというが、聴衆を前にそんな話をしたのは真幌であって芽衣ではない。それなのに、この席で話を聞いていると、いつしか芽衣の優れた持論に関心を惹かれ、耳を傾けているような気分になってしまっていた。

残念と言うより無念だが、改めて認めない訳にはいかなかった。芽衣という人間には、人の耳目《じもく》を惹くだけの何かがある——。

(わかってる。そんなこと、充分もうわかってる)

それなのに、芽衣と接していると大概気持ちが滅入ってくる。自分にも自分の未来にも暗雲がかかった気分になって気持ちが塞ぐ。芽衣を見た。瞳は黒く澄んで輝いているし、肌のみならず存在自体が光っているかのようだった。

（この人があまりにも眩しすぎるから、自分が翳って感じられるのかしら）

美音子は思った。思った直後、心の内で首を傾げてもいた。傍らの多穂にちらりと目を走らせる。

どうして今夜、芽衣は多穂に、「カウンセラーとして独立するつもりはないのか」などと尋ねたりしたのだろう。尋ねたきり、いきなり一切を放り出すかのように、きれいに口を閉じてしまったのだろう。

ほかにもあった。黒沢悠介のことだ。今夜やってきた店が、たまたま悠介とつながりのある店だったということはあったろう。それにしても、中宿商店街活性化の件、ミケコマの件……まるで自分が悠介の仕事に詳しく通じているかのように、芽衣は実に雄弁だった。真幌でさえ、ふだんは語ることのない悠介の仕事を、どうして芽衣が美音子や多穂に語る必要があるだろう。たとえ承知していても、そんなことは黙っていたらいい。

（隠しごとをしているのがいやだったから？　それとも生来の無邪気さから？）

美音子は、思わず首を横に振りそうになった。どちらも違うような気がしたからだ。かといって、べつの答えも導きだせない。結局のところ、わからない。それだけに、美音子の気持ちはすっきりしなかった。

(参ったな)

芽衣に悪意も他意もなかったろう。が、気晴らしのための飲み会は、湿気て沈鬱な内省の会になってしまった。そのことに気がついていないのは、たぶん三人のうちで芽衣だけだ。

(気がついていない?……)

美音子はちょっと唇を尖らせた。

(これだけ頭がよくて、感性鋭い芽衣さんが、気がついていない? 気づかずに話を続けている?)

何だか納得がいかない思いがした。けれども、その答えもまた、美音子に導きだすことはできなかった。わからない——あれもこれもが、そのひと言の内に溶けていた。

4

悠介の仙台での仕事も、ようやくひと区切りがついた様子だった。真幌も詳しく聞いていないが、今回携わったのは、どうやらライフサポート会社の立ち上げらしい。便利屋のような単発的なサポートではなく、生活全般、多岐にわたる生活面での相談に乗ったりサポートをしたりする会社のようだ。そんな商売が成り立つのも、老夫婦だけの世帯や独居老人の世帯がふえたことの証かもしれない。仙台はまだしも、雪国ともなれば、降雪時の雪下ろしや雪掻きはもちろん、日常の買い出しさえもが、高齢者にとっては、頭に〝超〟の字のつく重労働になる。

悠介は、真幌の私的なパートナーであるのみならず、事業のアドバイザーでもある。だが、言うまでもなく悠介は悠介で、ほかに多くの仕事を抱えている。むろんそちらが彼の本分で、真幌の事業に関することは付録のようなものだ。悠介は、西に東にとからだそのものも忙しいが、頭も常に仕事のことでいっぱいだ。彼があれこれと思いをめぐらせて、頭を回転させている時は、傍で見ていてもすぐにわかる。そういう時は、一緒にいても落ち着いて話ができない。余計な雑音を悠介の耳に入れることが憚られるからだ。

仕事を持っている人間同士、夫婦の間にも遠慮はある。だから、芽衣のことも、美絵に言われたように、早めに悠介に話しておかなければと思いながら、なかなかその機会が得られずにいた。今夜は、時々二人で訪れることのある代々木上原の小料理屋で、ゆっくり食事をしようと、悠介の方から言いだした。芽衣のことを話すのにも、たぶん今夜がいい機会だった。

代々木上原には、洒落たイタリアンやフレンチの店がいくつかあるし、一般にはそちらの方が知られているかもしれない。が、構えこそ大きくないが、気の利いた料理をだす日本料理の店も案外ある。悠介と真幌は、どちらかと言うとそちらの方が落ち着けた。今夜食事をすることにしたのも、小さなビルの一階にあるこぢんまりとした小料理屋だ。店の入口自体が引っ込んでいるし、表に看板のようなものをだしている訳でもないから、知る人ぞ知る隠れ家的な店と言っていいかもしれない。

悠介からは、少し前に、もうすぐ代々木上原に着くので、そのまま真っ直ぐ店に行っていると電話がはいった。真幌は簡単に着替えを済ませると、出がけに薄手のジャケットを引っかけて家を出た。

行ってみると、悠介はひと足先に店に来ていて、カウンターでビールを飲んでいた。

「ごめんなさい。ちょっと待たせたかしら」真幌はジャケットを脱ぎながら言った。「さすがに夜は、ジャケットなしだと表は薄ら寒いわね」

「ああ、ごめん。咽喉が渇いたもんで、先に一杯やっていたよ」

思い過ごしだろうか。そう言って真幌を見た悠介の顔は、心なしか疲れているような感じがした。

「仙台での仕事は、今日で無事一段落したんでしょ？」

確認するように真幌が言うと、悠介はしっかりと頷いた。

「お蔭さまで。もう当面は、仙台に行かなくても済みそうだ」

「成功裏に終了したのよね」

「ああ、もちろん」

「それはよかったわ。おめでとう。どうもお疲れさまでした」

改めて乾杯をして、真幌もビールで咽喉を潤した。頭が仕事から切り替わるまでには、多少なりとも時間が要る。真幌は互いの間の空気が馴染んだ頃合いを見て、芽衣の件を切りだすつもりでいた。が、まるで機先を制するみたいに、先に悠介が言った。

「実を言うと、今日は君にちょっと話があってね」

「え、あなたも？」

つい真幌も言っていた。悠介の口からそんな台詞がでようとは、まったく予想していなかったからかもしれない。

『あなたも』ということは、真幌も僕に話があった訳だ」

悠介が言った。

「ええ、まあ……。でも、あなたの話っていうのは何？　そちらの方を先に聞くわ」

馴染みの店と言っていい。料理は板前である店主に任せてあったらしい。紅葉《もみじ》おろしが添えられた真ガレイの刺し身と岩ガキがカウンターに出された。肴《さかな》に合わせて、ビールを冷酒に切り替える。

「じゃあ、僕の話の方から先に。僕の話と言っても、真幌にまったく関係がない話じゃないんだが」

「私にも関係があること？　何かしら？」

「実は芽衣さんのことなんだ。君のところの島岡芽衣さん」

一瞬、ぽかんとしたように悠介を見る。

「驚いた。私もなの」

いくらか目を瞠《みは》るようにして真幌は言った。

「私もって、それじゃ君の話というのも、芽衣さんのことだったのか」

「偶然ね」と言いかけて、真幌はやや顔を曇らせて口を噤んだ。悠介の話の内容がどういうものかわからない。だが、単に偶然ということでは済まされないような感じがした。

「君は、僕が千葉の中宿商店街の再生と活性化に関わっていたことは知っているよね？」

「ええ」真幌は頷いて言った。「例のミケコマの商店街でしょ」

「そのことを、ちらりとでも芽衣さんに話したことはないよね？」

「ないわ。芽衣さんにと言うよりも、美音子さんにも多穂さんにも、誰にも話していない」

「だよな」冷酒のグラスに口をつけてから、悠介も深く頷いた。「何であれ、真幌は僕の仕事に関することは、まず他人には話さない」

その通りだった。悠介がやっていることは、彼の才覚にかかっている。目には見えないものの、知的財産価値を有しているということだ。真幌は、自分がうっかり余計なことを口にして、それを損なうのが怖い。だから、悠介の仕事については人に語らない。ミケコマに関しても、キャラが人気になっているだけに、人に話したい気持ちはあった。でも、やはり誰にも話さなかった。

「にもかかわらず、芽衣さんは、中宿商店街のことを知っていた。ミケコマのことも知っていた。それどころか、九月はじめの中宿商店街のイベントにまで現われた」

「えっ」

悠介は、イベントにはあえて顔を出さなかった。中宿商店街は、すでに自力再生の道を歩みはじめている。いつまでも何くれとなく手を差し延べて、バックアップを続けることが、必ずしも助けやプラスに働くとは限らない。それがわかっているからだ。次に中宿商店街に行くことがあるとすれば、不測の事態が起きた時か突発的な事件が起きた時——悠介はそう考えていた。

ところが、商店街の会長である磯村《いそむら》から電話がはいった。悠介が人を寄越して、イベントを盛り上げてくれたことに対する礼の電話だった。

「黒沢の事務所の関係の人間だと言って、きれいで実に感じのいい女性がやってきて、ずいぶんと気の利いたサポートをしてくれたと言うんだよ。磯村さんは、最初は君――つまりは僕の奥さんだと思ったらしいけど」

悠介も、はじめは磯村が何のことを言っているのかさっぱり訳がわからなかった。が、話を聞いているうちに、磯村が口にした特徴からしても、芽衣ではないかと思い至った。遠い関係ではある。しかし、芽衣が悠介の妻である真幌のところのスタッフである以上、悠介とも無関係な人間とは言えない。「黒沢の事務所の関係の人間」というのも、まったくのでたらめだとは言い切れない。

「その人、名乗らなかったの?」

真幌は尋ねた。

「ちらっと名乗りはしたらしい。でも、言い方は悪いが、どさくさに紛れてという感じだったようだし、とにかく『黒沢の事務所の関係の人間で』というのが、磯村さんの耳と頭に残ってしまったみたいだね」

それが芽衣だとすれば、あえてそういう言い方をしたのだと思う。曖昧なのに、上手に相手の思い込みを誘うような言い方――。

会長の磯村は、単純にそれを喜び、さかんに感謝の言葉を述べていたが、当の悠介は内心舌打ちをする思いだった。いつまでも助けてもらえるという心が、甘えや慢心を産む。

「今しも自分の足で立ち上がろうとしている赤ん坊に手を差し延べて助けてやることは、たぶん子供の自立にとってはマイナスにしか働かない」悠介は言った。「『水をくれ』と懇願する病人を気の毒に思って水を飲ませることも、下手をすると命奪《と》りになりかねない」

「わかるわ」

傍目《はため》にだが、これまで彼の仕事ぶりを見てきたからこそ真幌にもわかる。悠介は、いつも自分が手を引くタイミングを読み違えないように測っている。それも起業コンサルタントの才覚と腕のうちだ。

クライアントのためばかりではない。もはや死に体、泥船と見たら、速やかに撤退することも時にはある。見切り時を誤ると、ともに沈没しかねない。

「その人、間違いなく芽衣さんだったのかしら」

そうに違いないと思いながらも、真幌は言わずにいられなかった。

「商店街に、麗美堂《れいびどう》というドラッグストアがあるんだ。そこの娘さんが、渋谷を遊び場にしていた元コギャルでね。今年二十六って言ったかな、今は家業を継ぐ恰好で店を手伝っているけど。その彼女が、芽衣さんらしき女性を見て興奮していたというから、たぶんそうなんだろう。磯村さんは『ジュリエット渋谷』の名前まではでてこないようだったが、カリスマがどうのこうのとは言っていたな。きっとその娘さんが、元カリスマ店員だとか何だとか言っていたんだと思う」

「そう」

言った声が、自分の耳に陰気に響いた。

「しかしまあ、芽衣さんは、いったい何を思ってそんなことをしてくれたのやら。それ以前に、どうして僕が手がけている仕事を承知していたんだか。君が話したんじゃないとすれば、何らかのかたちで調べなければわからないはずのことなんだ」言ってから、悠介は岩ガキを箸で口に運んだ。「磯村さんから話を聞かされた時は、何だか狐につままれたような心地だった。それが芽衣さんだとわかってみると、これまた狐につままれたような気分になった。狐が二匹だな」

それで真幌にも、今夜店で顔を合わせた時、悠介がいささか疲れたような顔をしていた訳がわかった。

「まず間違いないとは思うものの、絶対に芽衣さんだとは言い切れない。それこそ首実検でもしない限りはね。だから、現時点では、芽衣さんに問い合わせたり問い質したりする訳にもいかない。で、とにかく先に君に話をと思ったという次第。彼女は君のところのスタッフだしね」

「ごめんなさい。迷惑をかけたわ」

「真幌が謝る必要はないよ。君が喋った訳じゃなし。それに、今も言ったけど、まだ芽衣さんと決まった訳でもない」

「ううん、芽衣さんよ」

断言してから、真幌は冷酒のグラスに口をつけた。おのずと真剣な面持ちになっていた。下調べのため、過去、悠介のセミナーに密かに参加しただけでは収まらず、とうとう芽衣は、今現在の悠介のフィールドにまで踏み込みはじめた。

「自分がターゲットと定めた人間に関わるものなら、それが何であろうと、全部欲しがる、根こそぎにしたがる」――美絵の言葉が思い出されていた。早くもそれが悠介にまで及んだかと思うと、真幌は絶望的な気分に陥らざるを得なかった。

「ということは、君にも何か心当たりがあるということ？　彼女なら、こういう考えでそういうこともするだろうというような」

ううん、と真幌は首を横に振った。

「え？　心当たりはない？」

「でも、間違いない」

「………」

どう説明したらいいものかと、真幌はやや苦しげに顔を歪めた。

「芽衣さんがどうしてそんなことをしたか、私に想像できるような理由はないの。でも、やっぱり芽衣さんなのよ。理由の見当がつかないということが、芽衣さんであることの証明みたいなものだから」

怪訝そうな面持ちをして、黙って悠介が真幌を見る。

「石川さんが言ったこと、覚えてる？　芽衣さんが横浜でのあなたのセミナーに参加していたっていうあの話」

「ああ、石川君、前にそんなことを言ってたね。実のところ、僕は半信半疑だったけど。芽衣さんとは、『扶持』で君と三人で会っている。もし僕のセミナーに参加したことがあったなら、あの時僕に言っているはずだと思ったし」

「でも、それも芽衣さんなの」

「え？　だったら何で彼女はあの時何も……」

「芽衣さんって、そういう人なの。そういうところのある人と言うか」

「どういう意味？」

「私が今日、あなたに話しておきたかったこともそれだったの。スタジオでも、今、それと通じるようなことが起きていてね」

「スタジオで？　具体的にはどういうこと？」

「ユリちゃんがスタジオを辞めた」

「ユリちゃん――大学生のアルバイトスタッフか」

「お客さんのなかにも、同じような反応を示した人がいるわ」

「僕には、まだ君の話の中身がよく見えないな。同じような反応って？」

「言わば、芽衣さんからの逃走」

「芽衣さんからの逃走……」

「細かいことは追い追い話す。それよりも、結論から先に言うことにするわね。その方が、きっとわかってもらいやすいと思うから」

ひとり意を決したように真幌は言った。悠介は、無言でひとつ頷いた。

「いまさらよ。いまさらだけど私——」

そこで真幌は一度口籠もった。悠介に話すことがためらわれたからではない。口にするのが憚られるような、一種の恐怖を覚えたからだった。

「芽衣さんは、本来私が雇い入れるべき人じゃなかったし、身に近づけるべき人でもなかったと思ってる。それは、あの人が、カウンセラーの私にも手に負いかねるようなメガクラスの問題児だから。その件で、この前美絵さんにも会って相談してきた。美絵さんの見解も、私とほぼ同じだった——と言うよりも、心配してた。これは緊急事態だとも言っていたわ。芽衣さんは、それぐらいのモンスターかもしれないって」

「とうとう狐が三匹だ」悠介が眉を寄せて煙草に火をつけた。「僕には、君が言わんとしていることがまだわからない。芽衣さんがモンスターって、それ、どういうこと?」

「そのひとつの例が嘘。それも病的と言いたくなるような嘘。意味もなければ脈絡もなくて、それについて考えていると、こっちの頭がおかしくなりそうな嘘」

「芽衣さんが君に嘘を?」

「ええ。それもひとつやふたつじゃない。調べてみると、細々《こまごま》といろいろね。しかも、どうしてここでこんな嘘をつかなくてはならないのかと、首を捻るような嘘ばっかり」

「嘘か……」悠介は、ゆたりと煙を口から吐きだした。「嘘はよくない。嘘は僕も嫌いだ。もちろん、人を不快にさせないための嘘、方便としての嘘はべつだけど。で、嘘って、芽衣さんは具体的にはどういう嘘を？」

「ひとつひとつを取り上げれば、ちまちまとしたごくつまらない嘘よ。だから、今のところ実害はないわ。ただ、さっきも言ったみたいに、嘘はそのひとつの例に過ぎない。問題は、芽衣さんが、理解に苦しむようなおかしな嘘を連発していること。嘘の根っこにある思考の問題」

悠介が、心持ち眉根を寄せた。

「発想や思考が、私の理解を超えているの。私の理解、つまりは常人の理解ね」

「嘘はひとつの例に過ぎない……。まあ、僕のセミナーに参加しながらとぼけていたことも、嘘とは言えないがそれに近いし、黙っていることの訳もわからない」

「あからさまにではないものの、私と血縁関係にあるようなことも、それとなくまわりに匂わせているみたい。そう思わせるように仕向けていると言ったらいいかしら。どうもそんな様子で。これもまた、そうする理由がわからないんだけど」

「なるほど、一事が万事という訳だ」言ってから、悠介が軽く頷いた。「まあ、中宿商店街の件にしても、理由も動機も、こちらから見えないことは見えない。さっき君は、『理由の見当がつかないということが、芽衣さんであることの証明みたいなものだから』と言ったっけ。アルバイトスタッフのユリちゃんが辞めたこと、『芽衣さんからの逃走』とやらをしたスタジオの客……となると、みんな問題の根は同じということだね」

「芽衣さんがユリちゃんにしたことは、性質の悪い嫌がらせやいじくり。お客さんの場合は過去のことだけど、これまたぞっとせずにはいられないような悪戯、嫌がらせだった」

今度こそ、悠介が明らかに眉を寄せて真幌を見た。

「それも、やっぱり理由らしい理由が見当たらない、性質の悪い嫌がらせ、悪戯、いじくり」

「美絵さんが緊急事態だと言ったということは」

そこで悠介は、少し考えるようにいったん言葉を途切らせた。それから煙草を灰皿に揉《も》み消して、改めて言葉を接いだ。

「僕にはよくわからないけど、君たちカウンセラー、あるいは精神科医の目から見て、芽衣さんには何か重大な問題があるということ?」

真幌は大きく首を横に振った。

「私も症例に照らし合わせてずいぶん考えた。でも、どれも何かが決定的に違うと言うか、どれにもぴったり当てはまらないの」

「………」

「この夏、猛烈に暑かったでしょ? 私、単に温暖化というだけではなくて、まるで地球の磁場自体が狂ったようだと思ったりしたわ。動機と言える動機の見当たらない、これまでなかったような陰惨な事件も頻々と起きた。地球同様、人間の磁場も狂いはじめているんじゃないかと思うようだった。そういうことからすれば、芽衣さんはそれに一番当てはまるかも。最初の頃、私はあなたに芽衣さんのことを、『この世で初めて出逢うような人』と言った記憶があるけれど、事実、そういうことなのかもしれない。これまでの範疇《はんちゆう》では括《くく》れない人間と言ったらいいか」

「だから、美絵さんは彼女のことを、ミュータントだ、モンスターだ、と言ったのか」

「そうなの。言わば未知との遭遇ね。そういうことからすればエイリアンだけど。嘘や嫌がらせ、それに不明な言動、振る舞いも、単発で小さなうちはいいわ。でも、それらがいくつも積み重なった時……それが私は怖いの。そもそも芽衣さんは頭がいい。あの人には、私の頭の数式では解けない計算や理屈がきっとあると思うの。小さな嘘も嫌がらせも言動も、実は単発ではないかもしれない」

「こちらの目には単発に見えても、連鎖している可能性があるということか。だとすれば、何かことが起きる時はドミノ倒しだな。たぶん怒濤《どとう》のようにくる」

「ごめんなさい」思わず真幌は顔を伏せた。「ひょっとすると私、とんでもないワイルドカードを引いてしまったのかも。まだ確証はないわ。でも、どうもそんな気がしてならないの」

悠介から、すぐに言葉は返ってこなかった。真幌もまた、すぐに次の言葉を口にすることができなかった。夫婦の間に、陰鬱で重たい沈黙がもたれる。今しがた消したばかりだというのに、悠介が再び煙草に火をつけた。少しの間、二人の間を、言葉ではなく煙草の煙が惑ったように往き来していた。

5

「いやあ、嬉しいねえ。芽衣ちゃんが、わざわざうちの事務所にまで足を運んでくれるなんて」

言いながら、応接セットのテーブルに、沢崎がコーヒーのはいったカップを置いた。満面に照り輝くような笑み——この男の場合、いつものことではあるものの、それでも今日の笑顔はひときわだった。喜色満面、欣喜雀躍《きんきじゃくやく》、恭悦至極《きょうえつしごく》……芽衣の頭に、そんな四字熟語が立て続けに浮かぶ。

「コーヒーメーカーで淹《い》れたコーヒーだけど、こう見えて、コーヒー豆にはちょっとうるさいんだ。どう？　飲んでみてよ。そこらの喫茶店のコーヒーには負けないから」

控えめな笑みを浮かべて頷いてから、芽衣はコーヒーカップに手を延ばした。

目黒《めぐろ》にあるヘッドランドの事務所にやって来ていた。ＪＲ目黒駅から目黒通りを白金方面に向けて歩いて四分、住所は品川区上大崎になる。その先の首都高下の交差点を越えれば、そこはもう白金台だ。高級住宅地として知られ、国立自然教育園の杜《もり》の緑も深く濃い超一等地。

「今日はもう愛子《あいこ》ちゃんが帰っちゃったものだから——ああ、愛子ちゃんっていうのは、うちの事務の女の子ね。女の子って言ったって、二十七だか八だかだけど。そんなで、せっかく芽衣ちゃんが来てくれたっていうのに、コーヒー以外は何のおもてなしもできなくて申し訳ないけど。愛子ちゃんがいたら、シロガネーゼご用達《ようたし》の洋菓子屋で、ケーキを買ってきてもらうところなんだけどな。何て店だったかな、そこのケーキはさすがに絶品。残念だな。——そうだ、芽衣ちゃん、帰りに一緒に食事でもどう？　芽衣ちゃん、鶏は大丈夫？　近くに旨《うま》い地鶏《じどり》を食わせる店があるんだよ。それとも、イタリアンとかフレンチとか、そういう方が芽衣ちゃんにはいいか。角を曲がったところの『カルナバル』——ああ、あそこはスペイン料理か……」

　これまた毎度のことだが、まるで言葉の洪水だ。実際よく喋る男だと、沢崎に会うたび、芽衣は感心するよりなかば呆《あき》れる。沢崎は、スタジオで初めて会った時からそうだった。

「うわあ、さすが真幌先生と言うべきか、これはまたすごい美人をスタッフにスカウトしてきたもんだなあ」「島岡芽衣さん——芽衣さんか、いい名前だな。ひょっとして五月生まれ？　ああ、やっぱり」「ひょっとして、昔、モデルをしてた？　いや、何かであなたを見たような記憶が……。そうか、『ジュリエット渋谷』か！　『ジュリエット渋谷』のカリスマ店員。雑誌やテレビで取り上げられたこともあったよね」………。

　会うなり沢崎が、自分に多大な関心を抱くに至ったことは、芽衣にもすぐにわかった。慣れている。男は、瞬間、動物に堕《だ》するのでわかりやすい。目の色と輝きが、見ていてはっきりわかるほど明らかに変わる。

　沢崎は、以降、遠慮会釈もなければ憚りもなく、厚顔無恥に芽衣に接近を図ってきた。最初は仕事帰りを待ち伏せされたりもした。ただし、彼を衝《つ》き動かしているのは、色ではなく欲だった。その証拠に、沢崎はたちまち話をビジネスへと持っていった。だからこそ、芽衣も沢崎の話を聞く気になった。

「真幌先生の話だと、あなた、カウンセラーになる気はないっていうじゃない？　だったら、どうしてあそこに勤めたの？　もったいないよ」「あなた自身が一番よく承知していることだろうけど、あなたは客を呼べるし集められる人だ。その才能を活かさない手はないだろうに」「女、三十――店を持つにしたって何をはじめるにしたって、絶好の時期なんだよ。後になって気づいたって遅い。残念ながら、時だけは取り返しがきかないからね」「ねえ、芽衣ちゃん。あなた、あんなところで燻《くすぶ》っている時でも場合でもないんだって」……。

「沢崎さん、私にどうしろとおっしゃるんです？」芽衣は、一度沢崎に尋ねてみた。「ずいぶん私のことを買ってくださっているようですけど、見ておわかりでしょう？　何をはじめようにも、今の私にはその力がありません。いろいろな意味を含めての力が」

「だから、その力を私が貸そう、私が芽衣ちゃんの力になろうと言ってるんじゃないか」沢崎は言った。「芽衣ちゃん、本格的なヒーリングサロンの経営に乗りだしてみないか。真幌先生が片手間にやっているようなスタジオなんて目じゃないようなヒーリングサロンの経営だよ。芽衣ちゃんにならそれができる」

「沢崎さん、そんなことおっしゃっていいんですか」あえて芽衣は沢崎の話に水を差した。「沢崎さんは真幌先生に関心があって、それでうちのスタジオにも見えていたんでしょ？　それなのに――」

「たしかに真幌先生はいい素材だ。食指が動く。私もそれは否定しませんよ。でもね、あの人には黒沢氏がついてるから。重石《おもし》がついてる女というのはねえ……。それに真幌先生は正義派だ。正義面《づら》をしていると言った方が正しいかな。本当は、ずいぶんと目端が利くくせに、どうもきれいごとがお好きのようで。一緒に商売をするにはそれがちょっとね」

「……」

「第一、私はこうして芽衣ちゃんとめぐり逢った。真幌先生よりあなたの方が、何倍も何十倍も魅力的な素材だ。これを指をくわえて黙って見過ごす手はないでしょう。だから芽衣ちゃん、ぜひ私と一緒に面白い商売をしようじゃないか。私はそう言ってるんだよ。面白くて儲《もう》かる商売を一緒にさ。どう？　悪くない話でしょ？」

今のスタジオにいる間に、顧客をみんな自分につけてしまうことだって芽衣にはできると沢崎は言う。顧客だけではない。出入り業者、人間関係、真幌独特の人心掌握術のノウハウ……何もかもを、自分のものにしてしまえるだけの磁力と吸引力が芽衣にはある。

そんな沢崎の言葉を耳にした時、芽衣は内心、ふふんと鼻を鳴らす思いだった。

だからといって、もちろん芽衣もそう簡単に沢崎の話に乗るつもりはなかった。「店をやってみない？」「店を持たせてあげようか」……その種の話なら、これまでにだっていくつもあった。いざ実際話を聞いてみれば、色と欲絡みだったり、ただ芽衣を自分に都合よく使おうとしてるだけだったり……そうそう無条件においしい話というのはないものだ。もっと若い頃ならともかく、今はもう芽衣も、いちいちそんな話で舞い上がらない。それに、芽衣が真幌のところにやってきたのには、やってきたなりの理由がある。今は真幌の近くにいたいから、芽衣は真幌の近くにいる。

「どう？　コーヒー、なかなかいけるでしょ？」沢崎が、いつもの笑顔で芽衣の顔を覗き込むようにして言った。「で、前から言ってる話だけど、考えてくれた？　スタジオに来て四ヵ月は経ったよね。あなたなら、だいたいのことは飲み込んじゃったんじゃない？　スタジオの客も相当自分につけただろうし、真幌先生が握っている人間関係も、もうほぼ見えたでしょ？　だったらそれを手に、さっさと一人立ちする準備にはいった方がいい」

「それを手にって、沢崎さん……何だか私にブルータスになれ、真幌先生を裏切れと言ってるみたい。そんなこと、私にできるはずがないじゃありませんか」

あえて心持ち顔を曇らせて、芽衣は言った。

「いや、べつに裏切れとは言ってませんよ」沢崎は、しれっと言ってのけた。「ただ、あなたはそれぐらいのポテンシャルを持った人だと言ってるだけのことで。とにかくね、私は芽衣ちゃんと商売がしたいんだ。事業と言った方が正確だな。だって、あなた、それだけの素質と魅力を持った人なんだから」

すぐに沢崎の話に乗る気はないものの、自分に力を貸したい、自分の力になりたいと言っている男の気持ちと手腕と財力を、つないでおかない手はない。べつに芽衣は、何もしなくて構わない。ただ、綱を握っておけばいい。だからこそ、時折こうして沢崎に会っている。いつの日か、この男が役に立つ時が来るかもしれない。いつの日かどころか、ひょっとすると明日にも、利用価値が生じるかもしれない。言わば、その時のための保険みたいなものだ。

今日、芽衣が沢崎の事務所を訪れたのは、彼のホームグラウンドとも言える事務所を、自分の目で見て確認しておきたかったからだ。事務所の立地、フロアの広さ、オフィス家具、調度、全体の雰囲気……そんなものを見れば、だいたいのレベルやグレードはわかる。商売の規模もだ。

そう広くはない。だが、悪くない事務所だった。清潔感があるし、テーブル、ソファ、サイドボード……すべてオフィス家具販売の老舗《しにせ》、クラシキから入れた品だろう。機能的だが、それなりの重厚さと高級感がある。コーヒーカップもノリタケだ。変に凝ったり豪華ぶったりしていないところが、思いがけず沢崎の趣味のよさを感じさせた。自慢するだけのことはあって、たしかにコーヒー豆も質がよかった。薫りがいいし、味わい深い。少なくとも彼が淹れてくれたコーヒーは、よくあるただの苦いだけの黒い湯ではなかった。

(まあ及第点ね)

素速く事務所のなかを観察しながら、芽衣は胸の内で呟いた。

(荒れたところも全然ないし、お金に詰まっている様子はなさそう)

「ねえ、芽衣ちゃん」沢崎が、珍しくちょっと真剣な面持ちをして言った。「だんだん具体的な話をしていくことにしようじゃないか。でないと、話がなかなか前に進まない。とにかく、あんな中途半端なスタジオじゃ駄目だ。事業的にもよろしくないけど、あれじゃ顧客のためにもなっていない。そうは思わないか。実はね、すでに大雑把な青写真は出来上がっているんだ。今度、それをきちんとした企画書にして芽衣ちゃんに見せる。それを見て、ぜひ前向きに検討してくれないかな」

「沢崎さん——」

芽衣は、やや困惑げに一度目を伏せた。それから頰にかすかな笑みを滲ませた。

「お気持ちは嬉しく思います。本当に嬉しいんですけど……」

「芽衣ちゃん、私もあなたに力を貸す。だから芽衣ちゃん、あなたも私に、芽衣ちゃんにしかない力を貸してくれ。頼むよ」

「企画書は拝見します。でも、お力になれるかどうか……」芽衣は自信のなさを表わすように、そこで小さく首を横に振った。「多少経営の勉強はしてきましたけれど、事業ということに関しては、私はずぶの素人《しろうと》もいいところですから」

「素人？　そうかな。私はそうは思わないけど。それに芽衣ちゃんには、それを補って余りある固有の力と魅力がある」

「沢崎さんは、私にしかない力とおっしゃってくださいますけど、それはたぶん沢崎さんの買い被りというもので——」

「いいんだ、まずは企画書を見てくれれば」芽衣のエクスキューズを遮るように沢崎が言った。「それを見たら、きっと芽衣ちゃんの気持ちも変わる。馬鹿馬鹿しくて、あんなスタジオになんかいたくなくなるって」

「真幌先生が片手間にやっているようなスタジオ」「あんな中途半端なスタジオ」「正義面」「きれいごとがお好き」……沢崎が言っていることもあながち的外れではない。的外れどころか、当たっていると言ってもいい。

(自分には目がある、すべて見通している、あなたそう思ってるでしょ? でもね、べつにあなたがとりわけ目敏い訳でもなければ鋭い訳でもないのよ。そんなことは、私にだってわかってる)

芽衣は心で沢崎に向かって言った。

(わかっているから、あそこに来たの。わかっているから、あそこにいるの。あなたには、それがわかっていないでしょう?)

「では、まずは企画書を見せていただくということで」

芽衣は胸の内の思いはおくびにもださず、謙虚な態度と口調を崩さずに言った。

「お、それは嬉しいな」

「お話は、企画書を拝見させていただいた上で改めて――そういうことでよろしいでしょうか」

「ああ、それで結構。それだけでも充分に一歩前進だ。今日こうしてわざわざ事務所まで来てもらった甲斐《かい》があったよ。いや、ありがとう。ただし、ぜひ前向きにね。頼んだよ、芽衣ちゃん」

言ってから沢崎は日がかっと照るように笑った。その笑い顔を目にしながら、芽衣は思った。

(あなたは、あれもこれも全部見透かしているつもり。でも、あなたは知らない。わかってない。……いいのよ、それで。その方が、私には都合がいいしやりやすいから)

「コーヒー、本当においしい」邪気のない笑みを浮かべ、瞳を輝かせて芽衣は言った。「もう一杯、いただいても構いません？」

「おう、もちろん」

沢崎は、悦に入《い》ったような顔をして頷いてから立ち上がった。

だんだん芽衣には、沢崎という男が、自分さえうまく転がしたら、加速度をつけてころころと転がってくれるボールのように思えはじめていた。なぜなら、沢崎にはまったくわかっていない部分があるからだ。わかっていない部分があるということは、相手側から見て自分の側に死角が存在するということだ。死角が存在するということは、芽衣の側の強みにほかならなかった。

(持ちつ持たれつでもなければ、あなたが私を利用するのでもない。私があなたを利用するの)

芽衣は、コーヒーを淹れに立った沢崎の背中を横目で見ながら、心で彼に囁いていた。

第五章　ざわめく園

1

代々木上原でも、いっとき秋の虫の鳴く声が聞こえていた。リリリリと響く虫の音を耳にして、真幌は姿の見えない虫に思いを馳せ、ある昆虫学者の話を思い出したりしていた。

「昆虫は昆虫です。そこに人間の感覚を適用しようとしても無駄です」

その学者は言っていた。

夏の終わり、あれは九月にはいってからだったと思うが、アスファルトで舗装された道路の上に、硬直したような蟬《せみ》の死骸を見た時も同じく彼の言葉を思い出した。

多くの蟬は、七年もの時間を地中で過ごし、あたかも正確に時を測ったかのようにある日地上に姿を現わして、深夜から未明にかけて羽化して成虫になる。地上での命の期間は長くてもせいぜい二十日だ。およそ二週間というわずかな期間に、彼らは一斉に喧《かまびす》しいほどの求愛の声を上げ、生殖という種の一大事業を成し遂げて生涯を閉じる。雌が枯れ木に産みつけた卵は、翌年の五月頃から孵《ふ》化《か》しはじめ、その幼虫は、雨の季節に地中に潜る。

どうして地中で過ごす時間が七年で、まるで申し合わせたように軌を一にして地上に姿を現わすのか。地上で成虫として過ごす時期が、どうして平均たったの二週間なのか。枯れ木の皮の下で孵《かえ》った幼虫は、何ゆえ地中を目指すのか。地中に潜った幼虫は、七年もの間、何を栄養として育つのか……蟬の行動と生涯は、不思議に満ちている。多くの昆虫が一年で世代交代を果たすことからすれば、地上での命がわずか二週間であっても、七年の命を与えられている蟬は、長寿と言うこともできる。しかし、虫の生涯の時間的観念、あるいは感覚として、それは長いと感じられるのか、それとも、やはり短いと感じられるものなのか。人間にはまったく計り知れない。蟬のみならず、蜂《はち》にしろ蟻《あり》にしろ、人間の目からすれば、昆虫には何かと謎が多い。

「昆虫の営みや行動を、人間の頭や感覚で理解しようとしても駄目なんです」昆虫学者は言っていた。「ましてや感情を交えて考えようとするのは大間違いです。たとえば蜘蛛《くも》が、『あ、まずい。人が来た』とでも言わんばかりに息を殺して動きを止めたように見えても、蜘蛛はもちろんそんなことは考えていません。蜂だって、広大な花畑を見つけて、『やった！　ここに花畑があったぞ！』なんて、小躍りして喜んでいる訳ではありません。ならば蜂のダンスは仲間に方位や位置を報せる本能かと、人はすぐに本能に答えを求めようとします。でも、それもたぶん間違いです。あれらは、人間とは全然違うんです。人間の頭では理解しかねる全体的なプログラムのようなものに従って動いているだけで、人間が把握できるのは、その昆虫の生態だけだと思った方が正解でしょう」

真幌は虫に関心はない。ことに大人になってからは、虫はどちらかと言うと厭悪《えんお》の対象にな
った。にもかかわらず、そんな学者の言葉を思い出したりしたのは、たぶん芽衣のことがあっ
たからだろう。

頬の丘をやや高くして、しなやかに頬笑む芽衣――その頬笑みは、瞳の深い黒さと相俟って、
対する人を内に懐深く引き込む。声の大きさ、トーン、言葉の速度は、まさしく適度で少しも
人の神経に障るところがない。加えてその話しぶりは、知性と教養、それにセンスを感じさせ
る。メイク、ヘアスタイル、ファッション……仕種や所作にしても同様だ。何をとっても隙が
ないのに、すべてはごく自然で、煩《うるさ》さをまったく感じさせない。ところが、芽衣は、完璧と
言いたくなるような表の姿とは裏腹に、言外でユリに麻綾との差を突きつけ、素知らぬ顔の遺
伝子発言でユリの心にとどめを刺す。人からのプレゼントをぽいとゴミ箱に捨てる。友人が飼
っていた小鳥の足を刈る。真幌に対しても、とぼける、嘘をつく。周辺を掻き回す――。
出逢った頃のことを思えば、信じ難いことと言うしかない。けれども、今の真幌にとって、
理解し得ないということにおいては、芽衣も昆虫も同じだった。

(ひどい)

真幌は大きく顔を歪め、ひとり首を左右に振った。

(私ったら何てことを)

首を横に振ったところで、一度心で思ってしまったことは取り消せない。真幌は、じわじわ
と自己嫌悪の念に苛まれる思いだった。

「それにしても、あの彼女が……。何だか信じられないような話だな」

代々木上原の小料理屋で、芽衣の件を打ち明けた時だ。悠介は視線を虚空に投げるような面持ちをして、独りごちるようにぼそりと言った。三人で「扶持」で会った時のことを思い出していたのだと思う。

「僕が芽衣さんに会ったのは一度きりだけど、きれいだというだけではなくて、実にいい表情をする人だと思ったよ。あの表情も演技とは――」

そう言って、悠介は考えあぐねるように首を捻った。

けれども、真幌は、芽衣が他人の表情をそっくりなぞって自分の顔に写してみる瞬間を、まさにその「扶持」で目撃した。一瞬だが、芽衣の顔が料理を運んできた若い男性の顔に見えたほど、正確かつ精密な写し取りだった。

「ミュータントやモンスターと言うより、エイリアン、異星人と考えた方がわかりやすいかもしれない」その時、真幌は悠介に言った。「べつの星からやってきたようなところがあるから、恐らく芽衣さんは、もともと思考も心の営みも、この地球の人間とは違うのよ。だから、たぶん彼女にとってこの社会は、最初のうちは相当生きにくい環境だったんじゃないかしら。でも、芽衣さんは頭がいいし学習能力も高い。だから、周囲の人間を観察したり模倣したりすることで、自分にとって生きにくい環境を、生きやすい環境に変えていったんだと思う」

人からぎょっと驚かれたり、嫌われたり、叱責《しっせき》されたり、忌避されたり……思考や心の営みがふつうの人間とは異なるから、子供の頃は、芽衣にも幾度かの失敗体験があったに違いない。

頭脳明晰な芽衣は、そうした失敗体験から、多くのことを学習した。また、どんな顔をして笑ったら、人は安心して打ち解けるのか。どんな表情を見せたら、人は自分に好感を抱くのか。ここでどういう台詞を口にしたら、人を感動させることができるのか……人をさかんに観察するようにもなったと思う。

エトランゼだ。当初は暮らしづらかったし、他者や文化やしきたりを、観察・学習せねばならないという苦労もあったろう。けれども、芽衣は優れた容姿に恵まれていた。だから、ある時期から彼女にとって自分を取り巻く社会は、さながらアクターズシアターのようなものに変わったのではないか。単に演技を学ぶだけでなく、そこで実際に自分が演じてみることのできるシアターだ。自分の演技の効果のほども手に取るようにわかる。絶大な効果を上げる演技を成し得た時は、大きな達成感と喜びを覚えたに違いない。

「仮に芽衣さんを異星人として」悠介が言った。「知能指数の高い異星人は、地球人の思考や常識、心の営み、それに伴う表情や台詞を、学習することによって習得した訳だよね。ならば、それはこの社会に適応できたということだ。適応できたんだったら、そのまま生きていったらいいんじゃないかと思うけどね」

「それは……たぶん、こちら側の人間の思考であり理屈だわ。あちらは、もともとの発想、思考、常識、心の営みが、私たちとは異なるのよ。彼女が学習・習得したものは、Ｘ＋α《アルファ》の＋α。あくまでも主体はＸ」

「Ｘか」いささか疲れたように悠介が言った。「迷宮だな。Ｘはどこまでいってもｘ。文字通り、謎の領域という訳だ」

「そうね。向こうはこちら側の人間の心を読むことにも演じることにも長けている。なのに、こちらはあちらの内的世界を理解できない。あちらは厳然たる自己世界を有しているに違いないのに」

苦労と学習の末、＋αを身につけた。となれば、今度はそれを逆手《さかて》に取って、表面的にはこの社会に適応しながら、陰ではXの本領を存分に発揮して、思うように生きていくことも可能だ。

実地で学習し、人の表情から心の内を読み取ることを覚え、自分もシーンに応じた演技や表情、それに台詞も習得した。となれば悠介が言った通り、もはや社会性を身につけたと言っていい。そうやって社会に自然に溶け込んでいるからこそ、周囲はその人間が自分とは異なる人間だとは思わない。そうなれば、芽衣の側の圧倒的優位だ。人を喜ばせるばかりでなく、人を恐怖に戦《おのの》かせることだってできる。

たとえば、牢獄に放り込まれた人間が、そこでのしきたりやルールを身につけて、獄中でも問題なく暮らせるようになったとする。が、だからといって、その人間のもともとの思考、性向、嗜好が、消えてしまったということはないだろう。牢獄を出ればもちろんのこと、たとえ獄中にあっても、できる限り自分の本性に沿った過ごし方ができないものかと模索するものではないか。病院に入院することになった患者にしても同様だ。

「そういったことも主体であるXが不明だし理解不能だから、私の想像や憶測に過ぎないけど。

でも、どうやら私やあなたも含めた私の周囲の人に関する下調べもしてきたみたいだし、ユリちゃんを挫けさせ、美音子さんたちの心を揺さぶっていることからしても……。美音子さんたちに関してはともかく、ユリちゃんに関してのことは、完全に愉快犯だわ。それは永田さんという友だちに対しても同じ」

「X、迷宮、異星人……」いささか疲れたように悠介は呟いた。「でも、芽衣さんは地球人だよね。われわれと同じ人間だよね」

悠介の指摘に、真幌は一度弾かれたようになってからうなだれた。

悠介の言う通りだった。思わずうなだれざるを得なかったのは、悠介の言葉によって、いきなり正道に引き戻されたような心地がしたからだ。カウンセラーでありながら、これまで自分が見たことも聞いたこともない人間、自分の頭では理解することのない人間を、譬《たと》えとはいえ、真幌は異星人扱いしていた。そんな自分に、真幌は内心打ちひしがれる思いだった。

「で、真幌はこれからどうするつもり？」

「まずは悟られない程度に芽衣さんと距離をとるわ。その間に確証を摑みたいと思ってる」

「確証――」

「芽衣さんの発想、思考、常識、心の営みが、私たち一般の人間とは異なるという私なりの確証。対策を考えるのはそれからね」

「そんなものが摑めるのかな」

「だから、私なりの確証よ。とにかく彼女についてもっと調べる。でないと、周囲に被害が及ばないかと、何だか私は心配で」

身近でも、すでにユリという被害者がでている。のんびり構えている余裕はなかった。早急に確証を得るには、幼い頃から芽衣をよく知っている人物に会って話を聞くのが、恐らく一番の早道だろう。

「私、彼女の実のお姉さん、北川千種さんに会ってみようと思って」

前を見据えて真幌は言った。

千種の所在は、目下追加依頼として、調査会社に調べてもらっている。真幌が「扶持」で見かけた女性が姉の千種かどうなのかも、本物の北川千種に会ってみれば、その場ですぐにわかることだった。

相手を不安にさせたり動揺させたりしないために、落ち着きとゆとりを持った話し方をするのもカウンセラーの心得のうちだ。悠介に対しても、真幌は強いてそういう話し方を心がけたつもりだ。けれども、初めて味わうような正体不明の危機感に、真幌は大きく揺さぶられていたし、その揺らぎは、当然悠介にも伝わっていただろう。

「それにしても、どうして彼女は君に接近してきたのかな」最後に悠介は言った。「周囲への被害もさることながら、僕にはそれが一番の気がかりだ」

悠介に、心の奥底を見透かされた気がした。

「周囲に被害が及ばないかと、何だか私は心配で」――悠介に対して口にした言葉に嘘はない。が、実のところ最も真幌が不安に脅かされ、恐れているのは、芽衣が何を思って自分に接近してきたのか、何を企んでいるのかということだった。この先、想像もつかないような厄介ごとが身に降りかかってくるのが怖い。

(私は、他人のことよりわが身のことを思っている)

真幌の顔にまた苦い翳が落ちた。

小さな自己嫌悪の繰り返し——そのことにも、真幌の心は疲れていた。

2

急な呼び出しだった。それだけに、前の晩、真幌からの電話を受けた時、美音子は内心いささか戸惑った。

「美音子さん、明日の出はお昼からだったわよね」電話の向こうの真幌は言った。「申し訳ないんだけど、その前に小一時間ばかり話ができないかしら。場所は……そうね、西新宿ではなくて新宿駅近辺で。どう?」

日頃真幌は、こういう約束の取りつけ方はしない。互いの予定をすり合わせて、もっと時間的に余裕のある約束の仕方をする。

「私の方はべつに構いませんけど」

何だろう——頭の端で訝《いぶか》りながらも、不意を突かれた具合になって、美音子は相槌でも打つような感じで応えていた。

「そう？　悪いわね。美音子さん、『アウル茶房』はご存じよね？　なら、明日の午前十一時に新宿東口の『アウル茶房』ということにしましょうか。そういうことでよろしく」

それで真幌からの電話は切れてしまった。結果、美音子は何の話なのかを聞きそびれた。よほど携帯メールで、「ところで、何のお話でしょうか」と尋ねようかとも思ったが、翌日の午前中には顔を合わせるのだ。あえて訊くのもどんなものかと考えてやめてしまった。

（いやだな、何の話だろう）

いやだと思ったのは、人がふだんしないようなことをする時は、大概ろくなことにならないという、これまでの美音子の経験則からかもしれない。それが気になって眠れなかったというほどのことはなかったが、いつもより若干寝つきが悪かったことは事実だ。

「真幌先生は心理のプロです」「相手の心理を読むプロでいらっしゃるから、本当に適材適所」

……そういう時に限って、芽衣の言葉が思い出される。たしかに真幌ならば、いつになく不意討ちを食らわすような呼び出し方をすれば、相手がどういう気持ちになるかぐらいの想像は、たやすくつくことだろう。だったら本来、「ショップのグッズの件で」とか「スタッフの件で」とか、ごく簡単にでも用件の主旨を、前もって伝えておく心遣いがあって然るべきではないか。真幌はそれができない人間ではない。にもかかわらず、今回それをしなかったということは、あえて美音子を中途半端な気持ちにしておきたかった、事前に美音子に考える間を与えたくなかった……そういうことなのか。翌朝になってもまだそんなことを考えていた。

（馬鹿みたい）

思っても、なかなか気分が切り替わらない。つい深読みをしている自分にうんざりする気持ち半分、自分をそんな気持ちにさせた真幌に対する恨めしさ半分といった感じのやや冴えない気分のまま、美音子は待ち合わせの喫茶店に向かった。

「ああ、美音子さん。出勤前にごめんなさいね。それに本当にいきなりで」

いざ実際に真幌を目の前にしてみると、心に蟠りかけていたものが、何だかすいと消えていくような感じがした。当たりは柔らかいが直球勝負――美音子は、ずっとそれが真幌だと思ってきた。顔を見て、改めてそのことを思い出すような気分だった。なのにどうして真幌に疑心を抱いたりしたのか――自分でも首を傾げる思いになりながらも、まだ話の内容がわからないだけに、やはり若干の強張《こわば》りのようなものは残っていた。

「やはり美音子さんには、早めに話しておくべきだと思ったの」真幌は言った。「そう思ったら、何だか気持ちが急いてしまって。それで急なことになってごめんなさい」

「あの、いったい何の話ですか」――口にだしては言わなかった。が、恐らく美音子は、そういう顔をして真幌を見ていたと思う。

「話というのは、芽衣さんのことなの」

耳にした途端、何だかがくりと気が抜けたし、同時に気落ちする思いにも見舞われた。何だ、また芽衣のことか、という思い。しかし、次に真幌が口にした言葉は、美音子にとって思いがけないものだった。

「あのね、私、美音子さんにお願いがあるの。あの人――芽衣さんに注意していてもらいたいの。美音子さんは、何と言ってもうちのスタジオのマネージャーだし、これは私もあなたにだから話せることなんだけれど」

「注意って――」

「そうね、どう説明したらいいものか……」

真幌は、瞬時顔を曇らせたが、すぐに意を決したような目をして美音子を見た。ちょっと目を瞠るほど、真幌は真剣な目の色をしていた。

「正直に言うわ。でも、これは芽衣さんの悪口ではないの。だから、悪口と思わないで聞いて。ただ、私は、芽衣さんにある種の疑惑を抱いているの」

「疑惑……芽衣さんにですか」

「そう、芽衣さんに」真幌は小さく頷いた。「そのことは、ユリちゃんがスタジオを辞めたこととも無関係ではないの」

「え？」

「ひとつはっきりと言えるのは、あの人は、しばしば嘘をつくということ。それも奇妙な嘘を」

すぐには言葉がでてこなかった。美音子は、なかばぽかんとなって真幌を見た。「あの人は嘘をつく」――現に自分の耳ではっきりと聞いていながら、それを今、自分の目の前にいる真幌が口にしたとは信じられない思いだった。柔らかな笑みを浮かべている芽衣の顔が、自然と美音子の脳裏に浮かんだ。頰笑んで少し高くなったなだらかな頰、瞳のなかに宿った目映い光……無垢と言いたくなるような笑みであり表情だった。

「あの人は嘘を多用する。話に嘘を織り交ぜることが、すでにあの人の日常みたいなものなのかもしれない。――ああ、困ったわ。こんなこと言うと、やっぱり私が芽衣さんの悪口を言っているように聞こえるわね」

もちろん、真幌の声と言葉は耳に聞こえている。それでいて、肝心の言葉の中身が脳にしみ込んでいかない。頭蓋骨《ずがいこつ》のなかで脳が宙に浮きかけているような、実に中途半端で妙な気分だった。

「突然そんなことを言われたって、にわかに信じられるはずがないわよね。と言うより、きっと意味不明という感じでしょうね」

美音子が、惚《ほう》けたような顔をしていたからだろう。話を仕切り直すように真幌が言った。

「すみません」美音子も言った。「あの、先生は、芽衣さんが嘘をつくとおっしゃいましたけど、具体的にはどういう嘘を？」

「たしかに具体的な例を挙げないとわかりづらいわね」頷きながら真幌は言った。「そうね、たとえばヘッドランドの沢崎さんのこと」

芽衣がスタッフになった後、沢崎は最低一度は西新宿のスタジオを訪れている。その帰りに真幌自身が沢崎と行き合って言葉を交わしたから、そう断言できる。沢崎は、会うなり芽衣に強い関心を抱いた様子だった。言うまでもなくそれは、スタジオで芽衣と顔を合わせたからだろう。おまけにその後、沢崎と芽衣が一緒にいるところを、夫の悠介が目撃している。にもかかわらず、芽衣は真幌に対して、沢崎のことを知らないと言った――。

「え？　知らない？　芽衣さんがそう言ったんですか」

思わず美音子は声を上げて言っていた。

「ええ。『誰ですか、それ？』『何のことですか、それ？』といった様子だった」

真幌の話に、またしても美音子は目を見開かざるを得なかった。

芽衣がスタッフになってから、美音子が記憶しているだけでも少なくとも三度、沢崎はスタジオを訪れている。さかんに芽衣に話しかけていたことがあったのも、美音子ははっきりと覚えている。

「さっきの人、どういうかたなんですか。ご自分では、ヘッドランドという会社を経営しているとおっしゃってましたけど」

沢崎が帰った後、逆に芽衣から尋ねられて、美音子は沢崎について説明したぐらいだ。芽衣が沢崎を知らないはずがない。

「でも、芽衣さんがあえて沢崎さんを知らないととぼける理由が――」

美音子は顔を曇らせて言い、そのままの表情で小首を傾げた。

「そう」美音子の言葉と様子に、真幌が軽く頷いてみせた。「私たちにわかる理由は見当たらないの。芽衣さんは、たいがい嘘をつく必要なんてまったくないようなシーンで嘘をつくのよ。だから奇妙な嘘と私は言うの。スタジオに時々姿を見せていた陰気な感じのする女性客がいたでしょ？　美音子さんもちょっと気にしていた女性客」

「ええ」

「芽衣さんは、私には、あの人は自分の高校時代の同級生だと話したわ」

「えっ、同級生。そうだったんですか」

「ところが実際は、あの人は芽衣さんの実のお姉さんだった。昨日、その確認も取れた」

「……………」

「沢崎さんやお姉さんに関する嘘は、どうでもいい嘘と言えばどうでもいい嘘よ。実害もないし」

真幌の言葉に、美音子は無言でぼんやりと頷いた。

「でも、無意味な嘘の多用って、逆に怖い部分もあると思わない？」続けて真幌は言った。

「あの人の嘘は……何て言うか、人の心を混乱させる」

「じゃあ、もしかしてユリちゃんも？」

「芽衣さんがユリちゃんに嘘をついたということではないのよ。でも、芽衣さんがユリちゃんを混乱させたことは事実。ユリちゃんは、敏感で賢明な娘よ。自分の自己防衛本能の声にちゃんと耳を傾けて、芽衣さんから遠ざかることを選択した」

そうしようと思ってした訳ではない。が、美音子は考え込むようにきつく眉を寄せていた。正直なところ、目下、混乱に陥りかけているのは、ほかでもない、美音子自身だった。

「真幌先生」

いつまでも考え込んでいたところでしょうがない。美音子は肚を決めて口を開いた。

「実のところ、私には先生がおっしゃっていることの内容がもうひとつ――」

「そうよね。私はまだ曖昧な話をしてる」

美音子の発言を受け入れ、肯定する言葉を口にしながらも、珍しく真幌は視線を俯け、口を少しへの字に歪めた。真幌としては珍しいような苦しげな表情だった。美音子は黙って真幌の次の言葉を待った。ひとつには、何と言っていいかわからなかったということもある。

「自分で芽衣さんを引っ張ってきておいて、いまさらこんなことを言うのは無責任だし、カウンセラーとしては情けない限りなんだけど」真幌はいったん俯けた視線を上げて、美音子の顔に据え直してから言った。「私、芽衣さんには問題があると思う。それも、かなり重大な問題が。現段階では私見よ。でも、それが私が最初に美音子さんに言った疑惑の内容なの」

美音子は半分ぽかんとなりながら、真幌の顔を見つめた。

「私たちには、理解できない発想、思考、常識、計算の持ち主とでも言ったらいいかしら。ひょっとすると芽衣さんは、異星人と言っていいぐらいに私たちとは異なる人間かもしれない」

今度こそ、美音子は口にすべき言葉を失った。重大な問題を抱えた存在、異星人にも等しい人間……短い時間のうちに、思ってもみなかった方向に話が展開していく。しかも、何だかどんどん迷路にはいっていくようだった。容易に話が見えない。

「主人――黒沢が、活性化の手助けをした商店街があるんだけど」真幌が言った。「芽衣さんは、黒沢事務所の関係の人間を名乗って、その商店街のイベントにも現われたりしたの。私はその商店街の話なんて、一度も彼女にしたことがないのにもかかわらずね。黒沢だってもちろんそうよ。だって、黒沢があの人に会ったのは、一度きりなんですもの」

「そんな」

美音子は思わず目を見開いた。現実に眩暈を覚えた訳ではない。が、何だか脳が眩むような思いがした。

「何だって黒沢事務所の関係の人間だと名乗ってイベントの手伝いをしたりしたのか、その理由も私や黒沢からすれば謎と言うしかないの。よく考えようとすれば、好意からということになるんだろうけど、正直言えば逆に迷惑。黒沢には黒沢の考えがあるし、先方だって混乱する。それ以前に、どうして芽衣さんが黒沢が関わった商店街のことを承知していたのかという問題があるけど、芽衣さん、去年の暮れにも、人に紛れるようにして、黒沢のセミナーに参加していたの。どうも芽衣さん、いろいろ調べる傾向があるようね」

「……」

「すぐに信じられることでもなければ理解できることでもないと思う。でも、一事が万事だと思ってもらえないかしら。あの人は、しばしば嘘をつく。理解できない行動をとる。その結果として、人の心を混乱させるし周囲を掻き乱す。そのことを、スタジオのマネージャーであるあなたには、ぜひとも頭に入れておいてほしかったの。それで急なことだったけど、今日時間を作ってもらうことにしたという次第なの」

今、美音子が対峙しているのは真幌だ。が、まるで現に今、芽衣を目の前にしているかのようにありありと、芽衣の顔と表情が、美音子の目のなかに甦っていた。

「ご存じですよね？　ミケコマ」「黒沢さん、シャッター商店街になりつつあった千葉の中宿商店街を、このミケコマで、一気に活性化させて復活させた立役者なんですよ」「先週だったかの商店街のイベントも、大変な盛り上がりようでしたもの」……西新宿の「扶持」という店で、芽衣はきらきらと瞳を輝かせ、それは生き生きとした表情をして話していた。その「扶持」という店にしても、悠介がプロデュースした店だと、訳知り顔で語っていた。

（黒沢さんと会ったのは一回だけ？　真幌先生も黒沢さんも、芽衣さんに中宿商店街のことは話していない？）

「豪徳寺の招き猫の現代版ってところですね」「黒沢さん、猫一匹でほんとにすごい」……芽衣はミケコマのフィギュアも持っていたし、サブレのことやら、中宿商店街のことならば、自分が一番事情に通じていると言わんばかりの口ぶりだった。恐らく多穂も同じだったと思うが、聞いていて美音子は、当然芽衣は真幌夫婦と、自分たち以上の親交なり交流なりがあるのだと思った。あれが、すべて芽衣の一人芝居だったと言うのか。芽衣特有の奇妙な嘘とやら――。

（ううん、芽衣さんは、べつに嘘はついていなかった）

愕然たる思いになりながらも、自らの思いを打ち消そうとするように、美音子は心で首を横に振った。

（真幌先生に頼まれたなんて、芽衣さんはひと言だって言っていなかった。私が勝手にそう思っただけ）

その呟きを、またべつの思いが追いかける。

(たしかに、嘘はつかなかったかもしれない。だけど、あんな喋り方をされたら誰だって――)

「美音子さん、どうかした？　大丈夫？」

真幌の声で、美音子は思いの淵からいきなり我に返ったようになった。

「あ、大丈夫です。ただ、あまりにも思いがけないお話だったもので」

真幌の顔に視線を据え直して言ったものの、先刻甦ったばかりの芽衣の顔と表情が、残像のように美音子の目のなかで揺れていた。その芽衣の顔が、今、現実に目にしている真幌の顔と重なる。まるで美音子の目のなかで、二人の女の像が鬩《せめ》ぎ合っているような感じがした。

「真幌先生は心理のプロです」「相手の心理を読むプロでいらっしゃるから」……またもや芽衣の言葉が美音子の耳に聞こえてくる。

「美音子さん、本当に大丈夫？　ごめんなさい。誰だって突然こんなことを言われたら、混乱するし驚くわよね。私、ちょっと配慮に欠けていたわ。でも、やはりあなたには、どうしても早急に話しておかねばならないと思ったものだから。この先の対処の仕方はこれからまた考えるにしても、とにかくこのことだけは、美音子さんに承知しておいてほしいと思ったの」

美音子の顔をちょっと覗き込むようにして真幌が言った。表情をやや曇らせていたが、美音子を案じるような、あるいはいたわるような目の色をしていた。思いやりと慈愛を感じさせる顔だ。

この人が好きで、この人に惹かれて今までやってきた――美音子は思った。この人は、いつも私を高く評価してくれた――。

それでいて、頭の端では勝手にべつの意識が働いてもいた。

(どっち？　どっちの言っていることが本当なの？　どっちが嘘をついているの？)

3

首を少し傾けて、真幌はタクシーのドアにからだの左側を軽く凭《もた》せかけた。窓の外を、夜の街の風景が流れていく。

腕の時計に目を落とす。午後十時二十分。出先は信濃町《しなのまち》だったし、ふだんだったら、タクシーを使って帰宅する時刻でもなければ距離でもない。しかし、今夜は電車で家路をたどるだけの気力と体力が自分に残っていない感じがして、真幌は信濃町の駅前でタクシーを拾った。

昨日の晩、ようやく北川千種と会うことができた。電話で何度も連絡を取った末のことだ。「扶持」で真幌が見かけた女性が芽衣の姉の千種であることは、調査会社から得た写真で、事前に確認が取れていた。年子の姉だ。芽衣よりひとつ上の三十二歳。彼女は、浜松町《はままつちょう》の小さな設計事務所に勤めていて、自分でも図面を引いたりしているようだ。地味で口数が少なく、人づき合いはよくないが、堅実な仕事をする女性。暮らしぶりもまた然りで、戸越《とごし》にある1DKのコーポラスで、つづまやかな一人暮らしを営んでいる。

真幌は千種の写真を眺め、やはりこの女性が芽衣の実の姉だったのだと思う気持ちの一方で、それにしても少しも似たところのない姉妹だと、なかば感心する思いだった。だが、思えば兄弟姉妹なんて、往々にしてそんなものかもしれなかった。外見にしても、性格にしても、そっくり同じという方が少ないし、仲のよくない兄弟姉妹も多い。それに、じっと写真を眺めていると、だんだんまったく似ていないこともないように思えてきて、二人が姉妹だということにも納得がいくような思いになってくるから、おかしなものだった。

「妹に関して、お話しすることは何もありません。ですから、私は先生とお会いするつもりもありません。はっきり言って、こうやってお電話いただくだけでも迷惑なんです」

それが千種の電話での断り文句だったし、何とか会う約束だけは取りつけたものの、いざ実際顔を合わせても、千種は芽衣に関して多くを語ってはくれなかった。三十分ほどの短い時間だ。それでも、千種と会って話ができたことは無駄ではなかった。真幌は千種の言葉の端々から、いくつかのことを読み取ることができた気がした。加えて言うなら、会う前の段階でわかったことが、ほかにひとつあった。真幌に芽衣に関する忠告の電話を寄越したのは、やはり千種だ。真幌は電話の彼女の声を聞いて確信した。

真幌は唇を引き結び、やや険しい面持ちになりながら、頭で千種の話を反芻した。

北川千種

友部先生はカウンセラーでいらっしゃるんですから、妹のことなら、ご自分の目で見極めていただけませんか。あの子に関して私から申し上げることはべつにありません。

何度かスタジオに伺ったりしたのは……一応身内として、妹がちゃんとやっているかどうかが心配だった——それだけのことです。

そうですか。芽衣は私が自分の姉だとは言いませんでしたか。でも、それは、昔からのことで、今にはじまったことではありません。私のような人間が姉だというのでは、何だか自分にケチがつくようで、きっとあの子はいやなんだと思います。姉妹とはいえ、私とあの子は外見も中身も全然違っていて、もともとが他人のようなものでしたし、実際、今は戸籍も別々で、他人と言えば他人です。

え？　それでも私は、あの子のことを、身内として心配している？　ああ、さっき私、自分でそう言ったんでしたね。だからスタジオを覗きに行ったりしたって。

心配……妹のことが心配というよりも、まわりのこと、いえ、私は自分のことが心配だったんです。自分のことが心配だから見に行った——そういうことです。あの子のことなんか、本当はどうだっていいんです。

おかしいですか。でも、先生、その人間がどこでどうしているか、知らないよりも知っていた方が安心できるということが、人にはあるんじゃありませんか。先々その相手と下手に関わり合いにならないためにも、今どうしているかを知っておきたい——そういう気持ちが働くことがあるんじゃないでしょうか。私は、妹とかかずらいたくないんです。かかずらいたくないからこそ、あの子のことを知っておきたいし、知っておかなくてはならないんです。

私の言っていること、やっぱり先生の理屈には合いませんか。単に知っておきたいという以上に、私が芽衣に目を向けている、芽衣の動きに目を光らせている——先生は、そうおっしゃりたい訳ですか。

べつに私にそういうつもりはありません。もし先生の目にそう映ったとしたら……それはたぶん、私があの子のことが嫌いだからです。芽衣のことが、どうにも納得いかないからです。その理屈も、きっと先生には、おわかりいただけないことでしょうね。

どうお話し申し上げたところで、どっちみち先生には、おわかりいただけないことなんです。どうしてって、ある時期まであの子と姉妹であったことの私の苦痛みたいなものは、あの子の姉でなければわからないことですから。

私と芽衣は、年子の姉妹でした。私が五月二日、芽衣が五月二十九日、生まれた月も同じです。千種という名前は、播種《はしゅ》の時期ということから、両親がつけてくれた名前です。芽衣も英語のMAY、五月に因んだ名前です。たった一年しか違わない、同じ両親の血を分けた五月生まれの姉と妹——なのに、どうしてこうも違ってしまうものなんでしょうね。私とあの子では、実際何もかもが本当に違う。

姉妹であったことの苦痛?……たしかに、姉妹ということで比べられるということもありました。でも、単にそういうことだけではなくて——。

先生は、「善人が十人いれば血の雨が降る」という言葉をお聞きになったことがありますか。もしかすると、芽衣は善人十人なのかもしれません。本人の自覚としての善意や悪意の問題ですが。姉の私だけじゃありません。芽衣には父や母も、家族みんなが……。良くも悪くも、芽衣は破壊者なんです。既成、既存のものの破壊者。芽衣の姉として生まれた私に言えることはそれだけです。

島岡の父と母ですか。もうお調べがついているものと思っていました。島岡の両親は、道内のある町の施設で、準職員として働いています。父も母も、そこに骨を埋める覚悟でしょう。もともと夫婦二人……たぶんその方がいいんです。

先生、もうやめましょう。これぐらいで解放してください。何だかんだ、こういうかたちで姉としてあの子に関わることになると、結局最後はややこしいことになるだけなんです。だから私はいやなんです。島岡の父や母も、今のまま、そっとしておくのが一番なんです。先生のご都合で、私たちまで掻き乱さないでいただけませんか。

そういえば、友部先生も北海道のご出身でしたよね。札幌緑風高校のご出身。仕事の先輩に、先生の一年後輩に当たる札幌緑風高校の卒業生がいて、先生のポーシャは素敵だったと言っていました。文化祭の演劇でのポーシャ……そういう偶然ってあるものなんですね。

先生にお電話?……いいえ、私ではありません。私は先生にお電話なんてしていません。先生に電話を寄越した人、芽衣は周囲に災いしかもたらさない恐ろしい人間だと、先生にそう言ったんですか。

そうですか……。きっと、芽衣をよくご存じの人なんでしょうね。その人の言葉が、ずばり正解かどうか、私にはわかりかねます。最初に申し上げたように、妹のことはカウンセラーである友部先生ご自身が、ご自分で判断なさることだと思いますし。おこがましいようですけど、それが先生のカウンセラーとしての役目であり、経営者としての責任でもあるんじゃありませんか。

経営者としての責任――スタッフのかたたちに対する先生の責任です。

千種が締め括りに言った言葉が思い出され、その言葉の重たさに、真幌の額に自然と深い翳が落ちた。表面上、千種は自分が真幌に電話をしたことを否定した。が、彼女の最後のひと言が、電話の主が紛れもなく千種であることを物語っていると思ったし、真幌の胸にいたく応えた。

「芽衣さんには問題がある」「私たちには、理解できない発想、思考、常識、計算の持ち主とでも言ったらいいか」「あの人は、しばしば嘘をつく。理解できない行動をとる。その結果として、人の心を混乱させるし周囲を掻き乱す」……新宿の喫茶店で、真幌は美音子に率直に打ち明けた。立場上、美音子には承知しておいてもらわねば困るし、時を遅らせるとますますややこしいことになりかねないと判断したからだ。美音子にしてみれば、真幌の話は唐突という感が否めなかったろうし、常日頃芽衣と身近で接していれば接しているほど、信じ難いものだったに違いない。それは真幌にも理解できる。が、その分を割り引いても、あの時美音子が見せた様子は尋常ではなかった。美音子は、突如異世界に紛れ込みでもしたか、さもなければ魂を抜かれでもしたかのような茫然たる面持ちをして、しばし言葉を失っていた。それでいて、頭が真っ白になっているというのとまた違って、美音子のなかでさまざまな思いが入り乱れながら渦巻いているのが見ていてわかった。そんな美音子の様子を目《ま》の当たりにして、正直真幌はうろたえた。

言外での、あるいは素知らぬ顔でのいじめやいじくり……芽衣がユリに対してしたのとは異なるだろう。が、恐らくやり口は共通している。芽衣は虚実を微妙に織り交ぜて、人の心を自分の思う方向に誘導しようとする傾向がある。より自分が生きやすい環境を作るための処世術という部分もあるのかもしれないが、ユリや永田桐子の姉の葵の例からするなら、ただの遊びや悪戯だったりもする。芽衣は、人が自分の言葉や演技に誑《たぶら》かされて、頭で描いた通りの動きをするのを見るのが楽しいのかもしれない。ある意味での既成の破壊だ。そこにある秩序を破壊したい——千種が言っていたことがそれなのかもしれない。

真幌は美音子の様子を見ていて、芽衣が美音子に対しても、すでに心理操作に近いことをしているのではないかと、勘繰らずにはいられなかった。あの時美音子は、自分の記憶をたどるようにして、たしかに頭で考えていた。そういう顔をしていた。それじゃ芽衣さんのあの話は嘘?……だったらあの時言ってたことは?……あれも嘘?……そんな……。

事態は真幌が思っているよりも、深部に向かって進行しているのかもしれない。美音子の様子を見ていて、真幌はにわかに急かされるような思いになった。

これは多穂さんにも話しておく必要がある——真幌はそう判断して、急遽《きゅうきょ》多穂に打ち明ける決心を固めた。現に美音子と会った翌日には、真幌は多穂を呼びだして、芽衣に関する話をした。　多穂はカウンセラーだ。話は美音子にしたよりも、どうしてもやや突っ込んだものになった。

「芽衣さんが嘘を？　それも理由のない奇妙な嘘を？」最初、多穂は美音子と同じく、ぽかんとした顔をしていた。「芽衣さん、港南大の心理学部をでていたんですか。カウンセラーの勉強も続けていて、もう認定資格が取れるところまできている？——そんな……」

話が先に進むに従って、多穂は徐々に言葉少なになり、時にあれこれ思いをめぐらすように黙り込んだりもしていた。ひと通り真幌の話を聞き終えた後も、多穂はしばらくの間ひとり考え続けていた。ある程度頭の整理がつくまで、真幌も多穂に向かって言葉を発することは差し控えた。

「これまでの型に当てはまらない……だったら先生、芽衣さんというのはいったいどういう人なんでしょう？」ようやくといった感じで多穂が言葉を口にした。「芽衣さんのこと、どう考えたらいいんでしょうか」

「……」

真幌も同じカウンセラーである多穂に向かって、さすがに芽衣を「異星人」とは譬えかねた。

「もしも芽衣さんが、無意味で細かな嘘を多用する人だとすれば、——真幌先生がおっしゃるのですから、それが事実なんだと思います。でも、だとしたら、同じ真幌先生のスタッフとして、これから私は芽衣さんと、どう接していったらいいんでしょう？　フリーオフィスとスタジオ、私は言わば職場が違いますから、芽衣さんとさほど接触はありません。でも、美音子さん、Ｑｕａｏ'ｓのスタッフ、お客さん……ユリちゃんのこともそうですけど、過去、芽衣さんがもしも本当にそのお客さんのお姉さんにそんなことをしたのだとしたら……。もしもとばかり言ってすみません。でも、私には、まだどうしても信じられないような思いで」

多穂の言う通り、事実芽衣がそういう人間であるならば、多くの人が関わっているだけに、ことは厄介だし大いに問題含みだ。だが、真幌も現段階では、美音子や多穂に、その認識を促すよりほかに術《すべ》がなかった。

「仮にでもいいの。だから、今はとにかく芽衣さんはそういう人だという認識を持って、芽衣さんには注意していて。その先のことは……もう少し芽衣さんに関することを摑んでから考える。その上でどうすべきかの判断を下して、多穂さんや美音子さんにもきちんと話をするから」――。

美音子も多穂も最後には、「真幌先生の今のご判断を信じますし、この先のご判断を待ちたいと思います」と言ってくれたし、芽衣の動向に注意を払うことを約束してくれた。とはいえ、二人を大きく混乱させてしまったことは事実だし、彼女ら二人が、今はその混乱から無事脱けでているとも断言できない。

ユリ、美音子、多穂、悠介、それに麻綾……真幌が芽衣を連れてきたことで、周囲の人間を巻き込み、困惑と混乱を及ぼしてしまった。ほかにもまだ巻き込まれた人間がいるだろうことも、容易に想像がつく。

「島岡芽衣は、周囲に災いしかもたらさない恐ろしい人間です」

真幌に電話を寄越した相手、すなわち千種が真幌に言ったことは、丸ごと事実とまでは言わないものの、かなりの事実を含んだ言葉のような気がする。千種が芽衣と関わり合いになりたくないと言ったのも、たぶん嘘ではないだろう。実の姉だからこそ、幼い頃から被《こうむ》らざるを得なかった迷惑や被害といったものが、千種にはずいぶんあったのではないか。

タクシーのなか、真幌は気持ちを立て直すように姿勢を正して、いくらか表情を引き締めた。

ことがことだ。思考はどうしても感情に傾きがちになる。だが、感情に揺さぶられてばかりいては、物事は前に向かって進んでいかない。一度感情を棚上げにしてでも、自分が千種の少ない言葉から読み得たことを、きちんと整理しておく必要があると思った。

「その人間がどこでどうしているか、知らないよりも知っていた方が安心できるということが、人にはあるんじゃありませんか」

千種は言った。たしかに、相手が自分や親族、あるいは友人知人に、被害を及ぼす可能性の高い人間ならば、相手の所在なり動向なりを承知していた方が安心できるし安全ということはある。承知していれば、被害を未然に防ぐこともできる。ただ、千種の芽衣の尾けまわし方には、過剰な面があることも否めない。わが身や周辺のことが心配なだけなら、折々密かに調べたらいい。相手に気取《けど》られない方が、身の安全にもつながるだろう。ところが、千種はこれ見よがしに芽衣の前に姿を見せている。芽衣のみならず、真幌や美音子たちの意識や記憶にまで残るような、実にあからさまな現われ方をしている。

（脅威に対する一種の威嚇？）

真幌は思った。前に悠介も言っていたことだ。

ここにあなたのことをよく承知している人間がいる、いくらあなたがとぼけようとしてもとぼけられない肉親がいる——芽衣に自分の姿を見せることが、無言のメッセージであり、威嚇や抑止力になっているという可能性はあるような気がした。

それでもやはり疑問は残る。千種本人も言っていたが、島岡と北川、今は籍も異なる。お互い、三十を過ぎたいい大人だ。もはや芽衣の目は、家族や親族、近隣といった狭い世界ではなく、広い世間の方に向いている。何も千種がそこまで心配する必要はないし、そこまでする必要もない。

「私のような人間が姉だというのでは、何だか自分にケチがつくようで、きっとあの子はいやなんだと思います」「ある時期まであの子と姉妹であったことの私の苦痛みたいなものは、あの子の姉でなければわからないことですから」「姉妹であったことの苦痛？……たしかに、姉妹ということで比べられるということもありました」……。

千種はそうも言っていた。憶測の域を出ないが、真幌はそこに女同士の姉妹だからこその、千種の微妙な思いを垣間見た思いがした。言葉ほど明確なかたちにはなっていないだろう。が、言ってしまえば、妹に対する女としての嫉妬と憎悪だ。

芽衣が、真幌が判断した通りのエイリアンだとすれば、いかに容姿端麗で魅力的であっても、残念ながらメガクラスの問題児と言わざるを得ない。かたや姉の千種は、芽衣とは見た目も性格も正反対、いたって地味で陰気かもしれない。が、彼女はずっと地道かつ堅実に生きてきたことだろう。子供の頃にしても、芽衣に比べて成績が大きく劣っていたということはなかったと思う。成人して大人となった今、一般の社会人としての常識的スコアで見れば、千種の方が芽衣よりも上だ。

ところが、いつも人が注目してもてはやすのは芽衣だ。真面目で誠実な姉の千種ではなく、嘘で人を惑乱し、陰湿に人を傷つける妹の芽衣。子供の頃なら、芽衣はもっと自由奔放に嘘をついていたに違いないから、適当に積み重ねていた嘘がある時点で瓦解《がかい》して、突如として人気者の座から失墜することもあったろう。千種からしてみれば、その時が一等胸のすく瞬間だったかもしれない。が、困ったことに、芽衣は頭がいいし学習能力が高い。成長とともに、だんだん綻びのない嘘を紡ぐようになっていったし、嘘が破綻しかけたり問題行動が露見しかけたりすると、たやすく〝場〟を変えるようになった。恐らく芽衣は、自分自身が興味を失った時も、惜しげもなく〝場〟を変える。〝場〟――学校、会社、つき合う人間のグループ……つまりは自分が生きる社会や世界だ。芽衣が転職を繰り返してきたことの裏側にも、それがあると真幌は見た。

〝場〟さえ変えたら、常に芽衣は人気者でいられる。あれこれの嘘を重ね、自分は心に痛みを感じることなく人に性質のよくない悪戯を仕掛けるような人間なのに、いつだって芽衣の周辺は人で華やいだままだ。人は芽衣に魅了され、芽衣のことを讃美する。ひきかえ千種の日常は、いっこうに華やぐ気配がない。真面目に一生懸命やってきているのに、人は千種に目を向けない。いつまで経っても千種がいる場所は、翳った湿地のままだ。

「たぶん、私があの子のことが嫌いだからです。芽衣のことが、どうにも納得いかないからです」

千種は言っていた。

どうしてあの子ばっかりが？　何でみんなあの子に騙されるの？――それが千種の納得のいかなさの中身ではないだろうか。納得がいかないから、今現在の芽衣のありようが知りたい。芽衣のことを尾けまわす。

そう考えると、千種が真幌に密告とも言えるような忠告の電話を寄越したことの説明もつく。千種は、芽衣の周辺の人間たちに、芽衣が見た目とは裏腹に、大いに問題ある人間だということに気づいてほしいと願っている。芽衣が失墜するところを、この目で見届けたいと望んでいる――。

「あ、運転手さん、そこの角で停めてください」

危うく乗り過ごしかけて、真幌は慌てて運転手に声をかけた。運転手からレシートのような領収証を受け取り、タクシーから降りる。

（あの人は、今も芽衣さんに巻き込まれ続けている）

マンションへ続く道を歩きながら、真幌は思った。脳裏には、千種の顔が浮かんでいた。面長で、やや頰のこけた表情に乏しい顔――。

姉妹だけに、ある年齢まで千種は、どうしたって芽衣に巻き込まれざるを得なかったろう。

けれども、今の千種は、半分は自分から芽衣に巻き込まれ続けている。本当なら、そんな厄介な妹のことなど、現実にはもちろん、頭のなかからも放りだしてしまえばいい。それができずにいるのは、過去、彼女ら姉妹、あるいは家族やその周辺に起きた出来事が、なかったものとして忘れてしまえないほど強烈なものだったということもあるかもしれない。加えて、妹に対する嫉妬。それが裏腹の執着を産み、今もって千種は芽衣から目を離せずにいる。妹が、憎し疎ましい。が、存在しないものとして消してしまうことができない。良くも悪くも、妹のことが気になってならない――真幌はそんな感じがした。

(十五年どころか三十年よ)

オートロックを解除してマンションの建物のなかにはいりながら、真幌は思わず疲れた吐息をつきかけた。

(実のお姉さんまで自分に惹きつけたまま離さない引力って……)

芽衣がひと目で人を惹きつけずにおかないような、圧倒的なオーラと吸引力の持ち主であることは疑いない。が、眩しいようなそのオーラに紛れるようにして、その陰にはさらに強烈な負の磁力とオーラがある。そういうことのようだった。

「太陽と人の死は眩しすぎて見ていられない」――いつだったか悠介が引用した言葉が、真幌の脳裏に甦っていた。

4

ドレッサーの前に立ち、芽衣は髪をアップにするように両手で軽く持ち上げた。からだをやや捻るようにしながら、頭全体の様子やうなじの感じを鏡に映して確認する。

多少緩みがあって後《おく》れ毛のあるような雰囲気のあるアップにするには、少し髪の長さが足りないようだった。それに一度パーマをかけないと、毛先の遊びもでなければ、髪のまとまりも悪いだろう。

手で上げていた髪をおろし、指で軽く整えてから、改めて芽衣は鏡に映った自分を眺めた。

本当なら、もう少しイエローが強めのカラーリングにしたかった。冬場になってくると、どうしても着る物の色が暗くなりがちになる。だからこそ、髪色は軽やかな方がいい。アップにしようと思ったのも、セーター、ジャケット、マフラーと、だんだん身につけるものが多くなって、その分上半身が重たげに見えることを考慮してのことだった。

(イエローとレッド、多少とり交ぜてカラーリングするのも面白いんだけどな)

思った直後、その思いをぽいと放り捨てるようにして、芽衣はドレッサーの前を離れた。

今の仕事に、あまりポップなカラーリングはふさわしくない。髪もある程度すっきりしていた方が好ましい。アップにするために髪を伸ばせば、どうしたって中途半端な長さの時期ができて、人の目にはむさ苦しく映る。

やめた、当面ヘアスタイルはこのまんま——即座に判断してのことだった。

(友部真幌……)

胸の内で呟いて、芽衣は真幌の顔を脳裏に思い浮かべた。それから心持ち不興げな顔をして、芽衣はすとんとソファに腰を下ろした。

今の仕事は退屈きわまりない。ショップの店員の仕事なんて、芽衣にとっては朝飯前よりまだ軽い。よそごとを考えていたって、楽に人の倍は売り上げられる。が、面白くないからと言って、スタジオを辞めるつもりはなかった。だからこそ、髪色やヘアスタイルも、当面変えずにおこうと決めた。そもそも芽衣は、スタジオの仕事に興味があって、Ｑｕａｏ'sに勤めはじめた訳ではない。スタジオの仕事がつまらないことぐらい、スタッフになる前からわかっていた。

もう一度、真幌の顔を思い浮かべる。

(いけ好かない女)

芽衣は心で吐き捨てた。

はじめて真幌に会ったのは、もう二年以上前のことになる。そろそろ二年半になるかもしれない。自分が通っている講座の女性講師、ただそれだけで、最初は何とも思っていなかった。だが、真幌に関するあれやこれやを知るに至って、芽衣の真幌に対する気持ちは変わった。真幌の持つ意味合いが変わったと言うべきかもしれない。芽衣にとっての真幌は、これまで出逢った人間のなかで、最もいけ好かない女という位置づけになった。

真幌は成功者だ。それも若さを失わないうちに成功を手に入れた、恵まれた女性成功者だ。もちろん、若くして成功を摑んだ女性は、真幌のほかにもたくさんいる。真幌より大きな成功を得ている女性も目にしてきた。ただ、真幌が彼女たちと違うのは、今、真幌が手にしている成功が、がむしゃらな努力の末に得られたものではないということだ。真幌について知れば知るほど、芽衣には彼女がお伽話《とぎばなし》のヒロインか何かのように思えてならなかった。遣わされた馬車が真幌を迎えにやって来て、彼女を乗せ、山の頂《いただき》にある城へ向けて走っていった。道中、嵐に見舞われることもなければ、意地悪な魔法使いや山賊に襲われることもなく、真幌を乗せた馬車は真っ直ぐ城へと到着した——。

真幌という人間は人に好かれる。表情、目の色、仕種、話し方……観察するように見ていて、芽衣もたしかに真幌は人に好かれる人間だろうと思った。ひと言で言えば、常に温暖にして涼やか。

ふつう一線で活躍している女性というのは、カリカリしたりイラッとしたり……どうしたってそういう表情を覗かせる瞬間というのがあるものだ。この社会で女が勝ち残っていこうと思ったら、とてもおっとりなどしていられない。懸命に努力し、目的の実現に励み、戦う。結果、勝利して自らの陣地を獲得したとなれば、今度はその陣地を死守していくべく、また戦わなければならない。だから芽衣は、べつに彼女たちのことを羨ましいとは思わなかった。いくら恰好をつけて澄ましていても、水面下では足掻《あが》きに足掻いているし、時にはそれが顔にでてしまう。そんなのは、みっともないし馬鹿馬鹿しい。わが身を削り、多くのものを犠牲にして、それでこんな社会でなにがしかの成功を得られたからと言って、いったい何になるだろう。

ところが、真幌にはそれがない。真幌はカリカリしない。イラッともしない。人と接していても、慌ただしげなところはまったくなく、まるで時は永遠といった感じのおっとりとした面持ちをしている。

自ら戦わずして陣地を得た人間ゆえのことだと芽衣は思った。お伽話にはナイトや王子がつきものだが、この不戦のヒロインには、案の定ナイトがついていた。黒沢悠介というナイト。

(これが神様に愛されてるってことか)

真幌を知って、芽衣は初めてその言葉の意味がわかった気がしたし、同時に、現実にそういうことが本当にあるのだと認識した。

友部真幌＝たいした努力もしなければ、困った目に遭うこともなく、運だけを頼りに成功を摑んだ女——そんな図式が頭のなかに出来上がった瞬間、芽衣にとって真幌は、この世で最もいけ好かない女になった。

「私は本当に運がいいの」真幌自身も言っていた。「ただ、好きな心理学、カウンセリングの勉強をしてきただけなのに、それで何とかなってしまって」

それを悠介も認めた。そして言った。

「それが僕がこの人を選んだ一番の理由」

運がいいというそれだけで、真幌は自分にとって一番必要で役に立つパートナーまで手に入れた。

「扶持」で真幌夫婦のやりとりを耳にした時、芽衣は自分が真幌をターゲットとしたことに、間違いはなかったと改めて思った。しあわせの象徴のような白亜の城に、鉄の楔《くさび》を打ち込むのだ。城壁にひび割れを作り、雨風を忍び込ませ、次第に朽ちさせ、いずれは汚れて傾いた城を出なくてはならなくさせる——。

そのために、時間をかけて真幌のことを調べた。周辺のこともだ。残念ながら、黒沢悠介は突き崩せない。言葉の通り、あの男は中庸が好みなのだ。前の結婚で悟ったし、懲《こ》りた面もあるのかもしれない。桜木京子《さくらぎきょうこ》——悠介の前妻はディスプレーデザイナーだ。美人だが、芸術家肌で我が強い。桜木京子に接触して、うまく彼女を波立たせたら、その波を真幌夫婦に及ぼすことができるかもしれない。

(その手はあるわね)

芽衣は思った。最も悠介を慌てさせ、真幌を嫉妬させることのできる女性は、やはり桜木京子だろう。

スタジオは、やり方次第で芽衣の思うように動かせるようになるだろう。時間の問題だ。また、それとは別に、だんだん真幌の秘書役を勤めるようになれば、フリーオフィスにも力を及ぼすことができるようになるし、もっと広く真幌の人間関係に食い込むこともできる。気がついた時には主従逆転——それが芽衣の望むところかもしれない。真幌にとって代わるもよし、どうあれ芽衣は、真幌と周囲の人間をつないでいる糸は、全部断ち切る。

ソファに腰を下ろしたまま、芽衣は唇だけを動かして、薄く笑った。これは不戦のヒロインに対する挑戦であり勝負だ。したがって、勝ちか負けか、その勝敗が決するまで、芽衣は真幌のそばを離れない。離れる訳にはいかない。

充電台の上の携帯が鳴った。ソファから立ち上がり、携帯を手にする。「沢崎詠一」と表示がでていた。

「はい、島岡です」

「ああ、芽衣ちゃん」常と変わらぬ晴れやかな沢崎の声が電話から聞こえてきた。「例の件だけど、どうかな？ そろそろ考えてくれたかなと思ってね」

「考えてはみました」携帯を耳に当てたまま、芽衣は再びソファに腰を下ろした。「でも、なぜ私なんです？ どうしてもそこがわからなくて。沢崎さんがお考えになっているヒーリングサロンなら、やはり真幌先生が適任でしょう？」

「だから、それは前に事務所に来てもらった時に言ったじゃない？ 私からしたら、真幌先生より芽衣ちゃんの方が、何十倍も魅力的な素材なんだって。それに、あの人は容易に動かない。今でもう手一杯だからさ」

「手一杯……それで私に？」

「いやだな、違うよ。そうやって言葉尻を捉えないでほしいな。私は芽衣ちゃんが真幌先生の名前をだしたから言っただけのことで。とにかくね、芽衣ちゃんがやったら確実に利益は上がるんだ。あなた、それだけの人だから。これは芽衣ちゃんにとっても、採算の合わない話じゃないと思うよ。それどころか、ビッグチャンスと言ってもいい。なのにどうしてあなたは迷うかね」

ヒーリングサロンの経営――正直、真幌と同じ土俵に立つ下準備をしておくのも悪くはなかった。おまけに、それが金になるのであれば言うことはない。生きていこうと思えば、どうしたって金は要る。面白おかしく暮らそうと思ったらなおさらだ。たしかに、今の給料では生活していくのがせいぜいだ。贅沢はできない。楽しくない。

ただ、沢崎の話には、芽衣もどうしても乗れないところがあった。経営者はあくまでも芽衣であって、沢崎の側は出資者という図式だ。社主、経営者……そうした肩書や立場に浮かれる人間もいるかもしれない。が、芽衣は違った。何かあれば、経営者たる人間が、全責任を負わざるを得ない。それぐらいのことはわかっている。仮にサロンが負債を背負えば、それは当然芽衣の債務になる。それに加えて沢崎は、ヒーリングサロンを開業するに当たって、芽衣にも出資を求めてきた。小さな金ではない。一千万に近いような金だ。その話があった時、「どうして私が？」と芽衣は思わずにはいられなかった。

「現金が用意できないということであれば、それに代わる担保だっていいんだ」当たり前のような顔をして沢崎は言った。「お父さんの持っている土地とか国債とか、直接芽衣ちゃんのものじゃなくたって、何か担保になるものがあるでしょう」

ヒーリングサロンの経営は、言うまでもなく芽衣が自分からやりたいと持ちかけたことではない。割が合わないと言うより馬鹿げていた。

「時期尚早、それが私の答えでしょうか」波立ちを感じさせない静かな口調で芽衣は言った。

「スタジオにはいってからまだ半年にもなりません。私は経験が浅いですから」

芽衣の耳に、電話の向こうの沢崎が、くくっと笑った気配が伝わってきた。思わず芽衣はかすかに眉を寄せた。

「芽衣ちゃんの考えていることは、だいたいわかるよ」笑いの余韻を残した声で沢崎が言った。

「でもね、それはどうかな。なかなかうまくはいかないんじゃないかな」

「え？　何です？　沢崎さん、何の話をなさってるんです？」

「だから、言ったでしょ？　わかってるって。でもね、芽衣ちゃん。軟弱そうに見えて、実は堅牢《けんろう》ということもあるからね。それに前に言ったみたいに、困ったことに、真幌先生には黒沢氏がついている。あれがネックと言うかアンカーだ。そうそう思うようにはならないと思うよ」

「沢崎さん――」

「まあ、そう結論を急がないで。ことに悪い方の結論はね。とにかくもう一度よく考えてみてよ」

声は、もう笑いの余韻を含んではいなかった。だが、沢崎が、いつもの笑顔で言葉を口にしているのが目に見えるような声であり口調だった。三百六十五日、暑苦しいほどの笑顔だ。この男は、ほかの表情を拵《こしら》えるのが面倒臭いから、いつも同じ顔で笑っているのではないかと思うほどだ。

「今日、また追加の資料を送っておく。出資の件が引っかかってるのかもしれないけど、そんな元なんかすぐに取れるというのも、それを見たらわかるはずだから。芽衣ちゃん、実感の問題だよ。自分が投資した金を回収する——それをしてこそ、自分の会社、自分のサロンという実感が持てる。そういうものなんだって」

沢崎からの電話を切っても、すぐに携帯を充電台に戻しに立つ気になれなかった。芽衣はソファに腰を据えたまま、しばらくテーブルの上に携帯を放っておいた。仏頂面になっているのが自分でもわかった。

(きわめて不愉快……)

真幌には黒沢というナイトがついていて、容易に沢崎の思うようにはならないから、それで芽衣に白羽の矢を立てたということか。だとすれば、失礼千万な話と言うしかない。もともと真幌に接近を図っていた男だから、どうせそんなところに違いないとは思うが、集客力、集金力では、芽衣の方が真幌より上だ。そういう人間を事業の〝顔〟として必要としているのなら、三顧《さんこ》の礼をもって迎えるのが、この社会のしきたりではなかったのか。何だかんだと理屈をつけながら、芽衣に出資をしろとか担保を寄越せとか要求するのは間違っている。

そもそも、商売、事業とうるさいぐらいに沢崎は言うが、沢崎がどれぐらい本気で芽衣と事業をしたいと考えているのか、芽衣は首を傾げる思いになることがある。あの暑苦しいほどの笑顔、無闇なまでの言葉の洪水、それらが沢崎の本心を覆い隠して見えなくしてしまうのだ。時として芽衣は、「芽衣ちゃん、考えてくれた?」「芽衣ちゃん、心は決まった?」……と、まるで追い込むみたいに芽衣を執拗に突っつくことが、この男の悦びなのではないかと思ったりもする。

(だいたい肝が坐ってないのよ。事業をやろうと言うのなら、金は全部自分がだす、パトロンになる——それぐらいの気持ちでなくちゃ)

思った直後、芽衣はどうやったら自分は少しも腹を痛めることなく事業に乗りだせるか、あの男から金を引き出せるかを考えていた。これもゲームであり勝負だ。金を引っ張れたら芽衣の勝ち、引っ張れなかったら芽衣の負け。

(一方的にあいつの話を聞かされているだけじゃ駄目。こっちからも条件をださないと。あいつの肚が探れる上に、あいつがそそられるような話や条件。条件に見えない条件、出資に代わる儲け話……思わずあの男が目を輝かせるようなことを餌にしてちらつかせるのよ)

真幌の城を突き崩す一方で、自分は立派な城を手に入れていたら、それは楽しい遊びになるに違いない。目に見えるかたちで勝敗も決する。芽衣の勝ち——。

「すべてはゲーム、みんなお遊び……」

意識しないまま、芽衣は声にだして呟いていた。自分の声と言葉が、天使か悪魔の囁き声のように芽衣の耳に届く。

ゲーム、お遊び——芽衣の好きな言葉だった。この世で一番好きな言葉と言ってもいいかもしれない。

自分の囁き声を耳にして、芽衣の顔に笑みが戻った。先刻と同じく薄い笑みだった。どこか冷やかな匂いのする笑みでもあった。

ゲームは勝ってこそだ。でないと喜びも面白みも何もない。芽衣の強みは、ある時期に自分のハートのA《エース》が何であるかを知ったことかもしれなかった。

5

十月の半ば、体育の日の連休にくっつける恰好で都合五日、真幌は緊急メンテナンス休業を設けた。自身のメンテナンスではない。表向きはフリーオフィスとスタジオ、双方の設備のメンテナンス休業だ。

「五連休。ずいぶん急なんですね」

芽衣は言った。美音子と多穂を除いたほかのスタッフも、同じような反応を示した。

「ごめんなさいね。もう少し早く決めていれば、皆さんの連休の過ごし方もほかにあったでしょうに」真幌は言った。「ちょうどMKビルの空調設備の点検もあることだし、この際、オフィスとスタジオの部分的なリフォームもしておこうかと思い立って。業者さんに連絡したら、幸い日程的な都合もうまくついたものだから。そういう次第なの」

そうでもしない限り、美音子や多穂と一堂に会して、ゆっくり話をする機会が持てない。真幌自身、複数の業務を続行している状態では、集中して対策を練っていられない。そうこうしているうちに後手後手になって、やがて取り返しのつかない事態に陥ることだけは避けたかった。

「ようやく真幌サミット開催といったところね」

中谷美絵が、あえて明るく楽観的な口調で言った。顔にもゆとりを感じさせる笑みがあった。

杉並区善福寺の中谷家のダイニングに、真幌と多穂に美音子、それに美絵の四人の女性が顔を揃えていた。夫の明徳の商売柄、中谷家のダイニングは広い。人が来ることを想定した造りになっているので、会合にも適している。当の明徳はと言えば、間に連休を挟んで一週間ばかり、伝統食の取材旅行で韓国だと言う。よもやとは思うが、新宿、代々木近辺の店は、芽衣の行動範囲内なので安心できない。偶然でも三人が一緒にいるところを目にすれば、きっと芽衣は不審を抱く。その点、美絵の家なら、芽衣も含めた誰かの目や耳を気にせずに話ができる。美絵からの申し出もあって、美絵の好意に甘える恰好で、中谷家に集うことになった。また、今回のことでは、芽衣に関する調査も含めて、美絵にも秘密裏に動いてもらっていた。実際の調査に当たるのはプロだ。当然ながら、その費用は真幌がだした。

「主人の試作品が冷凍庫にごっそりあるの。それを次々チンして食べながら、みんなでゆっくり話しましょう」美絵は言ってくれた。「皿洗いも、食洗機があるから基本的には心配なし」

悠介も、なるだけ仕事を早めに切り上げて、中谷家に寄るようにすると言っていた。本当は、多穂とともにフリーオフィスを切り盛りしてくれている小松礼文も呼びたいところだったが、ある段階までは、秘密を共有している人間は少ない方がいい。人がふえれば、どうしても話は漏れやすくなる。それで今回は見送った。

「今度の連休は、私にとっては干天《かんてん》の慈雨という感じでした……あ、ちょっと表現違うかな」

美音子が言った。「とにかく、真幌先生からお話を聞いてからというもの、心中ぎくしゃくしているところがあって、それを芽衣さんに気取られないようにすることだけで精一杯で」

美音子の言葉に、真幌は深く頷いた。

真幌や多穂と異なり、美音子はほぼ毎日芽衣と顔を合わせている。真幌の口から、芽衣が自分たちとは異なる常識の持ち主で、日常的に嘘をつくし人の心を惑乱させると聞かされてからは、「あれも嘘？　これも嘘？」と疑心暗鬼にもなったろうし、スタッフや顧客が芽衣に魅了されて影響されていくのを目にしても、それをこのまま放置していていいのだろうかと気が気でなかったことだろう。

「芽衣さんに刺激される恰好で、どんどんお洒落になってきれいになったお客さんがいるんですけど」美音子が言った。「だんだん私、果たしてそこまで頑張ることが、彼女のためになっているのだろうかと思ったりもして。もちろん、自分でお洒落を楽しんでいるうちはいいんですよ。真幌先生からお話し聞いた後だからかもしれません。でも、何だかそのお客さん、芽衣さんに褒められるファッション、メイクでなければと無理して頑張っているようなところも窺えて。それでもしも芽衣さんに注目してもらえなかったり褒めてもらえなかったり……最悪黙殺されたりしたらどうなるんでしょう？　かといって、突然のように私が間に割ってはいる訳にもいきませんし」

内心はらはらしながらも、スタジオ全体に目配りをし、その上で素知らぬ顔で芽衣と接し、彼女の行動に目を配るのは、容易なことでなかったに違いない。

「あまり褒められたことではないけれど、この際私も手段を選ばずに、芽衣さんのことを調べさせてもらったわ。真幌ちゃんから話を聞いて、これは放っておけないと思ったから」美絵が言った。「正直に言うと、人も使った。客観的な判断材料がほしかったし、子供の頃のことも知りたいと思って。もしも彼女がある意味天然なら、本性を繕う知恵がついていない分、子供の頃の方が特徴的だと思ったから」

教室での盗難、備品の破壊、小動物の殺害、ぼや騒ぎ……子供の頃から、芽衣の身辺では何かと事件が多かったようだ。芽衣の父親の久寛《ひさひろ》は、公立小学校の教諭をしていたが、旭川、美唄《びばい》、小樽、札幌……と、必要以上に道内の小学校を転々としていた節がある。それも芽衣と無関係のことではなかったようだ。

北海道の出身、五月生まれ、父親は学校の先生——偶然の一致と言えばそれまでだが、真幌も同じだった。真幌の父親の晴明は、カソリック系の私立中学の教諭だった。最後に五年ほど校長を勤めて退職した。

「芽衣さんとはっきり特定はできないものの、芽衣さんがやったんじゃないか、この子は芽衣さんのせいで学校に行かなくなったんじゃないか……そういうことが彼女の周辺ではずいぶんあったようね」続けて美絵が言った。「嘘つき——行く先々で、そういう言われ方もしていたみたい。退屈が嫌いと言ったらいいのか、騒動が好きと言ったらいいのか、とにかく隙あらば〝おいた〟をしたがる子供だったということね」

娘に関して悪い噂が囁かれだせば、久寛は教諭としての面目を失わざるを得ないし、だんだんその土地でも暮らしていきづらくなってくる。久寛の頻繁な転勤の裏にあった理由がそれだと推測されるし、姉の千種をあえて母方の北川の籍に移したのも、恐らく同じ理由からだったろう。

「ほかに千種さんを北川の籍に移す必然性のようなものが見当たらないのよ。いつも妹の不《ふ》行跡《ぎょうせき》の割を食う恰好になる上の娘を、親は不憫《ふびん》に思ったんじゃないかしら。先々のことも心配だったろうし。千種さんには、芽衣さんとは別個の一人の人間として生きていってほしいと願ったんだと思う。それで思い切って公的な書類の上での姉妹関係を断った。そうしておけば、万が一の時も、被害が千種さんに及ぶことは避けられるからね。子供の頃のことを調べてみて、改めて私は確信する思いだったわ。芽衣さんは、やっぱり天然。善悪の基準から何から……もともとが全然違うのよ。たとえば、愉快な遊びという認識はあっても、悪いことをしているという自覚がない。だから、平気で人を翻弄《ほんろう》するし傷つける」

「そういえば、『善人が十人いれば血の雨が降る』って、千種さんが言ってたわ」

思い出すように真幌は言った。

「芽衣は善人十人なのかもしれません。本人の自覚としての善意や悪意の問題ですが」——たしかに千種はそう言った。その千種の発言は、見事なまでに美絵の見解と符合する。

「でも、それならどうしてお姉さんの千種さんは、いまだに芽衣さんのことを尾けまわすんでしょう？」多穂が言った。「そういう問題のある妹なら、籍が別であることを幸いに、いっそ赤の他人のように暮らしていけばいいのに。離島や田舎町なら無理としても、東京ならばそれが可能だと思うし」

「愛憎相半《あいぞう》ばするということがあるんじゃないかしら」真幌は言った。「私は千種さんと話をしてみてそれを感じた。芽衣さんのことを、心底厄介だと思っているし疎ましくも思っている。それでいて、芽衣さんのことが羨ましくもある。芽衣さんになり代わることはできないけど、もしも妹と自分の立場が逆だったら、毎日はどんなに気楽で楽しいだろう……千種さんは、そう思って芽衣さんを見ているところがあるんじゃないかしら。千種さんと会って話をしてみて、私はそんな気がしたわ。それに加えて、習性に近いものもあるのかもしれない」

大いに問題のある人間であるにもかかわらず、都度都度《つど》〝場〟を変えるから、妹の芽衣は常に自分よりも人と輝きに満ちた毎日を送っている。千種はそれが許せないし妬ましい。一方で、姉の千種は子供の頃から、妹がまた何かとんでもないことをしでかしはしないかと、芽衣の行動に目を光らせてきた。家族のなかで、それが一番妹の身近にいる姉としての自分の役割になっていたのだ。いつしかそれが身についた習性のようになって、大人になった今も、千種は芽衣から目が離せずにいる。

「嫌いだけど羨ましい。良くも悪くも、とにかく芽衣さんのことが気になってしょうがない……」

「そういうことだと私は思うの」

多穂の呟きに応えて真幌は言った。

最も近い遺伝子を有しているはずの血縁だからこそ、公平を欠いた境遇に納得がいかない。

相手を厭悪しつつも、完全には関係を断てない。血の呪縛《じゅばく》だ。

「中宿商店街のイベントに現われたのも、やはり芽衣さんだったわ。写真で確認を取ったから間違いない」

美音子と多穂が、申し合わせたように溜息をついた。

「でも、どうして……」幾分疲れたように美音子が言った。「黒沢さんの耳にはいる可能性が高いことぐらいわかりきっているのに。ヘッドランドの沢崎さんのことにしたってそうです。沢崎さんを知らないだなんて、すぐにわかる嘘ですよね。そのあたりのことが何としても私には理解できなくて」

「私もです」やや視線を落として多穂も言った。「なぜ芽衣さんほどの人がと不思議です」

「当然そう思うわよね」美絵が大きく頷いて言った。「機転もきくし頭もいい。人の心を惑乱させるような嘘もつける。そんな人が、すぐに底が割れるような杜撰《ずさん》な嘘をつく訳がない。でも、私は、それこそが天然の証だという気がするの。私たちとは常識も理屈も異なるから、その時その時なんじゃないかしら。これは想像だけど、過去の行跡を鑑《かんが》みるに、彼女の価値観のプライオリティの一位に来るのは、その時退屈でないこと、自分が愉快であることのような気がする。愉快——彼女の場合、人や周囲を掻き回すことのようだけど」

「それに、芽衣さんには、自分は人より頭がいいし、人なんかたやすく騙せるという自信がある」美絵の説明に言葉を添える恰好で真幌は言った。「だから、話の辻褄みたいなものは後回しになりがちになるんだと思う。話の食い違いなんか、きっと後でいくらでも繕えると思っているんじゃないかしら」

実際、中宿商店街のことにしても、偶然悠介が関わったことだと知るに至って、自分の興味から出かけていったことだと言えばそれで済む。イベントを手伝いたかったから、ぼんやりと黒沢事務所の関係の人間だと匂わせた。ただそれだけのこと。

「沢崎さんのことにしてもそうよ。『ああ、あの人のことでしたか』のひと言で、片づけられることは片づけられるわ」

「それにしたって、やっていることに脈絡が……」美音子が、ちょっと頭を抱えるような仕種を見せて言った。「私には、何を考えて動きまわっているんだかさっぱり。ユリちゃんの件にしても、正直、いまだに理解できません」

「言ったでしょ？　思考も常識も価値観も……私たちとは違うんだって。だから、理解しようとしては駄目なのよ」自信を感じさせるしっかりとした口調で美絵が言った。「千種さんは芽衣さんのことを『既成、既存のものの破壊者』と言ったようだけど、それと退屈嫌い、悪戯好きというのをセットで考えてみるとわかりやすいかも。今あるルールや秩序自体が、たぶん芽衣さんには無意味で退屈なのよ。だから、自分で楽しみを作る。ふつうの人間がまさかと思うようなことを、面白半分にしたりする。言い方はよくないけど、退屈だったからユリちゃんって子をターゲットにして遊んでみた。そういうことだと思う」

「じゃあ、芽衣さんがエクストリームを辞めてうちのスタジオに来たのも、面白半分ってことですか」美音子が言った。「それもその場の思いつきと言うか」

「それは少し違うと思うのよね」目にやや深刻な色を窺わせて、美音子に応えて美絵が言った。「自分なりの愉悦を求めてという基本ラインは変わらない。でも、行き当たりばったりにユリちゃんをターゲットにしたのとは違って、彼女は真幌ちゃんをしっかりターゲットと定めて、それなりに下準備をした上でスタジオにはいったんだと思うの」

「………」

真幌が芽衣と再会するまでには、一年半もの時間が経っている。もしも芽衣が、真幌に行き当たりばったりという程度の悪さを仕掛けようと思ったのなら、出逢った頃に仕掛けているだろう。ところが、芽衣は一度真幌の前から姿を消した。そののち、満を持してといった感じで再登場した。密かにカウンセリングの勉強を続けていたことからもわかる。今回の仕掛けには、それだけの準備が要ったということだ。

「一年半もの準備って……」

不安げに表情を翳らせて多穂が言った。

「いやな話になるけれど、あなたたち二人のことも調べたんじゃないかと思うの。取り入るにも傷つけるにも、また落ち込ませて追いだすにも、あなたたちの生活のありようなり性格なりを承知していた方が、何かとやりやすいからね」

美絵の言葉に一度はっと目を見開いてから、美音子が小さく怖気をふるった。

「思い当たる節がないじゃありません。でも、何だってそんなことまでして……」

「芽衣さん、真幌ちゃんのことが嫌いなんだと思うわ」

「えっ」

突然の美絵の言葉に、美音子と多穂が呼吸を合わせたように声を上げた。

「真幌ちゃんが我慢ならなかったからこそ、あえて再接近してきたんだと思う」

「中谷先生、それは——」

「簡単に言っちゃうと、『何であんたが？』という思いになったのかもしれない。カウンセラーの座にしろ経営者の座にしろ、真幌ちゃんが手にしているものは、べつに自分が手にしていたとしても不思議はない。恐るべき自信家だから、そういう気持ちになったんじゃないかと私は推測してるの。だからこそ、陰でカウンセリングの勉強を続けたし、すぐにでも資格が取れる段階にまで漕《こ》ぎ着けた。ひょっとすると、同じ北海道の出身だし、家庭環境が似ているということも、真幌ちゃんをターゲットにするひとつの理由になったのかも。あの人と私は変わらない。あの人のものは私のもの。激しい同一化とも言えるけど、反面、激しい差別化とも言えるわね。排他的差別化」

美音子と多穂が、無言で視線を真幌に向けた。二人の顔を見なくても、啞然《あぜん》たる面持ちをしているのが察せられた。

「芽衣さんから見て」重くなりがちな口を開いて真幌は言った。「とって代わりたいと思うほど私が魅力的な存在だったということではないと思うの。そうではなくて、私の何かが堪《たま》らなく彼女の神経に障ったんだと思う。美絵先輩は、私が手にしているものは全部自分が手にしていて不思議はないというような言い方をなさったけど、根こそぎにできれば、自分のものにならなくても構わないのかもしれない」

二人の唖然の表情に変わりはなかった。ただし、真幌の言葉を耳にして、そこに脅えの色が加わった。

「でも、いったいどうやって……」

いくらか尻込みするような口調で多穂が言った。語尾が消え入るような声だった。

「まずは混乱をもたらすことね。それで組織や人間関係の箍《たが》を緩める。次はネガティヴキャンペーンを張りながら、外濠を埋めていく」美絵が言った。「私はそう見てるけど」

「ネガティヴキャンペーン」

「そう、真幌ちゃんに関するネガティヴキャンペーン。馬鹿じゃないから、あからさまに悪口を言ったり、よくない評判を自分の口から広めたりすることはしないでしょう。真幌ちゃんは周囲からの信頼が厚いということも、充分承知しているでしょうし。でも、真幌ちゃんの言動に疑問を抱かせるように持っていったり、人の目を真幌ちゃんから逸らして自分に向けさせたり……細かい技を積み重ねてくると思う。一種の心理作戦ね」

真幌は、美音子の顔と多穂の顔とを順に見た。二人とも、内に沈み込むような顔をしていた。美絵がちらっと真幌に視線を走らせて、目顔でわずかに頷くような素振りを見せた。美絵の言いたいことは真幌にもわかった。美音子にも多穂にも、その心当たりがある。だからこそ、自らの心に沈み込むようにして、その時のことを思い出している。

「中宿商店街のイベントに現われたりしたのは、一種のトライアルだったのかもね」

美絵が言った。その言葉で、二人揃って自らの内から急浮上したかのように顔を上げた。

「黒沢さんの耳にはいって、黒沢さんに驚かれながらも感謝されれば、黒沢さんに取り入ることができるかもしれないということ。耳にはいっているはずなのに黙殺されれば、黒沢さんには取り入れないということ」

「えっ。取り入るって、黒沢さんは真幌先生のご主人ですよ」多穂が目を見開いた。「そんなこと、どう考えたって無理でしょうに」

「世間には、危うい夫婦も多いからね。芽衣さんには、大概の男なら靡《なび》かせられるという自信があるんでしょう。その実績もあるだろうし」

「芽衣さん、家族というものに関する感覚や観念も違うから」真幌は言った。「家族になんか関心はないから、家族がふつうどういう心的な結びつき方をしているものかも知らない。血のつながりのない元は他人同士の夫婦となればなおさらだと思う。ことに黒沢は、事実バツイチだしね」

「家族も夫婦も他人も……たぶん彼女にとっては、みんな同じ重さなんでしょうね」

美絵も言った。

「ユリちゃんのこともあるわ」話の方向を転換させるように真幌は言った。「周囲に被害を広げたくない。だから美音子さん、今後、顧客データはあなた一人が管理に当たって。スタッフルームのパソコンに触っても、誰も顧客データにアクセスできないようロックして」

「あ、はい。わかりました」

「フリーオフィスの方も同じ。顧客データには、多穂さんと小松さん、二人しか触れないようにして。小松さんには私から話しておく」

「はい」今度は多穂が頷いた。「そのようにします」

「あ、麻綾ちゃん」声を上げて言った後、美音子が顔を曇らせた。「麻綾ちゃんのことはどうしましょう。あの子はすでに芽衣さんの手の内にあると言うか、すっかり魅入《みい》られてます。さっきも言いましたけど、お客さんのなかにも似たような状態の人が——」

真幌は唇を引き締めた。悩ましい問題だ。それについては、当然真幌も考えていた。

「来月、ちょうど二週間の集中セミナーがあるの。芽衣さんには、それに参加してもらうことにするわ」真幌は言った。「その間に、麻綾ちゃんや芽衣さんの影響下にある人たちとの間に、距離を設けるような手を打ちましょう。二週間あれば……きっと何とかなる」

「その後は？……」不安の色を滲ませた目をして美音子が言った。「芽衣さんのこと、どうするんです？　このままうちに勤め続けてもらうんですか」

真幌の側にしてみれば、本当ならば芽衣に辞めてもらうのが一番いい。それが偽らざるところだ。けれども、いったん雇い入れてしまった以上、そうはいかない。芽衣はスタジオに、たとえば金銭的な被害といった目に見えるかたちでの被害を何も与えていない。欠勤がちで、業務怠慢ということもない。なのに「辞めてくれ」とは言えないし、そう言われて芽衣がすんなり納得するものでもないだろう。

隔離と言えば言葉は悪い。が、どうしても一度はスタッフや顧客と芽衣との間に距離を設けねばならない。ただし、それは一時的な策だ。その上で、どこかに新たな芽衣の居場所を模索し設けないことには収まりがつかない。周囲に被害が及ぶことなく、芽衣が退屈しない居場所――。

「芽衣さんが退屈することなく納得できる居場所って、そんなポジションがあるものでしょうか」多穂が言った。「相手は理屈も常識も何もかもが違う上に、ある意味真幌先生に、敵意を持って近づいてきた人です。なのに、そんなことが可能なんでしょうか」

「わからないわ」正直に真幌は言った。「でも、この休みと二週間の猶予、その間に私も精一杯考えてみる」

「先生……」

「多穂さんもカウンセラーだからわかるわよね。相手が問題含みの人間だからといって、こちらの都合で追いだす訳にはいかないのよ」

多穂が無言でうなだれた。

「頑張ってね」真幌にではなく、美音子と多穂に向かって美絵が言った。「まずは芽衣さんがセミナーで消えるまでがひと山。セミナーに行っている間にひと山。帰ってきてからもまたひと山。当面山続きになりそうだけど、私からもお願いするわ。真幌ちゃんのこと、助けてあげて」

突然深々と頭を下げた美絵に、美音子と多穂は、一度弾かれたように背筋を伸ばしてから、自分たちも頭を下げた。

「美音子さんたちとの話には、ぜひ私も加わらせて」――言いだしたのは美絵だった。いまや真幌も美音子も多穂も当事者だ。当事者だけの話では、どうしても客観性と信憑性《しんぴょうせい》に欠ける。「私という第三者が加わった方が、彼女たちも事実を認識しやすいし、納得もしやすいと思うのよ」――。

美音子と多穂の顔を眺めながら、美絵の判断の正しさを、真幌は実感する思いだった。

6

銀座「むら木」――和食では、銀座でも名店になりつつある店だ。近頃では、グルメ雑誌や週刊誌で紹介されていたりしている。こぢんまりとして落ち着いた風情のその店に、芽衣は宮《みや》地圭一郎《じけいいちろう》とともに身を置いていた。宮地圭一郎――ラピス物産の営業部長だ。ラピス物産は、Ｑｕａｏ'sのショップにグッズを卸している業者だ。

「スタジオは緊急メンテナンス休業なのに、島岡さんは今日もお仕事だったんですね」

芽衣のグラスにビールを注《つ》ぎながら宮地が言った。

「メンテナンスを必要としているのは建物であって、人間の方はいたって元気。今のところメンテナンスは不要ですから」

しなやかな笑みを浮かべながら芽衣は言った。宮地も顔に笑みを浮かべてそれに応えた。

ラピス物産は、一族経営の会社だ。だから営業部長の宮地も、まだ四十半ばという若さながら、取締役にも就いている。いずれは社長になる道筋ができているらしい。大企業の社員よりも、こういう男の方が、自由になる金を持っている。権限もある。

「では、ショップの仕入れに関しては、だんだん島岡さんが、お一人で担当なさる恰好になる訳ですか」

宮地の言葉に、芽衣はやや曖昧に頷いた。

「恐らくそういうことになると思います。ただ、それはまだ社長——友部との間だけでの話で。ですから、現段階では宮地さんの胸にしまっておいてください」

「ああ、遠野さんはまだご存じないことなんですね」軽く頷いて言ってから、宮地はぐいっとひと口ビールを飲んだ。「スタジオに島岡さんがはいられてから、グッズの売り上げが格段に伸びましたからね。友部先生が一手に島岡さんに任せようとお考えになったのももっともなことです」

「いえ、私はもともと営業、販売畑ですが、遠野はスタジオ全体を見ていますから。それぞれ得意分野で力を発揮した方が、組織はうまく回転するというのが友部の考え方のようで。——ところで、ラピス物産さんは、ホテルやサロンなどで使われる、業務用のアメニティなども卸していらっしゃるんですよね？　うちみたいな個人仕様のものだけでなく」

「ええ」いくらかきょとんとしたような顔をして、宮地が芽衣を見た。「もちろんです。でも、どうしてです？　スタジオの方というか、御社の方で、何かそういう需要でも？」

「あ……先の話です」芽衣は、視線を俯け気味にしながら宮地に言った。「でも、うちもこのままの規模というのでは、先が見えていますから」

「つまり、事業を拡大なさるご計画がある。そういうことですか」

「ええ、まあ……」

「ほう。どういう方向に？」

自然と宮地のからだが、やや前に乗りだしたのが空気でわかった。

「先の話ですし、まだ私の口からはっきりと申し上げることは……。でも、ショップとティールームだけというのでは、本当のヒーリングサロンとは言えませんでしょう？」

「――ああ、本格的なヒーリングサロンの経営ですか」

少し考え、宮地は自分で答えを導きだして芽衣に言った。芽衣は、あえてそこでは言葉を差し挟まなかった。言質《げんち》を取られるのは得策ではない。

「もしかして、今回の緊急メンテナンス休業も、それと何か関係が？」

「いいえ、直接は」芽衣は小さく首を横に振った。「まだ準備段階ですから。まあ友部が、自分が準備に動ける時間を必要としていることは事実でしょうが」

「準備に動ける時間……なるほど、そのための五連休ですか」

「あ」芽衣は目をぱっちりと見開いて宮地を見た。「宮地さんにだからお話ししたことです。どうかほかのかたにはおっしゃらないようになさってくださいね」

「もちろんです」

宮地は、言葉と仕種で請け合った。

「ご存じと思いますが、友部には黒沢という経営のコンサルタントがついています。ですから、やると決まったら、それなりの規模になると思うんです。それで今夜、宮地さんと前もって少しお話ししておけるといいかしらと、私なりに考えたものですから」

「いや、それはまったくもって有り難い限りです」

宮地の頭のなかで、どの程度の規模のヒーリングサロンをオープンするつもりなのか、やるとなったらチェーン展開も視野に入れてのことなのか……さまざまな思いが入り乱れているのが、表情と言うより気配でわかった。

「あ、飲んでください」自分の思いから、いったん現実に立ち戻って宮地が言った。「それに食べてくださいよ。じきに天ぷらもくると思います。ここの小柱のかき揚げは旨いんです。それに何か温かいものがよろしければ、べつに頼みますし」

「ありがとうございます。でも、今のところはこれで」

芽衣は慎み深げに頬笑みながら、軽く頭を下げた。

「そうでしたか。友部先生が島岡さんをスカウトしてきたのも、先を見据えてのことだったという訳でしたか」一人で合点するように言ってから、宮地は改めて芽衣に目を据えた。「考えてみれば当然ですよね。あなたがスタジオにスタッフとしていらした時点で、私はそのことに気づいていて然るべきでした。まったくもって迂闊だったな」

「いえ、そんな。それに、実はこの件とはまたべつに、折を見て宮地さんにご紹介させていただきたい人が」

「私に紹介したい人ですか」

「ええ。リゾート施設関連の事業を手がけているかたなんですが」

「ほう」

宮地のからだが、また少し前へと乗りだした。瞳にも、強い光が窺われた。獲物の匂いを嗅《か》ぎつけた商売人特有の目だ。

一丁上がり――宮地が自分のポケットにすとんと落ちたのを感じて、芽衣は心で嫣然と笑った。ただし、胸の内の思いはおくびにもださず、芽衣はおっとりとした表情でグラスのビールに口をつけた。

こうして人は、芽衣をだんだん真幌の代弁者と見るようになる。芽衣の言葉は真幌の意を受けたものであり、すなわち真幌の言葉でもあると。それをもう少し進めやると、あたかも芽衣＝真幌であるかのような錯覚を抱くようになる。

芽衣は心でもう一度、密かにほくそ笑んだ。〝錯覚〟は、〝誤解〟や〝混乱〟などと並んで、芽衣の好きなゲームの手法だった。

第六章　身中の虫

1

季節鬱というのがある。その季節がめぐってくると、どうしてだか気分が落ち込み、悲観的になるという症状を呈す。春の木の芽時や、五月病などと言われるように、春に心的変調を来《きた》すケースも多いが、秋も季節鬱のでやすい季節だ。日照時間が短くなることも原因のひとつと考えられているが、もともと秋は、実りの季節であるのみならず、落葉に象徴されるように、凋落《ちょうらく》を予兆させる季節でもあるのだ。昔から、秋は人がセンチメンタルになりやすい季節だ。

この秋から冬いっぱい、いやもっと長い季節、真幌は眼前の敵と戦わなければならない。

(敵……違う。そう考えてはいけないのよ)

そのたび自分を戒めるのだが、美絵が睨んだ通り、芽衣が真幌が手にしているものの強奪、真幌が築いた組織や現生活の破壊といった目的で接近してきたのだとすれば、やはり真幌にとっての芽衣は、現時点では侵略者だ。侵略者の照準をうまいこと外して、徐々に宥めながら懐柔していくというのは、生半可《なまはんか》でない大仕事だった。しかも、相手の心は読めない。本当には、何を考え、何を目論んでいるのかわからない。

真幌は胸の内で吐息をついた。

立場もあるし、美音子や多穂を無駄に動揺させたり不安にさせたりしたくないという思いもある。それゆえ真幌は周囲の人間に対して、前向きな態度と言葉を崩していない。が、正直言えば、時として季節鬱にはまったかのように気持ちが滅入って、抗《あらが》い難いほどの脱力感と無力感に見舞われた。暑かった夏の疲れも今でている——そう思いたかったが、そうでないということは、真幌自身がよく承知していた。

美音子や多穂には、事情を包み隠さず打ち明けることで、芽衣との間に心的距離を設けた。スタッフとの間には、芽衣をセミナーに行かせることで、短期間だが現実的な距離を設ける策を取った。その間にスタッフと個別ミーティングというかたちでのカウンセリングを行ない、麻綾のように芽衣の強い影響下にある人間がいれば、職場を一時的にフリーオフィスに移して、さらに芽衣との距離を遠ざける。となると、スタジオの方が手薄になるから、真幌の講座の過去の受講生で、信頼のできる人間に事情を話し、状況を理解してもらった上でヘルプにきてもらう……それなりに策は練っている。とはいえ、どれも対症療法だ。一時的にではなく完全に芽衣を隔離しない限りは、抜本的な問題解決にはならない。

美絵の家で会合を持った時、多穂に対しては口にしかねた。だが、本当なら、芽衣にスタジオを辞めてもらうしかないのだ。それは真幌にもわかっていた。真幌にも真幌の周辺の人間にも関わらないという約束をしっかりと取りつけて、その上で芽衣にどこかに行ってもらう。実際のところ、同じ人間として気持ちの通じ合えない異種の人間への対応策はそれしかない。

「でも、そんなこと、できるはずもない」真幌は悠介にも言った。「芽衣さんは、今のところ何の現実的被害も与えていない。一方的に馘《くび》にする訳にはいかないわ」

「まあ、産業カウンセラーという君の立場からしても、それはできないことなんだろうな」悠介は言った。「組織内で生じた人間関係のトラブルを、そのうちの誰かを排除することで解決するというんじゃ、カウンセラーの解決方法とは言えない」

「――」

悠介の言う通りだった。だからこそ、その先の策がいまだ定まっていない真幌は、言葉を返すことができなかった。

「でも、相手は言わば野性だ。芽衣さんの野性を飼い馴《な》らして上手に手なずけるというのは、どう考えても容易なことじゃない。不可能に近いと言っていいかもしれないし、下手をすると一生仕事だ。それに今のところ何の現実的被害もでていないと君は言うけど、実は被害がでてからじゃ遅いんじゃないのか」

それもまた、悠介の言う通りだった。ひとつ問題がではじめたら、きっとそこでもここでもといった具合に、次々と花火が上がるようにあれこれ問題が噴出することだろう。

「こうなったら、小さな現実的被害を与えてくれた方がやりやすいんだよな。そうすれば、それを理由に彼女を切ることもできる。目に見えない被害というのは、表立って追及できないだけに厄介だ。逆に自分の側が被害者だという図式を作られでもしたら、ことは余計にややこしくなる」

悠介も、芽衣の過去をざっと洗ってみたらしい。だからこそ心配していた。

港南大学卒業後、最初に勤めたアスカ建設では、芽衣は今も語り種《ぐさ》になっているほどのトラブルメーカーだったらしい。それとなく偽の情報を流しては、社内の人間関係と信頼関係を狂わせて、次第にひび割れさせてしまうのだ。それが元で心身症になった男性社員もいれば、退社してしまった女性社員もいるという。が、会社は閉じた社会だ。次第に問題の根が芽衣にあることがわかってくる。芽衣も、もうここではこれ以上の悪戯はできそうもないと踏んだのか、自分からあっさりとアスカ建設を辞めてしまった。もともとアスカ建設での仕事に、これといった魅力を感じていなかったのだろう。

「ジュリエット渋谷」時代、芽衣は「ストーカー男を焼身自殺させたカリスマ店員」としても名を馳せていたという。

「前に麗美堂の娘さんの話をしただろ？　中宿商店街のドラッグストアの。川瀬由希《かわせゆき》さんというんだけど、彼女がそんなことを言っていた」

強烈な吸引力のあるスタイリッシュな美女だ。また、こんな世のなかでもある。芽衣ほどの女が巷《ちまた》に身を晒していれば、彼女のオーラやフェロモンに惹き寄せられるように、ストーカーやストーカー紛いの男がでたろうことは、真幌にも容易に想像がつく。

その男性は、県庁に勤務する父親を持つ、就職浪人という名のフリーターだった。芽衣は、彼が自分に魅せられて、さかんに自分を尾けまわしていることを承知していた。にもかかわらず、ある段階まで彼の行動を抑止も制止もしなかった。それどころか、逆に自分から脇を甘くして、彼に尾けまわすだけの隙を与えた。そうしてがっちりとストーキングの証拠を摑んだ果てに、彼と彼の家族にそれら証拠の品を突きつけた。父親は役人だから体面を気にする。彼自身、実のところ気が小さい。すべて見通した上での行動だった。

「ふつうの女性は、ストーカーに脅えるものだよね。精神的な恐怖だけではなくて、肉体的、生命的恐怖を覚えるものだと思う。ところが、彼女は動じるでもない。それどころか、証拠品を楯《たて》に彼を徹底的に追い込んだ」

二度としないと謝るなり念書を入れるなりすれば、許されるものだと考えるかもしれない。さもなくば、暴力的な言葉を吐いて脅しておけば、女は黙ると考える男もいるかもしれない。ところが、芽衣は、そのどちらも通用しない女だった。もしも相手が暴力的な行動にでれば、芽衣は敢然《かんぜん》と自分は相手を殺してでも応戦するという姿勢をとる。遊びが好きでゲームが好きで勝負が好き。芽衣というのは、実際そこまでやりかねない人間だった。

「彼の両親も芽衣さんに詫びを入れたらしいが、父親の勤め先の県庁や、彼の姉さんの婚約者の家に写真入りの怪文書が流れたり、近所でも彼に関するいかがわしい噂が立ったり……で、結局一家は引っ越しを余儀なくされたし、姉さんの縁談は立ち消えになった。その怪文書や噂というのがまた至って下劣な内容でね。彼が盗んだ芽衣さんの下着を元に自分で女性用の卑猥《ひわい》な下着を縫ったりしているとか、近隣の幼女マップ、一人暮らしの女性マップを、隠し撮りした写真入りで作成しているとか……」

悠介の話に、真幌は眉を顰めずにはいられなかった。今の時代、誰しも小児犯罪には敏感だ。自分を守る術を持たない弱い存在だから、子供をターゲットとする可能性のある人間は、無条件に非難と差別、それに糾弾の対象になりかねない。それだけに、近隣に幼女や子供に絡めた噂を流すというのは性質が悪い。

「ことそこに至る前に、彼の父親は芽衣さんに、慰謝料だか迷惑料だかを支払った様子なんだよ。たぶん百万とか、ある程度まとまった金額だったんじゃないかな。だからそれでもう済んだものと思っていた。ところが、それで終わるものではなかった。いくら約束が違うと文句を言いたくても、怪文書や噂を流したのが、芽衣さんだという証拠はない」

誠意は尽くしているのだ、まさか相手もそこまでやってこまい——人は考える。が、そのまさかを仕掛けてくるのが芽衣という人間のようだった。

「自分が消えるしか解決策はないと考えたんだろう。彼は多摩川の河原で焼身自殺を遂げたという話だったよ」

現に自殺までしたのは、その男性一人だったかもしれない。だが、芽衣にのぼせて彼女につき纏《まと》ったばっかりに、反対にひどい目を見る羽目になった男は、彼一人ではないはずだ。

ひどい目——永田桐子は、姉の葵は芽衣に飼っていた文鳥の足を全部刈られたと言っていた。何の恨みもない人間に対しても、芽衣は相手が恐怖や生理的な不快感に身を震わせずにはいられないようなことをする。つまりは、誰に対してもそうした悪さを仕掛けてくる可能性があるということだ。

考えただけで、真幌は身が震える思いだった。

直接の被害者である桐子の姉、永田葵のその後も気になっていたが、それについては美絵が調べてくれた。

葵は、やはり港南大学を中退していた。大学を辞めた後、友人、知人の誰とも一切連絡を取らない音信不通の状態が、五、六年続いた。どうやら葵はその間、熊本市に住む母方の叔母のところに身を寄せていたらしい。熊本で、傷ついた心の修復に時間を充てていたのか、それとも専門学校にでも通って勉強をしていたのか……どう過ごしていたのかはさだかでない。その後、二十八の時に結婚して、今は宮崎県の日向《ひゅうが》市で暮らしている。夫は県営の植物園に勤める男性で、二歳になる男の子が一人。親しい友人たちにようやく便りが届くようになったのも、結婚して以降のことらしい。

「時間はかかったかもしれないけど、今はしあわせに暮らしているみたい。だから、まあよかったけど」美絵は言った。「結局、九州に行ったきり、東京には帰ってこなかった訳よね。ご両親が思い描いていた青写真とは、ずいぶんかけ離れたものになっちゃったんじゃないかしら。日向、いいところなんだろうけど、そんな遠くに嫁にやるつもりはなかったでしょうし、ご本人の葵さんにしても、世田谷で生まれ育った自分がまさか日向で暮らすことになろうとは、かつては想像もしていなかったでしょうね」

そのまま不幸に陥ってしまわなかっただけいい。だが、芽衣と関わったことで、葵の人生の設計図とその路線が、大きく狂ったことは事実だった。

「大学で偶然知り合った友だち、自分によくしてくれた友だちにその仕打ちだもの。推して知るべしよ」

今回、芽衣が真幌をターゲットに定めたのは、これまでみたいな行き当たりばったりのような気まぐれからではないというのが美絵の見解だ。認めたくはないが、真幌もたぶんそうだと思う。芽衣もはや三十年余りを生きてきた。ちまちまとした仕掛けや悪さには、たぶん芽衣本人が飽きている。今度は準備に時間をかけた分、それに見合った対価を求めてくるだろう。

「あの人、取ろうと思えばカウンセラーの認定資格が取れるところまできているのよ」美絵は言った。「なのに、あえてそれをせずにいるのは、資格を取ると協会のリストに載って、真幌ちゃんに自分がカウンセラーの有資格者だと知れてしまうからよ」

資格を取るのは、もう少し先でいいし、先の方がよりよい。しばし身を潜めようとするかのように、彼女なりに計算してのことという訳だ。

「真幌ちゃんにとっては耳にしたくもないような残酷な話になってしまって申し訳ないけど、芽衣さんとしては、たぶんここは三十の節目の大《おお》一番なのよ」美絵は言った。「だから、今回、きっと彼女は容易に納得しない。真幌ちゃんがカウンセラーとしての自分の仕事、事務所、スタジオ、フリーオフィス、人間関係……持っているものすべてを芽衣さんに明け渡しでもしなければ、彼女が自分から去っていくことはないと思うわ。芽衣さんの考えることはよくわからないけど、それぐらいに思っておいた方がいい」

正直なところ、真幌は今、周囲に余波が及ばないようにすることだけで精一杯だった。芽衣を懐柔するうまい知恵もなかなか浮かばなければ、芽衣と正面切って対決するだけの気力は当然ない。

焼身自殺した彼とは違う。だが、もうどうにもならないと判断した時は、まわりに迷惑をかけない手立てを講じた上で、自分が芽衣の前から消え去ることも、視野に入れておかなければならないのかもしれなかった。引き際を誤ると、どうにも収拾がつかないぐらいに、混乱と被害が広がる。結果、誰とも合わせる顔がなくなるほど、真幌はこの世間での面目を失いかねない。

「いいこと？　絶対に最後まで諦めないことよ。私もできるだけサポートするから」美絵は念押しするように真幌に言った。「とにかく、相手は人としての気持ちの通じない人間、そのことは忘れないようにしておいた方がいい。芽衣さんの件では、真幌ちゃんもある程度感情を切り捨てて当たらないと、こっちばかりが感情面で揺さぶられてがたがたになるわ。感情、情緒という土俵での勝負は絶対的に不利」

「ごめんなさい」「私が悪かったわ」「どうか気を悪くしないでね」「誤解しないでほしいの」「許してちょうだい」……人はよく口にする。人間関係を円滑に保つため、表面的に口にしているだけの場合もある。言葉だけだ、心はない。一方で、その言葉の通りに、相手に対する申し訳なさや自責の念を覚えていることも少なくない。自責の念までは覚えなくても、自分の言葉で相手が傷ついたのではないか、そのことによって相手が自分に悪感情を抱いたのではないか……うじうじと内省しては気にするのが人間というものだ。半分は、自分自身を保ちたいから、いちいち相手の気持ちを忖度《そんたく》する。自分の内で常にそんな作業を繰り返しているものだから、当然相手も自分と同じように、良心の呵責や自責の念を抱くものと思っている。そんな内的作業からフリーな人間がいるとは考えてもみない。そこが芽衣の狙い目であり、強みだと、美絵は言いたかったのだと思う。

恐らく美絵の存在は、まだ芽衣に知られていない。それだけに、美絵は心強いサポーターと言えた。が、その存在が芽衣に知れた時が恐ろしい。真幌の味方は芽衣の敵だ。知れば芽衣はきっと美絵にも牙を剝《む》く。真幌は美絵をこの泥沼に、引きずり込みたくなかった。

「真幌、万が一の場合は、君はいったん仕事を離れて、しばらく海外に行っていたっていい」悠介は言った。「逃げ場がどこにもないという訳じゃないんだ。だから、あまり自分を追い込みすぎるなよ」

場合によっては、自分の方が、芽衣やこの世間から消えなければならない時がくるかもしれない——そんな真幌の思いを察しての言葉だったと思う。

悠介の思いやりと言葉は心にしみた。救われる思いにもなった。たしかに、どこにも逃げ場がない訳ではない。真幌の側が、海外にでも〝場〟を変えるという手はある。でも、それは、芽衣が真幌に定めた照準を外さない以上、あるいはこの世から消え去ってしまわない以上、真幌が現在生きて活動している社会には、やはり逃げ場がないということでもある。海外に〝場〟を変えると言えば恰好がよすぎる。本当のところは、鬼からの海外逃亡であり、敗退でしかない。

（どうして私はあんな人と出逢ってしまったんだろう）

気づくと真幌は考えていることがある。

（あの人とさえ出逢わなければ安泰だった。関わりを持たなければ問題なかった。あんな人、いっそどこかへ消えてしまえばいいのに）

どこかに消えてしまえばいいということは、すなわち死んでしまえばいいということだ。心の隅で空恐ろしいことを願っている自分を、真幌は自分で責めずにいられない。が、それこそが、美絵が真幌に警告した落とし穴だった。

「芽衣さんの件では、真幌ちゃんもある程度感情を切り捨てて当たらないと、こっちばかりが感情面で揺さぶられてがたがたになるわ。感情、情緒という土俵での勝負は絶対的に不利」

――。

ちょっと気を抜くと、すぐに疲れた溜息が口から漏れでそうになる。きわまりなく憂鬱な秋になった。もちろん、季節鬱などではない。真幌にのしかかっている憂鬱には、はっきりとした理由がある。そして真幌の心の底には、敗北感に似た絶望があった。

2

沢崎の仲介によって、クレゾ東海との契約に漕ぎ着けることができ、大きな受注が取れたと、ラピス物産の宮地から芽衣のところに連絡がはいった。今週頭のことだった。クレゾグループは、リゾートホテル、貸し別荘などの施設を運営している会社で、業界でも中堅どころの企業と言っていい。クレゾはことに東海以西に強い。沢崎がクレゾとのパイプを持っていようとは、芽衣も思っていなかった。それだけに、これは嬉しい誤算と言えた。

「今回はクレゾ東海との契約ですが、うまくすると、今後クレゾグループ全体との契約に発展していくかもしれません」宮地は言った。「ありがとうございます。いいかたをご紹介いただきました。もちろん、島岡さんにも応分のお礼はさせていただきますよ」

宮地から報告があった後だったからこそ、芽衣は今夜、沢崎からの呼び出しに応じた。それがなかったら、芽衣も出てはいかなかったところだ。沢崎は、相変わらず芽衣にしつこくヒーリングサロンの経営話を持ちかけてくる。それでいて、頑として条件は譲ろうとしない。最低でも八百万の出資——どうして芽衣にそんな強気な条件提示ができるのか、理解不能と言うしかなかった。

沢崎に、出資金に代わる利益をもたらせばいい。そういう思いもあって、芽衣はまずはラピスの宮地と沢崎をつないだ。両者の話がうまくまとまれば、芽衣は宮地の信頼と宮地という男も、手中に収めることができる。一石二鳥だ。

「規模の大きな会社ではないけれど、一族経営の会社ですし、何と言っても宮地さんは次期社長ですもの。お金を動かす権限を持った人です。だからこそ、ぜひ沢崎さんにご紹介させていただきたいと思ったんです」

二人を引き合わせる時、芽衣は沢崎に言った。ところが、芽衣が宮地を紹介しても、沢崎は何ということもなさそうな顔をしていた。芽衣が小出しにする条件も、飲みそうでいて、いざとなると撥《は》ねつける。ころころ転がるボールどころか、どう押しても引いても、沢崎という男は容易に動かないし変わらない。沢崎には、芽衣もさすがにうんざりしはじめていた。それでいて、クレゾなどという堅い会社との間にパイプを持っているというのだから、沢崎という男はますますもってわからない。抜け目のない男だから、今回のクレゾとラピスの契約では、彼もそれなりの利益を得たことだろう。それで少しでも沢崎のスタンスが変わっていればよいのだが——そんな淡い期待も芽衣のなかには多少はあった。

沢崎とは、銀座の「ルピナス」というバーで落ち合った。近頃流行《はや》りの二十一世紀型の無機質なバーではない。昔ながらの銀座のバーだ。沢崎と芽衣は、木製のカウンターと木製のスツールというカウンター席ではなく、コーナーのソファ席に腰を下ろした。

「で、芽衣ちゃん、決心してくれた？」蜜柑《みかん》色がかった明かりの下、沢崎が囁くように芽衣に言った。「そろそろ話を決めようよ。でないと、だんだん話の鮮度が落ちて、じきに腐ってきてしまう」

「またそのお話だったんですか」芽衣は顔に薄暗い翳を落として言った。「そのお話でしたら、お返事はもうしてあるはずですけど。私はまだ——」

「事業をするつもりはない。当面は、真幌先生の下で仕事をしていたいし、勉強がしたい。まずは完璧に真幌先生のサポートができるようになることが目下の目標」

沢崎は、芽衣の言葉を遮って、芽衣が口にしようとしていた台詞を横取りして言った。

「その通りです」

苦々しさを覚えつつも、芽衣は低く静かに言葉を口にした。

「耳タコだなあ」

言いながら、沢崎はちょっと伸びをした。

「え？」

「その種のあなたの台詞なら、耳にタコができたってこと」

「そうおっしゃられても……」

芽衣は意図して困惑げな表情を作って言った。

「何でそんなに友部真幌にこだわるかねえ。そりゃあ彼女は、実に癇《かん》に障る女ですよ。まったくもっていやな女だ。清き良き心を持ってこの世に生まれ、その善良にして純真な心を人や世間に汚されることもなければ損なわれることもなく、無事あの歳までやってこれた。恵まれているることこのうえない。ラッキーきわまりないレアケースだ。彼女は大波をかぶったこともなければ、泥水を飲んだこともない。まるで神様に贔屓《ひいき》されているみたいに運がいい。顔を見ただけでわかりますよ。あの人、慈母か聖母みたいな顔をしてますからね。人に踏みにじられたり煮え湯を飲まされたりしたことがないから、ああいう顔をしていられる。その白くておっとりとした顔に、落書きしてやりたくなる気持ちはわからなくもない。わからなくもないんだけどねえ」

「沢崎さん――」

言ってから、芽衣は無言で非難するかのように、眉を寄せて暗い目をして沢崎を見た。

「でもね」それにはお構いなしに沢崎は続けた。「この世のなかにはああいう人もいるんですよ。トランプ五十三枚のうち、ハートのクィーンに決まったカードは、どこまでいってもハートのクィーン。それと同じで、ジョーカーはどこまでいってもジョーカーだ。ババですよ、ババ。永遠のババ」

「何がおっしゃりたいのか私には」芽衣はさらに顔を曇らせた。「沢崎さん、何か大変な誤解をなさっているんじゃありませんか」

「いいや、全然」

沢崎はからりと笑った。薄暗い店の明かり全部を集めたような圧倒的な笑顔だった。彼特有の笑い顔だ。

「ちっとも誤解なんかしてませんよ。芽衣ちゃんというジョーカーカードのことなら、私が一等よく承知しているぐらいだ。まったくあんたは、知れば知るほど面白い人だ。ずばり言いましょうか。あんたは、この世に悪い遊びをしにきたような人だ。嘘つきで、自分勝手でわがままで、人を人とも思わない。人を惑乱させて、人の人生を狂わすような、冷酷で性質の悪い遊びが大好きで。たまたま容姿端麗に生まれてきたから何とかなっているけど、世間のモラルやルールからしたら、あんたは正真正銘、最低最悪のババだ」

「ひどい」

芽衣は顔を歪めた。

「ああ、傷ついたと言わんばかりに泣いて見せたところで無駄だからね。あんたが芝居上手というのも、私はよく心得ている」

肌の内側がじくじくするような、ひどくいやな感じがした。自分の傍らでしたり顔で喋っているこの男が、何よりも不愉快でならなかった。芽衣は自分のなかでむくむくと不愉快さが膨らんで、憎悪に近いものに育っていくのを感じた。

「私も最初は、クィーンがどうにも気に障ってならなかった。あの慈母観音面を歪めてやりたいもんだと思いましたよ。でもね、あんたとめぐり逢って気が変わった。絵札なんてどうでもいい。どうせいじるんだったら、ジョーカーの方が断然面白い。自分の持ち札にするのも、やっぱり絵札よりもジョーカーだ」

「沢崎さん、申し訳ありませんけど、これで失礼させてください」顔に藍色の翳を落としたまま、芽衣は疲れ果てたと言わんばかりに言った。「本当のところ、沢崎さんが真幌先生をお好きでないということはわかりました。ついでに言えば私のことも。でも、私にはやはりおっしゃってることの中身がさっぱり。何だかまるで別の世界のお話を聞いているようで」

「まあ、待ちなさいって」

ソファからわずかに腰を持ち上げかけた芽衣の腕を、むんずとばかりに沢崎が摑んだ。反射的に芽衣は沢崎の顔を見た。図らずも鋭い視線になっていたと思う。生理的な嫌悪感が、一瞬にして全身を駆け抜けていた。

「芽衣ちゃん、あんた、もう選択の余地のないところにきてるんだよ。私の手札になれば、クイーンとのゲームもまだ続けられる。手札にならなければゲームセット。ゲームは当然あんたの負けだ」

「またトランプ、カードゲームのお話ですか」

いささかうんざりしたように芽衣は言った。

「なら、今度はラピス物産の話でもしようか」芽衣の左腕を捕らえたまま、沢崎が言った。「ラピスがクレゾ東海と契約したとかいう話だけど、あれ、私とはまったく関係のない話だから。芽衣ちゃんもそう思っておいて」

「えっ」

「私はラピス物産の宮地と、吉野《よしの》という男の橋渡しをしただけのこと。吉野がクレゾの人間かどうか、クレゾと関係のある男かどうか、それは私の与《あずか》り知らないことだ。ま、吉野というのは金にしか興味のない男なんだけど、あんたとちょっと似たところがある。何しろ、嘘、でまかせの多い男でね。世間では、ああいうのを詐欺師とかぺてん師と呼ぶんだろうね。世間知らずのぼんぼんなんか、吉野からすれば赤ん坊も同然だ」

「そんな。それじゃラピスとクレゾ東海の契約は――」

「だからさっき言ったでしょ。あんたにはもう選択の余地はないって。このままいったら、あんたは詐欺師の片棒を担いだ詐欺師の一味だ。――ああ、言っとくけど、私はそういうことにはならないよ。吉野とつながっているのはあくまであんた、ちゃんとそういう図式にしてあるから」

正直、愕然たる思いだった。もう腕を放しても、芽衣がこの場からすぐに立ち去ることはないと踏んだのだろう。沢崎は芽衣から手を放し、自分も自由になった手で煙草に火をつけ、悠然と紫煙を燻《くゆ》らせはじめた。

「六十日決済の手形だから、問題が発覚するまでに、まだ二ヵ月近い猶予があることはある」煙を吐きだしながら、ひとりごちるように沢崎が言った。「その前に、宮地が気づくという可能性はあるが。年内はもつかどうか……いや、年内はちょっと無理だな」

「沢崎さん、あなた、私を罠《わな》にはめたのね」

芽衣は言った。今夜、初めて真剣味を帯びた色の声になっていた。

「話を持ち込んできたのはあんただ。あんたが先に仕掛けてきたとも言える」

「あなたが接触を図っていたのは真幌先生のはずだわ。なのにどうして私に——」

「何度も同じことを言わせないでもらいたいな。いじるにも持ち札にするにも、クィーンよりもジョーカー。さっきそう言ったはずだよ」

つまりは、芽衣が真幌を標的にしたのと同じということだ。これといった理由はない。単に目障りで鼻持ちならなかったというそれだけのこと。恐らく沢崎からすれば、癇に障って我慢ならないという点では、真幌よりも芽衣が上だったのだろう。だから、彼は照準を真幌から芽衣に移した。

加えてもうひとつ、芽衣にわかったことがあった。あの沢崎の暑苦しいまでに晴れ渡った笑顔は、やはり完全な仮面だったということだ。本当なら、いくつもの仮面を持ち、その場その場に応じてつけ替えた方が、人を欺《あざむ》くには都合がいいし有効だ。が、彼はそれが面倒臭いものだから、相手に有無を言わせぬ笑顔一枚で通している。

このふたつのことから導きだされる結論は、ひとつしかなかった。沢崎も、芽衣と同じ種類の人間だということだ。人がふつうに持っている常識、モラル、煩わしい心の営みからフリーであることがハートのＡ——。

（やっぱりこの人にとっては、私との事業なんてどっちでもよかったんだ。やればやったで、最初はいいように使って、後は何もかもを押しつけて、泥水飲ませて潰《つぶ》すだけ）

事業や金を餌に獲物を釣って、好きなようにいたぶりたい。おまけに、それでちょっとでも金になればなおさら結構。典型的な愉快犯だ。この世に悪い遊びをしにきたのは、ほかでもない沢崎自身だ。

「お話はよくわかりました」

気を落ち着けてから、芽衣は沢崎に言った。自分の耳に届いた声も、落ち着きを失ってはいなかった。

「ですから、今夜はこれで解放してください」

「まあ、わかってくれたということならばいいでしょう」沢崎は、余裕の表情で頷いた。「ただし、ラピス物産の件がある。それを忘れないようにね。時が経てば時が経つほど、こっちもあんたを救う手立てがなくなってくる。六十日が経過すれば、間違いなく宮地が騒ぎだす。なあ、芽衣ちゃん、友部真幌の懐にはいる恰好で、陰湿なゲームを続けていたって、無駄に時間いたを食うだけだよ。私と組めば、もっと派手で楽しいゲームができる。そこをわかってもらいたいんだよな」

嘘ばっかり——芽衣は心で吐き捨てた。派手で楽しいゲームはできるかもしれない。けれども、それは見た目だけのことだし、沢崎にとってのことでしかない。沢崎は、早晩芽衣を完膚《かんぷ》なきまでに潰しにかかる。なぜなら、それこそが彼の楽しみであり、このうえなく痛快なゲームだからだ。

子供の頃、芽衣には人の心の営みというものが、どうにもよくわからなかった。どうして人は些細なことで、いちいち悲しんだり嘆いたり、涙したり、さも深刻そうな顔をしたりするのか。あるいは、ぎょっとしたり、脅えたり、大袈裟に騒ぎ立てたりするのか……。それが知りたかったから、心理学に興味を持ったし、心理学を学んだ。学問とはまたべつに、生身の人と接することで、直《じか》に学んだことも多い。だから、今は人の心に想像がつく。沢崎の考えていることにも、おおよその見当がつく。

「ああ、言っておくけど」

ソファから腰を上げかけた芽衣を、再び沢崎が引き止めた。ただし、今度は手は出さなかった。言葉だけだった。それで充分だと踏んだのだろう。

「私に対抗しよう、何かを仕掛けてやろうなんて考えるのは、愚の骨頂だから。下手な考え休むに似たり、やめておいた方がいいよ。あんたはとびきりのジョーカーだ。でも、完全無欠のジョーカーじゃない。私にあって、あんたに欠けているものもあるんだよ」

芽衣は黙って沢崎を見た。

「あんたは女に生まれた。それも見目麗《うるわ》しい女にね。それは私にはないあんたの武器だ。あんたもそれを最大限に利用してやってきたことだろうよ。色仕掛けも含めてね。でも、それも私には通用しない。どうしてだと思う？　私には、見た目がきれいか醜いか、そんなことはまったく関係がないんだよ。人の素顔が見えるからね。外見に惑わされたことは一度もない」

「……」

「あんたはその肉体を保つために、ジムやエステには通ったことはあるかもしれない。だけど、拳法を習ったりボクシングジムに通ったりしたことはないだろう？」

沈黙したまま、ただ、何が言いたいのかと問うような目をして、芽衣はじっと沢崎の瞳を凝視した。

「知っているさ。冷酷で、残虐《ざんぎやく》なところもあんたにはある。ただし、さほど暴力的ではない。どうしてかと言えば、もともと腕力がないからだ。たとえ鍛えたところで、男に敵うだけの腕力を、やすやすと手に入れられるものでもない。やっぱり女だな。それよりあんたは、きれいなもの、美しいものの方に目を向けてきた。まったくもって残念なことだ。あんたに屈強な男並みの体力と腕力があったら、鬼に金棒というところだったろうに」

沈黙を守ったまま、芽衣は今度こそ本当に腰を上げ、沢崎をその場に残したまま「ルピナス」をあとにした。

その先を聞かなくても、沢崎の言いたいことはわかった。もしも芽衣が、逆に自分に何かを仕掛けてくるようなことがあったら、その時は力を用いてでも、容赦《ようしゃ》なく芽衣を叩き潰すということだ。言い方は穏やかだったし、暴力的な言葉も用いなかった。が、あれは、紛れもない恫喝《どうかつ》だった。

（せっかくここまでうまく運んでいたのに）

階段を下り、丸ノ内線の銀座駅に向かって地下通路を歩きながら、芽衣は心で忌ま忌ましげに吐き捨てた。おのずと険しい面持ちになっていた。

（こんなところでとんだ邪魔がはいるなんて）

先週から、芽衣はスタジオの仕事を休んで、カウンセリングの特別セミナーに参加している。もちろん、真幌の意を受けてのことだ。

「本当は、私が受けたいと思っていたセミナーなの。でも、今回は、どうしても日程的な都合がつかなくて」真幌は言った。「だから、芽衣さんに行ってきてもらえないかと思って。芽衣さん自身の勉強にもなると思うし、芽衣さんが新しい知識を身につけてくれていると、私も何かと心強いわ。どうかしら？」

「多穂さんではなく、私がですか」その時、芽衣は真幌に言った。「私でよろしいんでしょうか」

「私は、あなたに、ぜひ芽衣さんに、受けてきてもらいたいの」

多穂よりも芽衣――真幌の一番の信頼と期待を勝ち得つつあることの証だと思った。芽衣が陰で、美音子や多穂の心に揺さぶりをかけているということもある。こういうことがあると、ますます美音子や多穂の真幌に対する信奉と信頼には、揺らぎとひび割れが生じるだろう。まさに思う壺だった。人は嫉妬する生き物だ。容易に猜疑心《さいぎしん》を抱く生き物でもある。美音子や多穂も例外でない。

今週は、思いがけずラピス物産の宮地から、クレゾ東海との契約が取れたという電話もはいった。こうして徐々に外濠も埋まっていくという手応えに、芽衣は愉快な気分になっていた。

ところが、一転、不意に訪れた地獄。

(地獄は大袈裟)

コツコツと音を立てて、地下通路のアスファルトをヒールで叩き続けながら、芽衣は自分自身に向かって言い聞かせるように心で言った。

思ってもいなかった崖っぷちに、いきなり追い込まれたことは事実だ。が、芽衣は、まだ崖下に落ちてはいない。

真幌の顔が脳裏に浮かんだ。女性らしい柔和な顔だ。沢崎の言う通り、大波をかぶったこともなければ、泥水を飲んだこともない顔だと思った。

ここでゲームをやめる訳にはいかない——脳裏に像を結んだ真幌の顔を睨むように見据えながら、芽衣は思った。

次いで、沢崎の顔も浮かんだ。沢崎は、芽衣のことをずいぶん調べたに違いない。かたや芽衣は、彼のことをまだ調べていなかった。したがって、沢崎のことをほとんど知らない。沢崎に関する情報と知識を持っていないということが、今の芽衣には不利だった。

冗談じゃない——芽衣は思った。沢崎のゲームの持ち駒にされるのはご免だ。標的にされながら持ち駒にされるというのでは、言うまでもなく最悪だ。

（あんな男に隷属するなんて絶対にいや。そんなことになるぐらいなら——）

通路を行く芽衣の瞳が、次第に爛々《らんらん》たる輝きを帯びはじめていた。

策は思いつかない。ただ不愉快さを通り越した腹立たしさが芽衣の身の内で燃え上がり、芽衣の瞳を照り輝かせていた。

3

沢崎は芽衣に吉野と言った。それがどういう男かもわからないし、吉野というのが本名かどうかもわからない。が、吉野なる人物が、ラピス物産が納入した品物をよそに転売することで、物を金に替えることは間違いない。だったら、契約が成立したとはいえ、ラピス物産が先方に納品していなければまだ間に合うのではないか。ところが、ラピス物産は取引先がクレゾということもあって、早々に注文の二割強の納品を終えていたし、残りについても、すでにメーカーに発注を済ませた後だった。

「沢崎さん、納入された品物に不備があったとか何とか……あなたならこの流れをいったん中断する方法をご存じなんじゃないんですか」芽衣は電話で沢崎に言った。「だったら騒ぎや事件になる前に何とかしてください」

た。
「だから、それは芽衣ちゃん次第だって」
沢崎はぬらりとした調子で言った。仮面をはずした沢崎の素顔が、目に浮かぶような声だっ
た。
「事業には、出資金が要ると言ったはずだよ。その金の用意ができたということであればすぐ
にでも」
「話にならない……」
「だいたい、ラピスがどうなろうが、宮地がどうなろうが、芽衣ちゃんにとってはどうだって
いいことだろ？　人が自分のために大損をしようが、失業しようが、首を括ろうが……そんな
ことは一切関係ない。むしろ人が不幸になるのが小気味いい。それが芽衣ちゃんという人だ。
なのに何をばたばたした」
実際、ラピス物産や宮地がどうなろうが、芽衣の知ったことではない。ただ芽衣は、この一、
二ヵ月のうちに問題が表面化することで、現在進行形のゲームを強制終了させられたくなかっ
た。それだけだ。
「沢崎さんはずるいわ。私に時限爆弾を持たせるようなことをして」
芽衣の言葉に、電話の向こうの沢崎は、「ははは」と声を上げて愉しげに笑った。
「時限爆弾はよかったな。でも、そうでもしなかったら、私には、あんたの本気度合が見えな
いからね」
「本気度合？　どういうことです？」

「あんたが今取っかかっているゲームに、どれだけ本気かっていうことだよ。これから私と組んでやるゲームに、どれだけ本気になれるかってことだよ。人の気持ちは目盛りで測れない。だから私は、金で測ることに決めてるんだ。その人間がそれにいくらまで出せるかで気持ちが見える」

まったくもって食えない男だった。絵札よりジョーカーなどというのは、詭弁《きべん》と言うより嘘っ八だ。餌を食って空腹を満たした猫が、手慰《てなぐさ》みか腹ごなしに鼠《ねずみ》をいたぶっているようなものだ。どんなふうに芽衣がじたばたするか、果たして金を作るまでするか、いよいよとなった時どういう行動にでるか……沢崎は芽衣という鼠で遊んでいるにすぎない。どういう事業かは知らないが、泡銭《あぶくぜに》も含めて、金のはいってくる道筋は、すでにしっかり握っているのだろう。だから、金になる、ならないは、たぶん彼にはあまり関係がない。と言うよりも、ただ金を儲けるだけでは物足りないという人間なのだ。そして同族嫌悪と言うべきか、同じ種類の人間だからこそ、沢崎は芽衣に厭悪の念を覚える。芽衣のことが許せない。

「芽衣はふつうの人間じゃないわ。周りを見渡してごらんなさいよ。あなたみたいな人はどこにもいない」

芽衣は、姉の千種から言われたことがある。中学生の頃だったと思う。

「だから、お父さんもお母さんも、それに私も、今度はあなたが何をしでかすかと、いつもははらはらどきどきしていなければならない。それがわかってないのはあなただけよ」

自分がどういう人間かなどということに、芽衣はまったく興味がない。ふつうでないと言われれば、そうなのだろうと思うだけだ。ふつうでないなら、ふつうでないなりに生きていくよりほかにない。周囲が、芽衣をふつうかそれ以上の人間だと誤解してくれていることに乗っかって、それらしく振る舞い、適当に誤魔化し、裏で自分がいいように生きていくだけだ。

だが、千種は間違っていた。芽衣のような人間はどこにもいないと千種は言った。ところがいた。沢崎だ。べつに自信たっぷりで断定的な千種の言葉に晦《くら》まされたということではない。ただ、そんな人間が自分の身近にいようとは、芽衣も思ってもみなかった。高を括ってもいた。だから、今回不覚を取ったしくじった。


沢崎の問題を抱えたまま、芽衣は二週間のセミナーを終え、久しぶりに西新宿のスタジオに出社した。土日の休みが前後に二度はいったから、都合半月余りもの間、スタジオに顔をだしていなかったことになる。

およそ半月ぶりにスタジオに行ってみて、芽衣はきょとんとならずにはいられなかった。野崎結子、水谷麻綾といった見慣れたスタッフの顔が見当たらない。代わりに、まったく見知らぬスタッフが二名、すっかり事情を心得た様子で働いていた。見たところ、三十代前半と思《おぼ》しき男性と女性だ。芽衣の目には、なぜか彼らがサイボーグか何かのように映った。見知らぬ顔だということもある。加えてホテルマンのような表情、立ち居振る舞い……あまりに整然としていたせいかもしれない。

「どうしちゃったんですか」一番に、芽衣は美音子に問わずにいられなかった。「ちょっと留守をしている間に、何だかがらりと雰囲気が変わっちゃって」

「ふふ、驚いたでしょう?」

美音子は笑った。常と変わらぬ朗らかで屈託のない笑顔であり表情だった。

「結子さんも麻綾ちゃんも、べつに辞めちゃった訳じゃないのよ。二人はちょっとの間修行にだしたの」

「修行?」

「修行と言うのは大袈裟ね。それに遠くじゃない」美音子は人差し指を立てて天井を示した。

「同じビル内、フリーオフィス」

「え? Qの方にですか。またどうして?」

「気分転換のための一時的な配置転換って言ったところかな。スタッフ、お客さん、双方にとっての気分転換」

たとえば麻綾は、スタジオでも顧客の覚えめでたいスタッフだ。が、大学生だから、企業への就職が決まって大学を卒業すれば、当然Ｑｕａｏ'sからはいなくなる。結子やほかのアルバイトスタッフにしても同様で、いつまで勤めてもらえるかわからない。かといって、そうそう正規の従業員は雇い入れられない。

「だとすると、あんまり固定化しちゃうのもどうかという話になったの。スタジオのスタッフは、常にある程度流動的——今からそんな雰囲気を作っておいた方がいいし、お客さんにも慣れておいてもらった方がいいんじゃないかって」

一応、筋が通っていることは通っている。とはいえ、もうひとつすっきりとこないことも事実だった。

「私や芽衣さん、ヘッドの人間さえ変わらなければ、そんなに雰囲気が変わることもないし、お客さんが違和感を覚えることもないと思うのよ」

「でも、私がセミナーで留守をしている間に大幅入れ替えみたいなことになって、美音子さん、大変だったんじゃありませんか」

「うん。でも、たまたまうまく人の手当てがついたから」

美音子は、新顔の二人にちらりと視線を走らせて言った。つられるように、芽衣も二人に目を向けた。

「じゃあ、彼らも、一時的、流動的なスタッフということですか」

「そうね。柳瀬《やなせ》さん——女性の方だけど、彼女はある程度の期間勤めてもらえると思うけど、塚越《つかこし》さんは目下求職中だから、仕事が決まればすぐにでもそちらに行くことになるわね。彼は病院の事務が専門なの。ところが、これまで勤めていた病院が閉鎖になってしまって」言ってから、美音子は心持ち視線を落とし、つけ加えるような調子で言葉を添えた。「それに芽衣さんも、いつまでもうちのスタッフでいてもらえるものじゃないだろうし」

「え?」

「あなたは別格。たぶん真幌先生は、同じ自分のスタッフでも、芽衣さんにはべつの役割と言うか、違う領域で活躍の場をと考えていらっしゃるんだと思うの。今回のセミナーがそのいい例で」

「ああ」と一度曖昧に頷いてから、芽衣は視線を美音子に戻した。「それにしても、麻綾ちゃんたちをフリーオフィスにというのは……。あちらは、ある程度カウンセリングの知識がないと勤まりませんよね。何の知識もない麻綾ちゃんたちで大丈夫なんでしょうか」

社会勉強の側面もあるのだと、美音子は芽衣に説明した。麻綾たちは若い。これから社会にでて、社会で活躍していくであろう人間たちだ。縁あって真幌のところで働くようになったのだから、させてやれる経験があるのなら、少しはその機会も与えてやりたい——。

「真幌先生らしい温情のあるお考えですね」

ふつうに言ったつもりだ。いや、いつもなら、顔にもほのかな笑みを滲ませて、もっと厚みと柔らかみのある声で言っていたと思う。だが、芽衣は顔に笑みの色を滲ませるのを忘れていた。自分の耳に届いた声も、幾分湿りけを帯びて、シニカルな匂いを含んでいた。

沢崎の件がある。気持ちに余裕が欠けていた。それに加えての急な路線変更だ。しかもそれは芽衣の不在中に行なわれた。いくら美音子からそれらしい理由を聞かされたところで、芽衣の思考経路では、どうにも消化しきれないものが残った。何かおかしい——。

「ああ、塚越さんと柳瀬さんを紹介するわ」晴れた顔で美音子が言った。「その後、今日はスタッフルームの方で、芽衣さんといろいろ相談したいことがあるのよね」

「相談？　何でしょう？」

「ギフト用の新しいラッピング用紙やペーパーボックス、それにリボンなんかの見本がいろいろきてるの。ショップの方はいいから、まずはそっちの方をあなたのセンスと目で選んでもらいたくて」

てきぱきと言うと、美音子は芽衣の返事を待たずに、塚越と柳瀬を呼んだ。芽衣の反応にも目を向けていなかった。

塚越宏典《ひろのり》と柳瀬有美子《ゆみこ》、二人と型通りの挨拶を交わす。二人とも、真幌好みの落ち着いた雰囲気とほどよい笑顔の持ち主だった。それでいて、芽衣は、最初彼らに抱いたサイボーグという印象を、なぜか拭いきれなかった。芽衣を見ているようで見ていない、そんな感じがしたせいかもしれない。彼らは鎧《よろい》をまとっている。目にも心にもシャッターを下ろしている。

「さ、それじゃ早速芽衣さんには、見本を見てもらうことにしましょうか」挨拶もそこそこにといった感じで、美音子が言った。「早いところ決めてしまわないと、スタッフルームが窮屈で。本当にびっくりするぐらいいっぱいあるのよ」

「あ、その前に」流れをいったん塞《せ》き止めるように芽衣は言った。「真幌先生にセミナーの簡単なご報告とご挨拶をしておきたいんですけど。真幌先生は？　今日はこちらに見えますか。昨日の晩、携帯にお電話したんですけどつながらなくて……」

「ああ」美音子は大きく頷いた。「真幌先生なら、今、北海道。急なご法事がはいって帰省されてるのよ。明後日の晩には東京に戻られると思うけど」

「そうなんですか……」

結局、芽衣は美音子とともに、そのままスタッフルームに向かわざるを得なかった。思い過ごしかもしれない。でも、何だか煙《けむ》に巻かれたような気がして、肌に微妙な不快感を覚えた。また、スタッフルームに行ったからといって、ずっと美音子が同席していた訳ではない。美音子は見本カタログやサンプル品の説明をひと通り終えると、芽衣を残して部屋を出た。あとは時折顔を覗かせて、芽衣の意見を聞くだけだ。したがって、芽衣はほとんどの時間をスタッフルームで一人で過ごした。サンプル品との睨めっこで、復帰初日は過ぎてしまった。

（やっぱりおかしい）

仕事を終え、ロッカールームでジャケットに袖を通しながら芽衣は思った。

急なスタッフの入れ替えも妙なら、芽衣の復帰初日のありようがこれというのも妙だった。納得がいかない。

（おまけに真幌先生とは連絡が取れない。真幌先生は北海道。そんなことってある？）

自分がちょっと留守をしている間に、世界が一変していたと言えば大袈裟だ。が、芽衣は、何だかあっという間に包囲網をしかれて、隔離されたような気分だった。

いささか腐った気分で、不機嫌になりかけながらスタジオを出た。ビルのエレベータで、偶然仕事帰りの麻綾と行き合わせることができたのは幸いだった。

麻綾はテキストのようなものに目を落としていて、最初芽衣が同じ箱のなかに乗り込んできても、気がつかなかった。

「麻綾ちゃん」

声をかけると、麻綾が顔を上げて芽衣を見た。ぱっと光が射したかのように、一瞬のうちに麻綾の顔が、笑みの光で照り輝いた。

「あっ、芽衣さん！　わあ、お帰りなさい！」

掛け値なしの笑顔だった。その麻綾の顔を目にして、芽衣は内心安堵を得た。麻綾の自分に対する気持ちが嬉しかったからではない。自分が留守をしている間に、何もかもが変わってしまった訳ではないということを、麻綾の表情や目の色によって確認できたからだ。

「そうですよね。芽衣さん、今日から職場復帰だったんですよね」いくらか芽衣に身を寄せるようにして麻綾が言った。「やっぱりスタジオを一度覗いてみればよかったなあ」

「麻綾ちゃん、今、Qの方に行っているんですって？」

「そうなんです」

麻綾がこくんと頷いた。

「真剣な顔して読んでたけど、何の本？」

「ああ、ホームページ作製のテキストです」

エレベータが一階に着いた。箱から出ながら麻綾が言った。

「私、今、Qに通ってきているかたからホームページの作り方を習っていて」

訳がわからなかった。Qに通ってきているということは、Qの顧客、すなわちペイシェントということだろう。一方、麻綾は、社会勉強の一環とはいえ、Qのアルバイトにすぎない。どうしてアルバイトの人間が、顧客のペイシェントからホームページの作製法を習っているのか。それでは主客転倒だ。芽衣は首を傾げた。

「そのかた、ホームページの作製を請け負ったり、作製の指導をすることを職業になさっているみたいなんです」

やや声を潜めるようにして麻綾が言った。まだビルの近くだ。顧客の耳があるかもしれないと考えてのことだったろう。

「心身の不具合から、少しの間仕事をお休みされていて、それでQの方に……。多穂先生がおっしゃるには、人にホームページの作り方を教えたりすることが、そのかたのリハビリや職場復帰につながるんだとか。それで今、ホームページ作製のコーチをしていただいているんです。本当言うと、多穂先生のおっしゃること、私にはよくわからないんですけど、芽衣さん、そういうものなんでしょうか。私にしてみれば、毎日ただで講習受けさせてもらっているようなものなので、ひたすらラッキーといったところなんですけど」

「ああ、そういうこと。それでホームページ作製の学習……」

胸の内で思いをめぐらせながら、呟くように芽衣は言った。

「ホームページ作り、最初はややこしくてちょっとくたびれましたけど、今はハマってます。家に帰ってからも続きがやりたくて、それでさっきもテキストを読んでいたんです。だけど、Qでのアルバイト、変わってるって言うか面白いって言うか、ちょっとびっくり。芽衣さん、こういう仕事もあるんですね」

麻綾は屈託のない明るい顔で言った。

ホームページ作りに熱中しはじめている様子の麻綾と、芽衣は地下通路に続く通りの手前で別れた。麻綾の掛け値なしの笑顔や、芽衣に対する変わらぬ素直さ、あけすけさには安堵を得た。だが、やはり自分が不在の間に何かが変わった、何かがおかしい。芽衣は思わずにはいられなかった。

ビル風が吹きはじめる季節になった。冬の到来を告げるような凶暴な風が、一度芽衣に突き当たり、芽衣の茶色い髪を舞い上げ乱してから、そのまま向こうに通り過ぎていった。

「こういう仕事もあるんですね」――麻綾は言った。顧客のリハビリのため、ホームページの作製法をコーチしてもらうというアルバイトのことだ。

(そんな仕事なんかない)

歩調を緩めることなく歩きながら、芽衣は心で吐き捨てた。風で乱れた髪を直すことも忘れていた。

(絶対おかしい。そんなアルバイトなんかありっこない)

4

ATMで当座の金を引出した時、芽衣は画面に表示された残高を見て、一瞬目を瞠ってから、すぐさま顔を曇らせた。もう一度数字を確認するように凝視した後、画面の「発行する」にタッチして、念のため残高明細を打ち出した。

芽衣が頭で把握していたよりも残高が多い。いや、ふえていると言うのが正しい。考えてみたが、この時期にどこからか金が振り込まれる予定はないはずだった。

不審に思って調べてみると、宮地圭一郎の口座から、芽衣の口座に五十万という金が振り込まれたことがわかった。

もらう謂《い》われのない金だし、受け取る訳にもいかないと、芽衣は宮地にも電話を入れた。しかし、宮地は、それも今回の取引条件のうちだからと言って譲らない。

「吉野さんとの間で、そういうお約束になっているんです」宮地は言った。「前報酬とでも言いますか、島岡さんの口座にお振り込みすることは、今回の契約の成立要件みたいなものなんですよ。それをしないと、うちも約束を破ったことになりますから」

ろくな考えもなしに下手なことを口走って、墓穴を掘りたくなかった。だから、とにかく自分はそういう話は聞いていないので、こちらはこちらで確認を取った上、また連絡するとだけ宮地に言って、芽衣は話をいったん切り上げた。

電話を切るなり、芽衣は顔を顰めチッと小さく舌打ちしていた。

考えるまでもなく、沢崎の謀《はか》ったことだった。べつに芽衣も、これまで清廉潔白に生きてきた訳ではない。貢《みつ》がせたり巻き上げたり掠《かす》め取ったり……そんなふうにして金を得たこともある。騙される方が悪いし、うかうかと金をだす方が間抜けなのだ。けれども、相手の口座から自分の口座に金を振り込ませるような馬鹿な真似は一度もしたことがない。金融機関に金の流れの足跡を残すようなやり方は、言うまでもなく最悪だ。わかっていて、あえて沢崎は宮地にそうさせた。芽衣に金が渡ったという証拠や証明となるものを、目に見えるかたちで残したかったからだ。たとえ芽衣が宮地の口座に金を振り込み直したところで、一度銀行のコンピュータと書類の上に残ってしまった金の流れを、なかったものとして消し去ることはできない。たかだか五十万ぽっちの金で、証明書つきで芽衣は詐欺師の一味にさせられようとしている。考えると、あまりの腹立たしさに、神経が焼け焦げそうになる思いだった。沢崎のことが許せない。簡単に騙される宮地も許せない。何もかもが癇に障ってならなかった。

うまくやってきたつもりだ。だが、自分はどこかで躓《つまず》いたのだろうか——ここにきて、芽衣は思うことがある。躓いたとしたらどの時点でだろうか。宮地に沢崎を紹介した時点だろうか、沢崎と出逢った時点だろうか……。

考えているうちに、真幌と出逢ったこと自体が、そもそもの躓きのはじまりだったように思えてきて、芽衣は真幌に怒りと憎しみを覚えずにはいられなかった。あんな女とさえ出逢わなければ、こんなことにはなっていなかったし、自分はもっと気楽で愉快な日々を送っていたのではないか。

セミナーから帰ってきて三日ほどは、北海道に帰省しているという真幌とは、電話でも連絡がつかない状態だったし、当然会うことも叶わなかった。ようやく顔を合わせることができたのは、スタジオに復帰した週の金曜の午後、もう週末に近い頃だった。

「ああ、芽衣さん、ごめんなさいね。セミナーに行ってもらったきり、何だか放りっぱなしみたいになってしまって。あなたには申し訳ないことをしたわ」

顔を合わせるなり、真幌は詫びた。真幌と会うのは三週間ぶりのことだった。

「急に札幌に帰らなければならなくなったり何だりで、私もすっかりばたばたしてしまって。芽衣さんから何度かお電話いただいていたのに、こちらからはなかなかご連絡できなくて、本当にごめんなさい」

温暖にして涼やか——真幌の様子は寸分変わりないように思えた。たかだか三週間のことだ。当たり前かもしれない。が、このところ、芽衣の身辺では、どうも当たり前でないことが起きている。

「いえ、それはどうかお気になさらないでください」殊勝な態度を崩さずに芽衣は言った。「でも、帰ってきてみたら、スタジオの様子がずいぶん変わっていたので驚きました」

「ああ、そのことも、芽衣さんに謝らなくちゃいけないわね」真幌は言った。「前から考えていたことだったの。今回、たまたま塚越さんと柳瀬さん、うまい具合に二人の人間の手当てがついたものだから、即実行ということになっちゃって。芽衣さんにも、電話しておこうかとも考えたのよ。でも、今はセミナーに集中してもらった方がいいと思い直して。驚かせて悪かったわ」

信用ならない。でも、そこまではまだよかった。問題はその後だ。真幌は芽衣に、さらなる提案を持ちかけてきた。芽衣に精神科医の小宮山隆のところに、被験者として通ってもらえないかと言う。

「今度は一週間とか二週間とか連続した話じゃないの。週に二日という感じで三週間。日数にしたら五日か六日というところかしら」

「小宮山先生のところに私がですか。でも、被験者って——」

真幌は、小宮山が現在手がけている脳波の研究の被験者だと説明した。音楽や香りなどによって、個々の人間の脳波がどう変化するか、さまざまな年齢、性別、個性の人間を対象として測定する——。

「今回のセミナーも、たしか後半は脳に関する話だったわよね?」真幌は言った。「小宮山先生、その種のことにもある程度知識があって、知能も学習能力も高い女性の被験者を探しているの。つまりはスペシャルサンプルね」

「でも、先生。私はセミナーで長いことスタジオを留守にしていたばかりですし」

芽衣は言った。言うまでもなく、それは婉曲《えんきょく》な断りだった。しかし、真幌は言った。

「ああ、スタジオの方は、塚越さんと柳瀬さんがいるから大丈夫。見ていてわかったと思うけど、二人とも、接客マナーを勉強した経験のある人だし、実地も積んでる人だから」

「ですけど、べつに私でなくても構わないんじゃありませんか。大学の研究室の学生とか、小宮山先生が求めるような被験者は、ほかにもいると思います」

「そう、芽衣さんでなくても構わない」

真幌は軽く二度頷いた。軽やかにと言うべきかもしれない。が、頷いた後、改めて芽衣に言った。

「でも、私は、芽衣さんに行ってきてほしいの」

小宮山のところへ行けば、どういう種類の音楽が現代人の脳の疲れを癒すか、どんなアロマがリフレッシュには最適か……そうした知識が自然と得られる。また、小宮山に対して的確な質問を投げかけることで、さらなる知識を得ることもできる。的確な質問ができ、なおかつその結果をスタジオに持ち帰って活かせる人間は、真幌のまわりに芽衣をおいていない――。

「これもまた急な話よね」真幌はちょっと苦笑するかのように表情を緩めた。「もちろん、芽衣さんの気持ちだってあるわ。だから、返事は今でなくていいの。でも、前向きに考えてみてもらえないかしら」

芽衣は返事を留保した。その話をして真幌と別れた後、「穏やかな罠」という言葉が、芽衣の脳裏に浮かんだ。

「ぜひ芽衣さんに」「芽衣さんだから」「芽衣さんをおいていない」……耳への響きはいい。けれども、もうわかった。そんなものは表向きのことにすぎず、きれいごとでしかない。真幌の好きなきれいごと。

(セミナーになんか行くんじゃなかった)

芽衣は思った。野うさぎやリスが、匂いや気配だけで隠れた外敵の存在を察知するように、恐らく真幌も気配を感じて、芽衣に警戒しはじめたのだ。芽衣がセミナーに行っている間に気づいたのではない。その前だ。

(迂闊だった……)

芽衣は臍をかむ思いだった。

真幌は芽衣の半月の不在を好機として、その間に策を練って手を打った。芽衣はうかうかと、真幌にその時間的猶予を与えてしまった。

塚越宏典と柳瀬有美子、あの二人にしてもそうだ。たとえ客が途絶えた時間ができても、彼らは世間話や無駄話の類を一切しない。私語のないことでは徹底しているし共通している。話しかける隙がないのでは、彼らをこちらの世界に誘《おび》き寄せ、巻き込むこともできない。それが通せる人間を、真幌は選んで連れてきたのだ。

(被験者? それだって術策のうち。言わば騙し討ちみたいなものだわ)

セミナーの時と同じく、体《てい》のいい隔離であり島流しだ。

いや、それだけではないという可能性だってあった。何しろ相手は精神科医だ。真幌はプロの精神科医の目で、芽衣という人間を見極めてもらおうと考えているのかもしれない。

明朗、明瞭にして実務的という美音子の様子には、特にこれといって変わりはない。ただ、スタジオのメンテナンスや修繕に近い簡易なリフォーム、それにスタッフの入れ替えもしたことだからと、このところ、事務作業に当たっていることが多かった。だから、なかなか話をする機会がない。

「どうせなら、この機にデータの整理をしておこうと思って」美音子は言う。「忙中閑あり。案外こういう時の方が、仕事が捗《はかど》ったりするのよね」

事実、そういうことなのかもしれない。でも、これもまた真幌からの指示による芽衣の敬遠、忌避ではないかと、疑えないこともなかった。

(せっかくこっちがかけた揺さぶりが、功を奏しはじめていたところなのに)

美音子以外に、芽衣が探りを入れ、さらなる揺さぶりをかけることができる人間がいるとすれば、それは多穂よりほかになかった。

「多穂さん、ちょっとお話ししたいことと言うか、ご相談ごとがあるんですが」

芽衣は多穂に連絡を取った。多穂は多穂で、結子や麻綾たちアルバイトを受け入れたことで、かえって仕事もふえれば気も遣い、忙しく過ごしている様子だった。が、「三、四十分なら」と、比較的気軽に時間を作ってくれた。

多穂とは、ビルから五分ほどのところにある喫茶店で落ち合った。

「考えてみれば、芽衣さんにお目にかかるのは久しぶりよね」

芽衣に持ち前の穏やかな笑顔を向けて多穂が言った。瞳には、春の日溜まりを思わせるような柔らかな光が宿っていた。

「セミナー、どうでした？　ためになるセミナーでした？」

続けて多穂が言った。

「ええ、まあ」内心、話はそんなことではないと思いながらも、芽衣は多穂の言葉に頷いた。

「セミナー自体は興味深い内容でしたし、勉強にもなりました」

「そう。羨ましいな。今度は私も参加させてもらえるように、真幌先生に頼んでみようかしら。最近私は、どうも勉強が足りなくて」

「あの、多穂さん」話がセミナーの方に流れてしまうのを回避するように芽衣は言った。「セミナーに参加したことはよかったと思うんですが、私、何だか浦島太郎になったような気分で。

実を言うと……今、堪らなく寂しい気分なんです」

「え？」

「帰ってきてみたら、スタジオは人が入れ替わっているし、何だか雰囲気が全然……。いったいどうなっちゃったんでしょう？　もしかして、私がいない間に何かあったんですか」

「いいえ、そんなことは」多穂は驚いた様子で目をぱちくりとさせ、小さく首を横に振った。「べつに何かあったという訳じゃないのよ。芽衣さんがいない間に、一時的な人の入れ替えがあっただけで。それも空気の入れ替えに近い程度のことだし、ほかに何も変わりはなかったわ」

「そうでしょうか」芽衣は活気のない声で言った。「私には、どうしてもそうは思えなくて」

多穂が黙って顔を覗き込むように芽衣を見た。

「もしかして真幌先生、私に関して、何か誤解なさっているんじゃないかと、私はどうもそんな気がして」芽衣は言った。「誤解なさって、それでこのところ私のことを遠ざけていらっしゃるんじゃないかと」

「………」

言っていることの意味が摑めないといった様子で、多穂は無言で小首を傾げた。

「真幌先生に黙って黒沢さんのお手伝いをしたり……私もいけなかったんです。前にお話しした中宿商店街のイベントのことにしてもそうです。それで先生、たぶんいやな思いをされたんだと思います」

「いやな思いって？……」

「私と黒沢さんとのことを、何か誤解なさったんじゃないかと」

「え、芽衣さんと黒沢さんとのこと？」多穂が目を見開いた。「お二人のことを真幌先生が誤解？」

ここが押しどころだと踏んだ。「ええ」と呻《うめ》くように言って、芽衣は顔に雨雲を広げた。

「ビジネスパートナーとはいえ、先生と黒沢さんはご夫婦ですものね。なのに私ったら――」

「あ、だけど、それで先生が芽衣さんを遠ざけようとするなんて、そんなこと、あり得ないと思うわ」慌ててとりなすように多穂が言った。「もちろん、私も、真幌先生の口から芽衣さんがどうこうなんて話は、これまで耳にしたことがないし」

「本当ですか」

「ええ、もちろん。あ、でも、あの、ちょっと待って」やや戸惑った様子で、言葉を探すように多穂が言った。「中宿商店街のイベントに行って、黒沢さんのお手伝いをしたことだけど……芽衣さん、そのこと、真幌先生に話していなかったの？」

うなだれでもするように、芽衣は無言で頷いた。

「そうだったの」

「私がいけなかったんです。それを先にしておかなかったから」

「訊いてもいいかしら。中宿商店街のイベントに行ったことだけど、それは黒沢さんから頼まれてのことだったの？」

もう一度、芽衣は同じような様子で頷いた。

「芽衣さんは、黒沢さんから頼まれてイベントに行った――」

事実を確認し直すように、多穂は言葉を口にした。確認し直しているようでいて、どこか茫然たる口調でもあった。

「私が話さなくても、いずれ黒沢さんが真幌先生にお話しになると思っていたんです」芽衣は訴えるように、あるいは縋《すが》りつくように多穂に言った。「私にしてみれば、黒沢さんのお仕事をお手伝いすることは、真幌先生のお仕事をお手伝いすることの延長みたいな感覚だったんです。でも、どうあれ真幌先生には、事前にお話ししておくべきでした。それをしなかったばっかりに、すっかり真幌先生の誤解と不興を買ってしまったようで」

「……」

再び多穂が押し黙った。ここでうまく多穂の口を開かせることができれば、芽衣は少しは真幌の本心が、多穂を通して覗き見られるような気がした。もうひと押し――。

「やっぱり私がいけなかったんです」

言ってから、芽衣ははらりとひと筋涙をこぼした。もちろん、多穂の口を開かせ、本当のところを引きだす手段としての涙だった。

が、多穂の表情にこれといった動きは見られなかった。少なくとも、突然の芽衣の涙に驚いている様子はない。むしろ宥めるような笑みを、多穂はその茶色の瞳にかすかに滲ませた。

「芽衣さん、大丈夫よ。そんなことで真幌先生が、芽衣さんを誤解なさっているということはないわよ」

多穂は言った。いたって穏やかな口調だった。

「そんなの、芽衣さんの気のまわし過ぎ。杞憂《きゆう》よ。先生と黒沢さんの間で連絡が取れていないということはないはずだもの」

「でも――」

「心配要らないって。芽衣さんのセミナー参加、スタッフの入れ替え、それに真幌先生の急な帰省……今回たまたま重なっただけよ」

「たまたま……。でも、そのたまたまが――」

「私が言うのは僭越《せんえつ》だし、おこがましい限りだけど……今回の件について言えば、真幌先生の側にも落ち度はあったと思うわ。いかに一時的なこととはいえ、スタッフの入れ替えについては、事前に芽衣さんに知らせておくべきだったと思う。電話一本で済むことですものね。それがあったら、芽衣さんもこんな気持ちにはならなかった。何であれ、不在中の変化というのはいやなものよ。旅行中に家族が家の模様替えをしていても、帰ってきてみて何となく落ち着かないし、疎外感を覚えたりするものだわ」

「いえ、多穂さん、そういうことではなくて」

「え？　そうことじゃない？」

「私には、どうしても単にそういうことのようには思えないです。だったら、どうして続けざまに、私にスタジオの外に出るような仕事を頼みます？」

「スタジオの外に出るような仕事……芽衣さん、また何か外に出るような種類の仕事を先生から頼まれたの？」

「ええ。今度は、小宮山先生のところに行ってくれないかと」

悄然《しょうぜん》として、なかば呟くような声で芽衣は言った。

「小宮山先生のところへ……。それはどのくらいの間？」

「週に二日、それを三週間ほどということでしたけど」

「とすると、都合六日という話ね」やや視線を俯けて、ひとりごちるように言ってから、改めて多穂は柔らかな笑みを目に滲ませて芽衣を見た。「芽衣さん、やっぱり考え過ぎよ。長期にわたる話じゃないし、それもたまたま続いただけよ。それに、このところ先生も、先を見据えていろいろ考えていらっしゃるんだと思う。芽衣さんに期待しているのよ。だからあれこれやらせたがる。私からすれば、羨ましいような話だわ」

また〝たまたま〟か――そんな思いに、眉間《みけん》に苦々しげな翳が落ちかける。が、芽衣は心持ち唇を引き結び、落ちかけた翳を顔の内に押し戻した。

「実のところ、Qの方もばたばたしているのよ。人手がふえればいいってものじゃないものね」変わりない口調で多穂が続けた。「でも、もう少し時間が経って落ち着いてきたら、全体の歯車もしっくりと嚙み合って、いい感じでまわりだすと思うの。私もそれを期待して頑張っているんだけど。その時が来てみたら、きっと芽衣さんも、何だ、何でもなかったんだと思うんじゃないかしら。そうよ。そんなものだって」

何だかとりつく島がない感じがした。常と変わらず、多穂は柔和で慎ましやかだ。それでいて、その根に自信のようなものを感じさせた。自信ではなく確信かもしれない。それゆえ容易に揺らがない。

頷くでもなければうなだれるでもなくやや下を向き、芽衣は無言のまま指で頬の涙を拭った。

「ね、芽衣さん。だから今はあんまり考え過ぎないで」話の締め括りに多穂は言った。「ちょっとした行き違いのようなものはあったかもしれない。でも、一緒に時を待ちましょう。あれやこれや落ち着いてくれれば、何でもないことだったとわかるから」

芽衣は、内心舌打ちをする思いだった。多穂から実際のところを聞きだすこともできなければ、真幌が黒沢とのことで芽衣に悪感情を抱いてるかもしれないという話の種を、多穂の意識に植えつけることもできなかった。涙まで流してみせたのに、芽衣は無様《ぶざま》にふたつのことに失敗した。

(美音子さんも多穂さんもとぼけてる。そういうこと? 二人とも、真幌先生とはきちんと話ができていて、その上でそれぞれのやり方でとぼけてる。そういうこと?)

だとすれば、演技巧者なのは芽衣だけではない。美音子も多穂もたいした役者ということになる。言うまでもなく真幌もだ。

(誰も彼も善人ぶってる。だけど、みんな食わせ者じゃないの)

「軟弱そうに見えて、実は堅牢」——いつだったか、沢崎が芽衣に言った言葉が、芽衣の耳と意識に甦った。真幌という城を指しての言葉だ。これがそういうことなのか——。

沢崎のことを思い出したとたん、芽衣の顔は険悪に曇った。

沢崎からは、このところ一日に何度も携帯に電話やメールがはいる。「芽衣ちゃん、心は決まった？」「あんた、案外呑気なんだねえ。早くしないと、いつ爆弾が破裂することやら……。もうそんなに時間はないと思った方がいいよ」「だから、金だよ。事業の資金」「そうだな。じゃあ百歩譲って、まずは頭金でもよしとすることにしようか。それは金利分だけどね」……。

むろん、芽衣は沢崎に借金をしている訳ではない。にもかかわらず、まるで性質の悪い借金取りに追い込みでもかけられているかのようだった。

沢崎という男が、とうとうその本性を剝きだしにしはじめたということだ。これと狙いを定めた獲物を掌のなかに置いて、自分が飽《た》きるまで弄《もてあそ》びたい――。

ある意味、芽衣にとって今最も堪え難いのは、沢崎という存在だった。顔を見るのはもちろん、電話で声を聞くのも、メールで文字を見るのも……何もかもが疎ましくてならない。

(何でよ？　何だってこういうことになるのよ？)

芽衣は心で苛立《いらだ》たしげな叫びを上げた。

(これで終わり？　ゲームオーバー？　そんなの絶対に我慢できない)

5

日もとっぷりと暮れてから、真幌は代々木上原のマンションの部屋に帰り着いた。ヒーターのスイッチを入れてから、部屋の時計に目を遣る。八時三十七分——もっと遅い時刻かと思っていた。が、そうでもなかった。ここにきて、格段に日没が早くなった感があるし、夜の闇もぐんと濃くなった。夜の訪れが早いから、時として時刻を読み間違えそうになる。そんなちょっとした錯覚も、疲れのうちかもしれなかった。

ゆるやかな敬遠と疎外——消極的な策だし、姑息《こそく》な策だ。とはいえ、目下、次の策に移ることがまだできないので、仕方なしにそれを続けている。

「何はともあれ、まずは被害者をださないこと。それが一番よ」美絵は言う。「鬱陶しい限りだけど、面倒臭い扶養家族を一人余計に抱え込んでしまったと観念して、後は気長にやるしかない。ある意味持久戦ね。相手は、案外持久戦には弱いかも」

嘘が破綻した、本性が知れた、自分が面白くなくなった……芽衣はこれまで、そのたび〝場〟を変えてきた。今回も、真幌と真幌が中心となって形成している〝場〟に、芽衣が関心を失って、自ら去っていってくれればもっけの幸い——。

考えかけて、真幌は自分でもげんなりしたように息をついた。

(甘いわよ)

甘いもいいところだし、きわめて消極的な策と言わざるを得ない。が、このままなし崩し的に芽衣に去っていってもらえたら……それが真幌の偽らざる思いであり願いであることも事実だった。そんなことを願うようでは、カウンセラーとしても経営者としても、失格と言うしかない。わかっているから、自分自身に失望する。

もしも芽衣が望み通りに〝場〟を変えてくれたとして、芽衣はその後どうするだろう。今度はどこへ行くだろう。言わばトランプのババ抜きの、ババの押しつけ合いみたいなものだ。真幌はババを渡してそのゲームから上がれても、代わりに誰かがババを摑む。その誰かは、ババを摑んだことで苦労するし、人生を狂わされるような目に遭うかもしれない。真幌が心の奥底で願っていることは、自分が背負いこみそうになった重たい荷物を、ほかの誰かに背負わせようとすることにほかならない。だからこそ、消極的である上に、姑息な策だと自分でも言うのだ。

（私って、最低……）

心で人との関係をトランプのババ抜きに、また、芽衣をババに譬えていることにしても、決して褒められたことではなかった。

否定したいが、本音は本音として心のなかにある。打ち消すことはできない。それでいて、真幌は自分のその本音を、美絵にも美音子にも多穂にも隠していた。覆い隠した上でものを言っている。指示や依頼をしている。夫である悠介にもだ。

（カウンセラーや経営者としてだけじゃない。私は人間として失格かも）

思うとおのずと気が塞いだ。

携帯が鳴った。悠介からだ。悠介は今日、名古屋に行っている。

「ああ、真幌。九時からミーティングにはいって、それからコンピュータのシステムをいじる作業をする」電話の向こうの悠介が言った。「たぶん、徹夜作業になるんじゃないかな。だから、その間は連絡つかなくなるけど、そっちは大丈夫か。変わりないか」

「大丈夫」真幌は、見えない悠介に向かって頷いた。「こっちは何も変わりない。私ももう家に帰っているし」

「そうか。なら、安心だな」

「また明日電話する」という言葉の後、悠介からの電話は切れた。

今回のことでは、悠介にもずいぶん迷惑をかけてしまった。こうして心配をかけていることもだが、それだけではない。

「芽衣さん、真幌先生が芽衣さんと黒沢さんとのことを疑って、それで自分を疎外しているんじゃないかと私に――」

真幌は多穂から電話で聞かされた。耳にしただけで、おのずと顔が曇っていた。

「中宿商店街のイベントに行ったのも、黒沢さんに頼まれてのことだったと言っていました。私、芽衣さんの話を聞いていて、内心啞然とする思いでした。一方で、これが真幌先生がおっしゃっていた芽衣さん特有の嘘なんだと、実感する思いでもありましたけど」

それとなく当たってみると、芽衣はあちらこちらで、芽衣独特の仄《ほの》めかすような言い方で、真幌に関する好ましくない噂をばら撒《ま》いている様子だった。

「たしかに黒沢さんにはかわいがっていただいているし、私も黒沢さんからは学ぶことが多くて……。でも、まさかそれがこんな事態につながるなんて」「本当のところは、私にもよくわからないの。でも、それ以外に、先生に疎まれる理由が」「もちろん、私の方は、真幌先生に対して含むところは何もないわ。先生を敬愛する気持ちも変わらないし。だからこそ、どうしたら先生の誤解が解けるかと」……。

「先生、芽衣さん、泣いたんですよ」多穂は電話で真幌に言った。「いきなりぽろりと大粒の涙をこぼして。内実を知らない人があの涙を見たら……どうしたって心動かされると思います」

嘘も空涙《そらなみだ》も好きではない。だが、悠介を巻き込んだ噂というのが、真幌は何とも不愉快だった。一方で、無理もないという気持ちもした。あからさまにではないものの、まずはゆるやかな敬遠と疎外という策で、真幌が自分や自分の社会と芽衣との間に、とりあえずの距離を設けようとしていることは事実だ。そのことに、芽衣が気がつかないはずがない。黙っておとなしく受け入れるはずもない。そうなれば、真幌が心に最も不快な痛みを感じるところを突いてくる。相手の弱いところを狙って突くというのは、嫌がらせの常道だ。

「前のカミさんの事務所におかしな電話をかけてきているのも、もしかすると彼女かもしれないな」

悠介も言っていた。

「昨日の晩、黒沢がお宅にお邪魔したんじゃありません?」「いまさら黒沢に近づくのはやめてもらえませんか」……前妻の京子も、最初は悠介の現在の妻、つまり真幌がつまらぬ邪推をして、自分に電話をかけてきているのだと考えて、ずいぶん腹を立てていたようだ。それで悠介にヒステリックな電話を寄越した。「勘弁してよ、いったいどういう奥さんなの?」「何でもいいから、私に電話させないで」……今もその誤解は、完全には解けていない。

黙って手をこまねいている訳にはいかない。周囲を巻き込んだ騒動になるのは、何としても避けたかった。だから真幌も手を打たざるを得ない。むろん、芽衣は承知していない。が、実は美絵が週に三日ほど、フリーオフィスの方に顧客として通って来ていた。後ろに美絵が控えているとあらば、多穂も美音子も安心できる。職場復帰を目指す顧客として、美絵は今、結子や麻綾にホームページの作り方を指導している。ホームページの作製方法などというきわめて実務的なことを教えることには慣れている。さすがに元はカウンセラーだ。人の心を誘導しながら、美絵はさり気なく麻綾たちの心に、自立の意識のようなものを芽生えさせつつある。まずは熱中できる課題を与え、達成感を味わわせて自信を持たせる。そのうえで、人真似ではなく、持ち前の個性と長所を伸ばした自分自身の価値を認識させる。ほかの誰でもない、素晴らしき唯一の自分——。

塚越宏典と柳瀬有美子、二人も美絵の肝入りだった。美絵が彼らに厳命したのは、芽衣と絶対に仕事以外の話をしないこと、仮に彼女が一人で勝手に喋りかけてきても、決して耳を貸さないことだった。相手が聞く耳を持たなければ、どんな嘘もつくことができない。自分の世界に引き込むこともできない。

次策も練っていないことはなかった。被験者として小宮山のもとに行くよう芽衣に頼んだのがそれだ。次の一手。むろん小宮山は、被験者など求めていない。依頼したのは真幌の方だ。真幌は精神科医である小宮山の目で、芽衣という人間を一度しかと見定めてもらいたかった。

そうしてもらうことで、自分にとってほとんど未知の人間と言っていい芽衣を、ある程度既知の存在に変えたかった。どういう道筋を作ってやれば芽衣の心は宥められるのか、どういう場所を与えてやれば芽衣は納得するのか……この先のことを考えていく上での、客観的な判断材料がほしかったのだ。

(この期《ご》に及んでも、まだ私は自分にまできれいごとを言っている)

真幌はひとり小さく首を横に振った。

真幌が知りたかったのは、たぶんそんなことではない。どうしたら自分に定められた芽衣の照準を外すことができるか、自分に対する芽衣の負の執着、執念を払い落とすことができるか……本当に知りたかったのはそれだ。

(そんなだから見透かされてしまった)

この話には、さすがに芽衣も容易に乗ってこない。それどころか、強い警戒感を示している。美音子の話では、ここ二日、芽衣は風邪による発熱を理由に、スタジオを休んでいるという。やんわりと自分が敬遠、疎外されていることに対する不満の表明なのか、被験者の一件に対する拒絶の表明なのか……いずれにしろ、芽衣は芽衣で何か考えているということだ。芽衣も今、次の策を練っている——真幌はそう読んだ。それだけに、何とはなしに落ち着かないし、ある種の恐怖や脅威のようなものも覚えていた。

(私は、少しことを急ぎすぎたかもしれない)

小宮山の話は、もう少し時を置いてからにするべきだった気もした。ただ、芽衣がことを起こしてからでは遅い、早く芽衣から解放されて楽になりたいという気持ちが、真幌に行動を急がせた。

(結果や結論を急いではいけない――いつも自分に言い聞かせていることなのに)

また携帯が鳴った。今度は美音子からだった。このところ、帰ってからも美音子や多穂から連絡がはいることが多い。帰宅しても完全に緩む時間が持てないことが、疲れの取れない理由のひとつになっているが、事態が事態だ、仕方がない。

「はい、友部です」

真幌はいつもと変わらぬ調子で電話にでた。

「あ、真幌先生ですか。すみません、遠野です。今、大丈夫でしょうか」

美音子がそこまでほとんどひと息で言った。常と異なる早口が、美音子の動揺を伝えてくるようだった。共振するように、真幌の胸もわずかに波立つ。

「どうかした？　何かあったの？」

「今しがた、麻綾ちゃんから電話があったんです。芽衣さんの様子がおかしいって」

先に麻綾に電話をしたのは、どうやら芽衣の方らしい。麻綾によれば、芽衣は呂律《ろれつ》もまわらないような様子で力なかったし、言っていることも脈絡がないばかりでなく悲観的だった。電話でも、芽衣が啜《すす》り泣いているのがわかったと言う。

「麻綾ちゃんは、芽衣さん、睡眠薬を服《の》んだんじゃないかって言うんです」美音子は言った。

「あの人得意の演技という可能性もあるので、私も一応電話を入れてみました。でも、私からの電話には応答がなくて。先生のお耳に入れるのはどうかと思ったんですが、麻綾ちゃんの方がパニックになってしまっていて、絶対におかしいって言ってどうしても聞かないんです。どうやら芽衣さん、麻綾ちゃんに〝さよなら〟に近いことも口にしたみたいで。もう会えないとか何とか……」

聞いていて、真幌は自分のからだの芯のあたりから、どっと疲れが滲みだすのを感じた。

「麻綾ちゃんからは、『放っておいていいんですか。芽衣さん死んじゃうかもしれない』なんて半泣きでせっつかれるし、『どうなりましたか』とばかりに何度も電話があるし……。どうも芽衣さん、『大変なことをしでかしてしまった』というようなことも、口にしていた様子なんです。芽衣さんと直接話ができていないので、ただ麻綾ちゃんが異様に興奮しているというだけで、今のところ私には何が何だか状況がさっぱり摑めないんですが。でも、これはやはり真幌先生にはお報せしておくべきではと……。曖昧な話でどうも申し訳ありません」

あの芽衣が、そう簡単に精神的にダウンしてしまうとは思えない。が、麻綾を巻き込んだ騒ぎになっているのが厄介だった。かたちの上でも現実にも、真幌は経営者であり芽衣の雇い主だ。まさかとは思うが、万が一のことがあった時に困る。加えて、芽衣が麻綾に口にしたという「大変なことをしでかしてしまった」という言葉も心にかかった。

「わかったわ」真幌は美音子に言った。「麻綾ちゃんには、私に連絡をしたからもう大丈夫だと伝えて。芽衣さんには、私から電話してみる」

「でも、先生——」

「心配しないで。確認が取れ次第、美音子さんにも連絡入れるから」

いったん美音子からの電話を切り、真幌は手にしている携帯をじっと見つめた。やはり芽衣に連絡してみるべきだろう。そう思う。それでいて、何やらひどく気が重くて、すぐに携帯のボタンをプッシュする気持ちになれなかった。

しばらくの間、睨むように携帯を眺めていたが、いったん真幌はそれをテーブルに置いた。少し気を落ち着けたかったし、考える時間がほしかった。

いったい何があったというのか。それとも何も起きていないのか。ならば、芽衣は何を考えているのだろう。

真幌にわかろうはずもないことを考え続ける。芽衣とのことには、常にこの作業がつき纏う。いまさらながら、とにかく相手がふつうの発想、思考の持ち主でないというのがややこしい。

部屋のなかで、真幌は黙って首を傾げた。

芽衣がなぜそうしたかはわからない。が、仮にそれが芽衣の企みや演技の範疇のことだとして、麻綾に別れを告げるか自殺を仄めかすかするような電話までして、その後芽衣は、どういう顔をしてスタジオに現われるつもりなのだろうか。ふつうの人間なら、平気な顔をして、いつもと同じようにはやってこられない。

（なら、もうスタジオには来ないつもり？）

真幌は自分に向かって問いかけるように心で呟いてから、それを打ち消すように唇を引き結んだ。

（あり得ない。あの人が、ここでおめおめと自ら撤退するなんて、そんなことがあるはずがない）

そしてまた考える。

（だったらどうして？　麻綾ちゃんに大変なことをしでかしたと言ったことと、何か関係があるの？）

堂々巡りとしか言いようのない思いめぐらしに、自分でもいい加減うんざりして、真幌は再び携帯を手に取った。考えていても埒《らち》が明かない。どのみちこのまま知らん顔をしている訳にもいかない。芽衣に電話してみようと決心した。

その時、真幌の掌のなかで、測ったように携帯が鳴った。弾かれたように、真幌は一瞬びくっとからだを強張らせた。心臓が、勝手にどきどき言っていた。

表示を見る。芽衣その人からだった。かすかに眉を寄せ、瞬時考えてから、真幌は意識的にひとつ息をした。それからおもむろに電話を取った。

「はい、友部です」

ふだんと変わらぬ調子で電話にでた。まだ誰の口からも何も聞いていないということにしておいた方がいいと判断してのことだった。

「真幌先生？……あ、あの、私……島岡です。真幌先生、私……どうしたらいいか。本当にごめんなさい」

「え？　あ、芽衣さん？　どうしたの？　何だか様子が変ね。大丈夫？」

「私のことは、私のことなんか……どうだっていいんです。先生、私は、真幌先生のことが羨ましかった。真幌先生みたいになりたかった。それだけです。なのにすっかりご迷惑を……。私、どうしたらいいか……死ねば、死ねば許していただけます？　ねえ、真幌先生……」

芽衣が睡眠薬を服んだのではないかと考えて、麻綾が度を失ったのも無理はなかった。実際、芽衣は呂律がまわっていなかった。酒に酔っているのとも異なる胡乱《うろん》さが、その口調から感じられる。相当な演技巧者でも、呂律がまわっていない喋り方をするというのは難しい。どうしてもわざとらしくなるからだ。今の芽衣は、本当に呂律がまわっていない。少なくとも、そのことだけは演技ではない。真幌にも判断できた。

「私のこと、許してくださいますか。——ううん、許す、許さないなんて関係ない。私が……私がいけなかったし愚かだったんです」

「芽衣さん、あなた何のことを言ってるの？　私には訳がわからないわ。とにかく、死ねばとか何とか、お願いだからおかしなことを言わないで」

「死ねばいい……わかってるんです。でも、私が死んでも、きっと真幌先生にもご迷惑がかかる。それが私は……。ラピス物産……ラピスの宮地さんにもご迷惑が。大変な損失だし、きっと宮地さんは先生のところに……。あ、黒沢さん……黒沢さんにも……ごめんなさい。先生、先生はどう思っていたか……でも、私、先生のことが……先生のことが大好きで……」

「ラピス物産？　ラピス物産って何のこと？　あなた、ラピスの宮地さんに何か？」

「ですから、大変な損失を……」

言ってから、芽衣が啜り泣く気配がした。名前を呼びかけても返答することなく、少しの間、芽衣は啜り泣き続けていた。

(ラピス物産)

吸り泣く声を聞きながら、真幌は頭で考えていた。この人、宮地さんとも接触していたんだ

(ヘッドランドの沢崎さんとだけじゃない。

芽衣は宮地にも大変な損失を与えたようなことを言っている。それが事実であれば大問題だった。真幌は内のことにばかり気がいっていて、外に目を向けている余裕がなかった。いまさらながら、真幌は悔いる思いだった。

「芽衣さん、しっかりして」真幌は言った。「泣いていてはわからないわ。ちゃんと話を聞かせて」

「お話しするのがつらいから……私、先生にごめんなさいとしか……」

電話の向こうで、ごくっと芽衣が水か何かを飲んだのが、音と気配とでわかった。麻綾が懸念したように、事実、薬を服んでいるかもしれないし、今、また服み足した可能性もあった。

「芽衣さん、もしかしてあなた、睡眠薬を服んでいる?」

真幌は言った。

「薬?……ええ。だって、まともな意識でなんかいられない。先生に電話をする勇気も話をする勇気もでない」

「わかった。でも、それ以上は駄目よ。ますます話ができなくなってしまうし、そのうち意識

を失ってしまうわ。芽衣さん、気を確かに持って。明日、薬が完全に抜けた状態で、ゆっくり話をしましょう。ね？　私も予定をキャンセルして時間を作るから」

「明日？……真幌先生、私に明日なんて……明日なんてない。先生はいいな、明日があって。でも、私は……そんな先生にもご迷惑を……。ごめんなさい。本当にごめんなさい」

「芽衣さん、何を謝っているの？　そんな状態じゃ、さっぱりわからないわ」

「とにかく、私がいけなかったんです。私、やっぱり死ななきゃ許してもらえない」

「芽衣さん、明日、あなたの家に行くわ。だから、それまで頑張って」

「無理……無理です。私は、先生みたいに強くない。強くないし立派じゃない」

芽衣がまた何かを飲んだ気配が伝わってきた。反射的に真幌は顔を顰めた。

「本当は、私がこのまま死んでしまえばいい……先生、そう思っていらっしゃるんでしょ？いいんです、私、いっぱいご迷惑をかけて……当然ですから。死んでも、迷惑をかけ続ける……最悪ですね。でも、ひとつだけ信じてください。私、本当に先生のことが羨ましかっただけなんです。先生のことが好きで……真幌先生……」

「わかったわ」真幌は意を決する思いで言った。「明日がないなら、今夜これからあなたのところに行く。だから、絶対にそれ以上薬を服んでは駄目よ。いいわね」

そう言って、真幌は芽衣との電話を切った。真幌自身、よくわかっていなかった。ただ、それが責任というものだという気がしていた。世にでたというほど大袈裟なことではない。だが、この社会でカウンセラーというポジションを得たばかりか、事業を営んでいる人間としての真幌の責任だ。

(ずっと人に助けられてきた。人に甘えてきた。恵まれてもいた)

真幌は思った。人からすれば、真幌は人と運に恵まれて安泰を得ているいやな女だったかもしれない。だからこそ、今は自力で何とかするしかない。そういう時だし場面なのだと思った。

まだ服を着替えていなかったのが幸いだった。真幌は一度は脱いでハンガーにかけたコートを着て、代々木上原の家を出た。夜の闇が深い。今夜はそれが少しばかり怖かったが、真幌は表情と気を引き締めて、通りでタクシーを拾った。調べたから、芽衣の家なら知っている。新宿三丁目のマンションだ。タクシーに乗り込んでから、真幌は一応多穂に電話を入れた。事情をざっと話してから真幌は多穂に言った。

「そういうことだから、多穂さん、悪いけど私の明日の予定を全部キャンセルしておいてくれる? 私の明日の予定は、事務所の幾実ちゃんに聞いてもらえばわかるから。今日幾実ちゃんと連絡がつかなかったら、明日の朝でもいいわ。それと、美音子さんにも電話を入れておいてもらえるかしら。私は芽衣さんのところに向かったからって、そう伝えて」

「えっ、真幌先生、もしかしてお一人で芽衣さんのマンションに向かっていらっしゃるんですか」驚いたように多穂が言った。「そんなの危険です。このことを、黒沢さんや美絵先生はご存じなんですか」

「黒沢は、今、名古屋なの。今夜は仕事で缶詰状態。連絡が取れないのよ。美絵さんには……連絡してないわ。さんざんお世話をかけたから、これ以上美絵さんを巻き込みたくないの」

「真幌先生――」

「大丈夫。悪いけど、そういうことだから、また電話させて。深夜になっても構わない？　ごめんなさいね。あなたにも迷惑をかけるわ」

「私の方は全然。でも、私は真幌先生のことが……。先生、本当に大丈夫ですか。私、何だか心配」

「大丈夫よ」力強い声で真幌は言った。「どっちみち、いつかはこういう時が来るの。それが思っていたより早かっただけ」

もちろん、真幌も不安だったし恐ろしかった。けれども、多穂に言ったことは嘘ではない。ここを自力で乗り切らねば、自分にも明日はない。そんな気がしていた。

「明日？……先生はいいな、明日があって」――芽衣の言葉が、真幌の耳に甦っていた。その真幌の明日とやらを消し去ることが、芽衣の望みなのかもしれない。それでも対決しなければならない時はある。

タクシーのなか、不安と恐れに揺さぶられながらも、真幌はどこか肚が坐りはじめている自分を感じていた。

6

スカイコート新宿――東京メトロ新宿三丁目駅から歩いて五、六分ほどのところにある芽衣のマンションに車が着いた。タクシーを降り、真幌はまっすぐ四〇八号室の芽衣の部屋へと向かった。

チャイムを鳴らす。ややあってから、施錠を解く音がしてドアが開き、パジャマ姿の芽衣が真幌を迎えた。

「真幌先生……本当に来たんだ」

あまり血の気の感じられない白い顔に、薄ぼんやりとした笑みを滲ませて芽衣が言った。パジャマ姿だし、もちろんメイクもしていない。幾日か前と比べても、多少やつれたような感じがした。それでも、きれいな人はきれいなのだと、真幌は内心息をつく思いだった。神からこれだけのギフトを与えられているのだ。ほかにいくらでも生きようはあるだろうに……そんな思いが真幌の頭をよぎる。

ただし、今夜の芽衣には目に精気が感じられなかった。瞳に光の色のない芽衣を見るのは、真幌もはじめてのことだった。やはり演技などではない。芽衣が睡眠薬を服んでいることは、間違いないと思った。曇った瞳がその証明だ。

常に輝きを失わない芽衣の瞳は、彼女の大きな魅力のひとつだ。が、人間の心は不動ではない。容易に揺れ動くし沈みもする。心が曇れば瞳も曇る。今にして思えば、常に瞳が輝いているということがふつうでなかった。

(この人は、いつも何か面白いことはないかと目を光らせるように、瞳を輝かせていたのかもしれない)

いまさらのように真幌は思った。

何事かを企んでいる時も愉快なら、企みが図に当たった時も愉快だったろう。内なる喜びに、おのずと瞳は輝く。ならば、物事が思うように運ばなかった時はどうだったか。今度は内なる怒りに瞳を輝かせ、次の企みにまた瞳を輝かせる。それに芽衣は内省することがない。自責の念に苦しめられることがなく懊悩することがないから、気持ちが沈んで瞳が曇ることがない。

「先生、どうして来たの？」芽衣はすとんとベッドに腰を下ろして言った。「私のことなんか、どうでもいいと思っているくせに」

「どうしてって、あんな電話をもらったら、誰だって心配するわ」

「嘘……」言ってから、芽衣はからだをちょっと揺さぶらせて、くすくすと笑った。「私のことが心配だった訳じゃない。先生は、自分のことが心配だったのよ。先生に迷惑をかけた、ラピス物産の宮地さんにも損失を与えた……私がそう言ったから、それが心配で来たんでしょ？」

「………」

返す言葉がなかった。芽衣の誘いに応じる恰好で、言葉を口にすれば口にするだけ、自分も嘘つきになっていく。それが怖かったしいやだった。

「でも、嘘じゃないわ」呂律のまわらない口で芽衣が言った。「そのうち宮地さんが騒ぎだす。詐欺……沢崎さんの仕組んだ詐欺よ。馬鹿みたい……私もそれにはまってしまった。ラピス物産は大損害を被って、この半月うちにも、きっと先生のところにも捩《ね》じ込んでくるわ」

「沢崎さん？　沢崎さんの仕組んだ詐欺って、それ、どういうこと？」

「言った通りのこと。沢崎さんは私を巻き込む恰好で、ラピスの宮地さんに詐欺を仕掛けた……」

沢崎、詐欺、ラピス物産、大損失……芽衣の言葉が頭のなかでぐるぐる渦巻く。思わず真幌は大きく顔を歪めた。

「ふふ、本音がでた。先生の今の顔……」気《け》だるげな視線を真幌に投げかけて、芽衣が虚《うつ》ろに笑った。「迷惑ついで……私、今日、黒沢さんの口座にお金を振り込んでおいた。宮地さんから私の口座に振り込まれたお金をそのまま全部……」

「えっ」

「私は黒沢さんに目をかけられてる……あちこちに、そういう話もしてある。もちろん、宮地さんにもね」

「どうしてそんなことを――」

「決まってる。どうせなら、黒沢さんも巻き込みたかったからよ」

宮地の顔が浮かんだ。悠介の顔も浮かんだ。この先の事態の収拾を思って、真幌は頭を抱える思いだった。

「憎いでしょ？　私なんか、死んでしまえばいいと思ってるでしょ？　心やさしくて慈愛に満ちた真幌先生……でも、それが先生の今の本心。知ってるわ。先生の心にだって悪魔はいる」

言ってから、芽衣はサイドテーブルの上に置かれていた白い錠剤を、二つ三つ口のなかに放り込んだ。続けてそれをぐいとコップの水で飲み下す。中身が出された薬のアルミコートがテーブルの上に残っていた。そのアルミコートの殻を見て、間違いなく睡眠薬だと真幌にも確認できた。

「芽衣さん、駄目よ。どうして重ねて薬を服んだりするの？」

「どうしてって……先生が来ている時に薬を服まなかったら意味がないのよ」

「何を言っているの？　だいたいあなた、いったいどのぐらいの量の薬を服んだの？　量によっては救急車を呼ばないと。その状態で自分で吐くのは危険だわ。病院で胃洗浄をしてもらいましょう」

「心配ない。死ぬほどの量じゃないから。それとも、先生にとっては、死ぬほどの量だった方がよかったかしら」

「芽衣さん――」

ベッドから、芽衣がゆっくりと腰を上げた。立ち上がった段階で、一度ぐらりとからだが揺れた。

「あ」

思わず真幌は手を延ばしかけた。が、芽衣はそれを無視して、ふらつく足取りでベランダに通じる窓へと向かっていった。

「芽衣さん、何をしようとしているの？　わかってる？　あなたは今、何かできるような状態じゃないのよ」

「何をしようとしているか？……そうね、運試しかな」

窓を大きく開けて芽衣が言った。とたんに夜の冷たく鋭い風が、部屋のなかに吹き込んでくる。夜の風にひと撫《な》でされて、真幌の頰も一気に冷えた。

「冬ね」窓辺に立って芽衣が言った。「いっときはあんなに暑かったのに、季節はやっぱり移り変わるんだ」

「………」

「季節も移り変わったことだし、私は真幌先生のお望み通り、この世から消えてあげようかなと思ってね」

後ずさるようにベランダに出ながら芽衣が言った。裸足《はだし》だった。

「四階……どうだろう？　飛び下りて死ねる高さかしら。……微妙ね。だから、運試しなのよ。死ぬか生き残るかの運試し」

「芽衣さん！　馬鹿なことはやめなさい！」

そう言ってベランダの手すりに背を凭せかけた芽衣に、真幌は二、三歩、歩み寄っていった。夜の闇のなかに、芽衣の白い顔が浮かび上がっていた。

「わからない」真幌は言った。「あなたみたいにきれいで頭がよくて……どこに死ぬ必要なんてあるの？　もったいないわ。一緒によく相談しましょう。あなたなら、いくらだって生きようがある」

「きれい？　頭がいい？　そんなことは関係ないのよ。それをどうとも思わない人間だっている」

「芽衣さん――」

「私は……沢崎というあの男にも先生にも牛耳《ぎゅうじ》られるのはご免だし、従属させられるのも絶対にご免。負けは嫌いよ……だったら、死んだ方がいい」

「従属だなんて。芽衣さん、とにかく部屋に戻って。部屋のなかで話をしましょう」

「なら、先生、私のこと、助けてくれる？　私のこと、許してくれる？」手すりから後ろ向きに半分空に身を乗り出すようにして芽衣が言った。「許してくれるのなら、先生の手で私を部屋のなかに引き戻してよ。私のこと抱き締めてよ。ね、真幌先生……」

その場にじっと突っ立ったまま固まっている訳にはいかなかった。ベランダに大きく一歩足を踏み出して、真幌は芽衣の腕を摑んだ。最初はそっと摑み、それから力を入れて握り直す。手すりの外に乗り出した芽衣のからだを、真幌は自分の側に引き寄せた。

「先生、私を抱き締めてくれないの？　やっぱり、私のこと、許してくれない――そういうこと？」

芽衣と二人ベランダに立ち、真幌はほっそりとした芽衣のからだを抱き締めた。芽衣を許すも許さないも、何も考えてはいなかった。ただ、芽衣が下に落ちるのを、黙って見過ごしてはおけない。それだけだった。

「先生……神様に愛されている真幌先生……」

真幌の腕のなかの芽衣が言った。呟くような、囁くような声だった。

「神様に愛されている先生と悪魔に愛されている私……先生、どっちの運が強いか、運試しをしましょ」

言うや否や、柔らかに自分を抱き締めている真幌の腕を振りほどき、芽衣が真幌のからだを手すりに押しつけた。何錠もの睡眠薬を服んでいるとは思えないような強い力が真幌を圧する。

「落ちるのは先生？……私？……それとも先生と私かな？」

力を緩めることなく芽衣が言った。真幌も初めて目にするような、険しく厳しい表情をしていた。

「二人一緒に落ちたとして……生き残るのはどっちだろ？　ね、究極の運試しでしょ、真幌先生」

真幌の顔と胸を、手とからだの両方で押しつけて、芽衣が真幌のからだを手すりに乗り上げさせようとする。何か言葉を口にするどころではなかった。悲鳴を上げようにも、声さえでない。真幌は片手で手すりに摑まりながら、自分を押しつける芽衣の手を払いのけようとするのに懸命だった。

「先生は、自殺しようとした私を助けようとして転落した……ううん、殺そうとして自分が下に落ちた……」真幌を押し上げながら芽衣が言った。「先生が死んでしまえば、どうとでも言えるのよ」

やや遠くで、ピンポン、ピンポンと、チャイムが鳴っているのが、真幌の耳に聞こえたように思った。

「真幌ちゃん！　真幌ちゃん！　なかにいるんでしょ？」

間違いない。続けて声も聞こえてきた。美絵の声だ。

「何をしているの！　島岡さん、馬鹿なことはやめなさい！　その手を放しなさい！」

声が近い。すでに美絵が、ベランダのすぐ手前までやってきていた。

自分の退路を確保するのが目的だったが、真幌は芽衣の部屋にやって来た時、なかにはいっていったん鍵をかけはしたものの、後ろ手でそれを密かに解錠しておいた。そのことが、どうやら真幌を救ったようだった。恐らく真幌の身を心配した多穂が、美絵に電話を入れたのだろう。それで美絵が駆けつけた。鍵が開いていたから、部屋のなかにはいることもできた——。

美絵が芽衣の手を振りほどきながら、真幌の腕をしっかりと摑んだ。腕を摑んで、懸命に真幌を部屋のなかに引き戻そうとする。しかし、芽衣も真幌のもう一方の腕を摑んで、何としても放そうとしない。美絵と芽衣、両者の間で真幌の引っ張り合いになる。

そんな状態がしばらく続いた。長いように思えたが、もしかすると三十秒とか一分とかいう、ごく短い時間だったかもしれない。

何の前触れもなく、突然のように芽衣の手が真幌から離れた。恐らく力尽きたと言うよりも、急に薬がまわって、指にうまく力がはいらなくなったのだと思う。芽衣は不意に手から目的物を失った。力いっぱい真幌を引っ張っていた反動で、芽衣のからだが宙に浮いた。その勢いのまま芽衣のからだは手すりを越え、真幌たちの視界から消えた。直後、真幌はどんという鈍い音を、耳にしたように思った。

「真幌ちゃん、大丈夫？」叫ぶように美絵が言った。「ああ、でも、何てこと！」

「美絵先輩……救急車を……救急車をお願いします」

息が上がっていたし、動顚《どうてん》しきっていた。真幌は、美絵にそう口にするだけで精一杯だった。

7

かろうじて、芽衣は命を取りとめた。が、重体だ。しかも、容体はいっこうに安定せず、危険な状態が続いていた。

複数箇所の骨折に加え、芽衣は腎臓と膵臓に甚大な損傷を受けた。頭部も強打したので脳にも出血がある。けれども、からだの状態が状態なので、今は脳の手術ができない。

脳の出血は、今のところ止まっている。とはいえ、いつまた再出血するかわからない。固まりはじめた血腫《けっしゅ》が脳を圧迫してもいる。だから、時として意識が戻ることがあるものの、ほとんどは意識のない状態だ。収容先の病院には千種が詰めていて、ずっと芽衣につき添っている。

「たぶん、これが私の最後のお勤めだと思いますから。ここを過ぎたら、ようやく私もあの子から解放されるような気がして」

真幌が面会と見舞いに病院を訪れた際、千種は言った。顔に疲労の色は濃かったものの、静けさを感じさせるような目の色をしていたし、声も口調も落ち着いていた。

「でも、何だか不思議」まるで独り言でも口にするように、千種は真幌にぼそりと言った。

「ほとんど口を利くことのない芽衣の顔を見ていて、はじめて自分の妹という実感が持てた気もして」

さえずる舌だ。芽衣が口を開いて言葉を紡げば、嘘になるし舌禍となる。物心ついてからこのかた、千種はそのことに苦しめられ続けてきたから、口を利かない芽衣に安心できる。芽衣を妹として眺めることもできる。

むろん、真幌も警察の取り調べを受けた。皮肉な話だった。

「黒沢さんとのことで、真幌先生に疑われている」「私は先生に疎まれているし憎まれている」「先生が怖い」……芽衣は周囲の人間に、その種のことを口にしていたようだ。千種にさえ、そんな電話を寄越したという。

「お姉ちゃんは知らないでしょう。でも、ああいう人ほど、嫉妬した時は怖いのよ。先生はいざとなったら、私に何を仕掛けてくるかわからない」——。

真幌が部屋にやってきた時点で、芽衣が重ねて薬を服んだのも、真幌に服まされた、薬を服まされて殺されそうになった、そういう状況をでっち上げたかったからかもしれない。

ただ、美絵という目撃者の証言がある。それに警察の調べだから、芽衣の過去の問題行動などすぐに知れる。したがって、真幌はじきに放免となったが、放免になればそれで済むというものでは当然なかった。

今回の事故には、真幌にも責任がある。芽衣が自爆覚悟の一か八かのゲームを仕掛けてくる可能性を、事前に真幌は考えていて然るべきだった。考えた上でなにがしかの手を打っていたら、芽衣に瀕死《ひんし》の重傷を負わせることも避けられた。

ラピス物産の件もある。それに類したことが、ほかにもまだでてくるかもしれない。芽衣が残した問題の処理にも、これから真幌が当たっていかねばならなかった。

それとは別の問題もあった。結末と言うにはまだ早いが、事態がこのようなかたちで収束に向かおうとは、むろん美音子も多穂も予想だにしていなかった。よもや生死に関わる大事に至ろうとは、真幌でさえ想定していなかったことだ。それだけに、彼女たちの動揺も大きい。加えて、スタッフや顧客のなかには、芽衣に信奉と親愛の念を抱いている人間も少なくない。今回の事故に真幌が関係していたというのは、彼らにとっては大いなる驚きだったろうし、真幌への信頼を失わせるような出来事であったに違いない。もしも彼らが芽衣の口から、真幌に関するよくない話を耳にしてたとすればなおさらだ。彼らの信用、ひいては、社会的な信用の喪失——。

それも仕方のないことだった。仕方がないどころか、この程度で済んだだけでも、善しとしなければならなかった。真幌は生き残った。無事こうして生きている。生きているということは、時間と猶予が与えられているということだ。

「生きているからこそ、挽回《ばんかい》のチャンスもある」悠介も言った。「厳しい言い方になるけど、芽衣さんを自分のスタッフとして雇い入れたことも含めて、今回のことには君にも責任がある。僕の方はことなく済んだからいい。でも、そうでない人もいる。この先、真幌がどう自分の責任を果たしていくかで、君の真価も問われると思う」

挽回のチャンスが与えられていることに、真幌は感謝しなければならない。これから時間をかけて問題解決と償いに当たっていくことが、恐らく真幌が最も優先すべき仕事だった。

電話が鳴った。家の電話の方だ。真幌は電話に歩み寄って受話器を取った。

「友部先生ですか」

受話器から、聞き覚えのある声が聞こえてきた。重さを感じさせる低めの声――。

「あの……私、北川です」

「あ、千種さん――」

「妹の、芽衣の容体が急変して……先生にもご連絡差し上げようと思ったんですが……間に合いませんでした」

「え？　間に合わなかったってそれは――」

「脳内の血腫が破裂する恰好で再出血して……妹は、先ほど亡くなりました」

呼吸不全――出血によって脳の呼吸中枢が圧迫され、文字通り、芽衣は息を引き取ったということだった。

真幌は言葉を失った。あれだけの大怪我だ。脳にも出血がある。正直なところ、このまま芽衣は死ぬかもしれないと思っていた。一方で、そうやすやすと死ぬ訳がないとも思っていた。何せ相手はただものではない。芽衣はしぶとく生き永らえて、いつの日かきっと報復に現われる――。

真幌の口から、思わず息が漏れでそうになった。安堵の吐息だった。すんでのところで、真幌はその息をぐっと奥に飲み込んだ。

「先生、芽衣は本当にもの言わぬ子になりました」感情が麻痺《まひ》したかのような、色のない声で千種が言った。「私も今回のことが、本当に最後のお勤めになりました」

「千種さん、私、何と申し上げていいか……」

「先生、先生もご安心なさってください。あの子は、もう喋りません。さんざんご迷惑をおかけしたことでしょうが、この先もうどんなご迷惑も、先生におかけすることはありません。ですから、どうかご安心なさってください」

芽衣が死んだ。この世から消えた——千種からの電話を切った後、しばらくの間真幌は、茫然と床の上に坐り込んでいた。神が創り賜いしものと言いたくなるような美貌、人を圧倒せずにはおかないほどの存在感を誇っていたあの芽衣が、この世から消え去ったというのが、どうにも信じられない思いだった。

芽衣の顔が思い浮かんだ。整った顔に奥行きのある笑みを浮かべた顔だった。

(あの芽衣さんが死んだ？　この世にもう存在しない？)

何だか夢でも見ているような心地がした。ただし、それは悪い夢ではなかった。

(芽衣さんは死んだ。もう口を開くことはない。私に何かを仕掛けてくることもない……)

そのうちに、勝手にからだが震えてきた。芽衣が死んだということが現実として実感されて、それでからだが震えてきた訳ではなかった。動顚や、ある種の興奮がもたらした震えでもなかった。気がつくと、真幌は小さくからだを震わせて、声を立てずに笑っていた。ひとりでに身の内で沸き起こった笑いが、真幌のからだをさざ波立たせたのだ。

(私、笑ってる。人が死んだっていうのに笑ってる)

自分でも、驚く思いだったが、さざ波のような笑いは、まだ真幌のからだを揺らし続けている。

どうかしている。神経の配線が狂ってしまった。自分は壊れかけている……そうも思った。そんな理性の働きを、生理と本能が完全に無視していた。真幌は、ちょっとでも手綱《たづな》を緩めると、快哉《かいさい》を叫びそうになる自分の心が怖かった。

「憎いでしょ？　私なんか、死んでしまえばいいと思ってるでしょ？」「先生の心にだって悪魔はいる」……真幌に囁く声があった。あの晩、真幌に向かって口にした、芽衣の声であり言葉だった。

打ちひしがれたようにうなだれながらも、真幌はまだ内から沸き起こってくる笑いに、小さくからだを震わせていた。

エピローグ

真幌自身の仕事と事務所だけでなく、フリーオフィスとスタジオも、真幌は半月ばかりの間休業した。年末年始の休みとくっつく恰好になるので、都合三週間の長い休みになる。代々木の事務所のアルバイト、笹原幾実にも休みをだした。その間、真幌は顧客企業をまわったり、事務所で事務的な作業をしたり……自分の仕事をこなしていた。言わば今回の事件の後処理のようなことだ。仕切り直しのための下準備と言えばそうも言えた。

今日も真幌は、ひとり代々木の事務所に身を置いていた。正月休みにはいる前に、片づけておきたいことがいくつかあった。

今回の件で、失ったものも少なくない。金銭面でも、真幌はこれまで地道に得てきた利益を、ここでずいぶん吐きだすことになった。金融公庫への返済もある。それを思えば、悠長に長い休みを取っている場合ではなかった。だが、ここで焦って足掻いてみたところで、恐らくいい結果にはつながらない。心という目には見えないものを扱うのが真幌の仕事だ。今は、失ったもののうちでも、目には見えないものの損失の方のことを考えるべきだし、そちらの補塡《ほてん》の方に力を注ぐべき時だと判断した。

「芽衣が息を引き取った瞬間、私は悲しみを覚えるよりも安堵を覚えていたようなところがありました」

千種の言葉が思い出された。芽衣を見送った後、改めて真幌に電話を寄越した時に、千種が真幌に対して口にした言葉だ。

「でも、あの子の最後の表情が、何だか瞼に焼きついたようになってしまって……。言葉も耳から離れません。先生にも、最後に芽衣が、伝えてほしいと言っていたことがありました」

息を引き取る日の前の晩、芽衣は一度意識を取り戻したのだという。芽衣はまず千種の顔を見て、「あ……」と小さく声を上げた。それからあたりを目だけでぐるりと眺めまわし、少しの間、何事かを考えるように押し黙っていた。千種の目にはその様子が、長い眠りから目覚めた芽衣が、自分が今置かれている現実を、認識し直そうとしているかのように映った。やがて芽衣は、視線を千種に据え直し、静かな口調で千種に言った。

「お姉ちゃん、ありがとう……。お姉ちゃんだけよ、最後まで私を見放さなかったのは」

そう言った時、芽衣はこれまで千種が見たことのないような、穏やかでやさしい顔をしていた。その顔に、千種はいささか動揺した。

「信じてもらえるかな……私、子供の頃からお姉ちゃんのことが羨ましかった。お姉ちゃんみたいに、ふつうにいい子でいたかった」言った後、芽衣はその黒い瞳に、うっすらと涙を滲ませた。「お姉ちゃん、今までいろいろごめんね。私のこと、憎んだこともあったでしょう？当たり前よね。でも、私、お姉ちゃんのこと、好きだった……本当よ」

芽衣の上辺だけの言葉や、嘘、でまかせには慣れていた。慣れているどころか、それがゆえこれまでさんざんいやな思いをしてきたし、ほとほとうんざりしきっていた。この子の言うことをまともに聞いてはいけない――誰よりも、千種が一番よく承知しているはずなのに、千種は芽衣の言葉に耳を傾けていた。これが最後という予感があったせいかもしれない。

「私は、真幌先生のことも羨ましかった」芽衣は言った。「ふつうにしていてもやさしくて人に好かれて……。知ってる？　真幌先生も高校の時、文化祭で『ヴェニスの商人』のポーシャを演《や》ったのよ。私とおんなじ。だから私も、真幌先生みたいになりたかったの。真幌先生に、そう伝えて」

「………」

何とも答えることができず、千種は黙したまま芽衣の顔をじっと見つめた。

「でも、お姉ちゃんはすごいわ。お姉ちゃんが一番よ。だって最後まで私のことを見放さなかったもの。そんな人、ほかには誰もいない。真幌先生も私のことを突き放した。匙《さじ》を投げて、最後の最後に突き飛ばした。――お姉ちゃん、人からこの世から消えてなくなればいい、死んでしまえばいいと思われるのって、案外つらいことなのよ。私は人からずっとそんなふうに思われてきた。真幌先生にまでね……。ありがとう、私を見放さなかったのは、お姉ちゃんだけよ。本当にありがとう」

そこまで言ってから、芽衣はおっとりと千種に向かって頰笑みかけた。目映いほどに清らかで、まるで天使が頰笑んでいるかのような顔だった。

直後、芽衣はぽろりと大粒の涙をひとつこぼし、突然その顔を曇らせた。

「いいな。私、本当に羨ましい。自分を愛せる人、自分を信じられる人が……」

それが芽衣の最後の言葉になった。言ったきり、芽衣は意識を失い、二度と再びその瞼を開くことはなかった。

「真幌先生も私のことを突き放した。匙を投げて、最後の最後に突き飛ばした」――千種は芽衣のその言葉に、とりたてて意味を見出していない様子だった。が、真幌の胸には、鋭く深く突き刺さる言葉だった。

周囲に被害が及ぶのが怖い。だから、まずは芽衣と周囲の人間の間に距離を設けて、いったん隔離した上で芽衣の落ち着きどころを考える――真幌は美音子にも多穂にも言っていた。だが、実際に真幌がしたことは一種のパージだ。心のなかでは、たしかに匙を投げていたところがあるし、必死に芽衣を突き放そうとしてもいた。

ほかにもある。

殺《や》るか殺られるかだった。あの晩、ベランダで、真幌は自分の腕を摑んで放さない芽衣の手を、何とか振りほどこうと必死にもがいた。芽衣の手から力が脱けたと思った瞬間、真幌は芽衣を押し退けるように突き飛ばした。意識してやったことではない。しかし、真幌の手には、芽衣のからだに触れた感触が、今もたしかに残っていた。

真幌は自分の両手に目を落とした。

（この手で押した……）

否定できない。美絵は気づいていなかったし、今も気づいていないだろう。だが、真幌はこの手で芽衣を突いた。それは、自らの手を汚したということとほぼ同義だった。

芽衣が千種に言った通り、芽衣がこの世から消えればいい、死んでしまえばいいと思っていた。明確な殺意はなかったにしろ、潜在的な殺意はあったし、瞬間的な殺意もあったかもしれない。何よりも、芽衣が死んだと千種から聞かされた時、真幌は笑った。心がと言うよりも、からだが笑った。友部真幌という存在が笑った。

「先生、人は最後の最後にも、嘘がつけるものなんでしょうか」

電話の最後に、千種は言った。真幌に問いかけているようでありながら、自らに向かって問うているような口調だった。

「死を目の前にしていても、演技することができるものなんでしょうか。それを考えだすと何だか私……馬鹿ですね」

千種の言葉を思い出した途端、真幌の顔に翳が落ちた。心にも、同じ色をした翳が落ちていた。

(芽衣さんは、本当に私たちとは発想も思考も心の営みも……何もかもが異なるエイリアンかモンスターのような人間だったんだろうか)

そう思ったし、そう判断した。だからこそ、芽衣を恐れ、何とかしようと躍起になった。が、思えば真幌は、まだその確証を何も得てはいなかった。

「真幌先生」──スタジオで再会した時だ。そう言って、芽衣は真幌にゆったりと頰笑みかけきた。現に今目にしているかのように、その時の芽衣の顔が思い出された。しなやかないい表情をしていた。瞳にも頬にも唇にも、笑みが目映い光の粒となって宿っていた。

ほかにも思い出される芽衣の表情はたくさんある。テキストから顔を上げ、真っ直ぐに真幌を見つめてきた時の顔、真幌の言葉に何かヒントを得たかのように、ちょっと目を見開いてみせた時の顔……どれもこれも好ましい表情ばかりだ。さまざまな芽衣の顔を思い出せば思い出すほど、真幌は迷路にはまっていく思いになる。千種がはまりかけているのと同じ迷路だ。

(この先、私はずっとこんな思いにつき纏われるんだ)

観念したように真幌は思った。

(芽衣さんの死を願った。間接的に殺した。芽衣さんの死を喜んだ。ろくな根拠もなしに、芽衣さんをエイリアンかモンスターだと決めつけて忌み嫌った……そんな思いに苦しめられ続けるんだ)

それこそが、芽衣が望んだことであり、芽衣が最後に仕掛けた罠のようにも思えた。考えれば考えるほど、どんどん答えが見えなくなる。が、確実に、真幌の心は軋みを上げていた。

ノックもなしに、いきなり事務所のドアが開き、なかに男がはいってきた。顔を見る。沢崎だった。

「やあ、真幌先生、こちらにいらっしゃいましたか。やっとお顔が拝見できましたよ」沢崎は、いつもの完璧なまでに晴れ渡った笑顔で言った。「今回は、まったく大変なことでしたね。いやあ、参りました。私もあれこれ調べられて、ずいぶんややこしい目に遭いました。ええ、もちろん、私は何の関係もありませんがね」

真幌は黙って沢崎を見た。あの晩、芽衣は、沢崎の仕組んだ詐欺に、自分も巻き込まれたと真幌に言った。その芽衣の言葉の通り、ラピス物産に金銭的な被害が及んでいた。その件でも、真幌は面倒を背負い込むことになった。ただし、この男が仕組んだという証拠はない。詐欺を働き、金を摑んで消えたのは、あくまでも吉野昌志《まさし》という名前の男——。

「いずれにしても、先生、ご無事で何よりでした」その笑顔を一ミリも崩さぬまま、沢崎が言った。「何にせよ、命あっての物種ですよ」

この笑顔の下で、沢崎は芽衣に悪辣《あくらつ》な罠を仕掛け、わが身は安全地帯に置きながら、冷酷に芽衣を追い詰めた。

芽衣を自爆覚悟の一か八かのゲームに追い込んだのは、この男ではなかったか。だとすれば、真幌は自分の心の奥の願い通りに、芽衣の駆逐にひと役買ったこの男に感謝しなければならないのだろうか。

「あれ？　真幌先生、どうしました？　何だか顔色がよくないな。まあ、ずいぶんとお疲れなんでしょうな。そりゃあそうだ。誰だってあんなことがあればねえ。しかし、人というのはわかりませんな。だって、まさかあの彼女が……。私だってびっくりですよ」

よく喋る男だ。よくさえずる舌だ。それに加えてのこの笑顔——これこそが、作り物の顔だと真幌は思った。

自分がこの男を生理的に好きになれない理由が、真幌にもようやくはっきりとわかった気がした。沢崎には、人としての心がない。この男は、人の姿をした獣だ。自分たちとは異なる獣だから、どうあれ真幌はこの男が好きになれない。同じ人間としてどうしても共感を持ち得ない相手は、芽衣ではなくこの男、沢崎ではなかったか——。

吐き気がした。沢崎に対する吐き気なのか、自分に対する吐き気なのか、それとも人間という存在に対する吐き気なのか……自分でもよくわからなかった。ただ、このまま沢崎と対していたら、吐き気がひどくなるばかりだと思った。自分の心が保てなくなってしまいそうで恐ろしかった。

「お帰りいただけますか」

真幌は椅子から立ち上がってドアを開け、手で外を指し示すようにして沢崎に言った。自分でも、顔色が真っ青になっているのがわかった。

「申し訳ありませんが、帰ってください」

「やれやれ、どうも今日はご機嫌斜めのようですね。お加減も悪そうだし。ま、それじゃ今日のところは、私も退散するとしましょうか」

沢崎が一歩事務所を出るなり、真幌はガチャンと音を立ててドアを閉め、即座に錠を下ろした。

デスクに両腕をついて頭を垂れ、深く長い息をつく。

(勘弁して……)

真幌は、人としての心を備えていない人間が恐ろしかった。いや、人としての心を備えていない人間だけではない。人の心を備えた人間も恐ろしかった。人の心の痛み苦しみを、わがもののように理解しながらも、時に人の不幸を願い、死を願い、その死を喜ぶ――。今の真幌は、人という人が恐ろしかった。

「私のことが心配だった訳じゃない。先生は、自分のことが心配だったのよ」「憎いでしょ？私なんか、死んでしまえばいいと思ってるでしょ？」「先生の心にだって悪魔はいる」「真幌先生も私のことを突き放した。匙を投げて、最後の最後に突き飛ばした」……この世から消えてもなお、芽衣の舌はさえずり続けている。

（わかってる。わかってるわ。だから、芽衣さん、もう私に囁かないで）

自分の心なら、誰よりも真幌自身がよく承知している。

今の真幌の心には、さまざまな恐れが渦巻いている。どれもわが身を思うがゆえの恐れだ。いつか千種が芽衣の言葉に秘められた意味に気づいて、芽衣を殺したのはほかでもない真幌だと、糾弾しにやってくる日が来るかもしれない。その時千種は、間違いなく真幌のことを、激しく憎んでいるし恨んでいるだろう。

あれは先に懐柔を見据えた良心的な策などではなくて、実は単なる芽衣の駆逐策だった――美音子や多穂がそんな疑問を抱く日も来るかもしれない。真幌の言葉に乗せられる恰好で、自分たちはその駆逐策に一役買わされてしまったし、結果として、芽衣を死に至らしめるようなことにまでなってしまった。もしも彼女たちがそう考えた時、美音子や多穂は、真幌にどんな目を向けてくることだろう。見ないうちから二人の冷やかな眼差しが、真幌には目に浮かぶようだった。

　美絵にしてもそうだ。突如としてあの晩の映像が、鮮明に目のなかに甦る日が来るかもしれない。芽衣の死を願う気持ちが心のどこかにあったからこそ、反射的にとはいえ真幌は芽衣のからだを突き飛ばした——元カウンセラーの美絵ならば、きっとそう読む。

　思ううちにも、真幌は不安にからだが震えてくるようだった。

（わかってるわ、芽衣さん。実のところ私は、そんなことばかり考えて脅えている。そうよ、自分のことばっかりよ）

　保身の思いだけではない。妬嫉、悪意、猜疑、怒り、憎しみ……真幌の心はほかにも多くの負の感情や念を抱えている。つまらない自負や自尊心、虚勢に見栄といった無益で余計な意識もだ。

「真幌、弱いものいじめはいけないよ」「人に迷惑をかけるような悪戯は絶対に駄目だ」「人から後ろ指を差されるような人間にだけはなっちゃいけない」……子供の頃、父の晴明は、うるさいぐらいに真幌に言った。北海道という北の大地で、真幌は実にのびのびと少女時代を過ごした。その様子はまるで野性児、自分が世界の中心と言わんばかりだったかもしれない。晴明は、真幌がそのまま大人になることを恐れたのだ。

　人の心や感情には、正と負の側面がある。真幌はある時、負の側面を封印した。封印して、好ましき人間としてこの社会で生きていこうと思った。それが自分のしあわせにつながると考えたからだ。

（ポーシャ……）

まったくの偶然だ。真幌も芽衣と同じく、高校の時に文化祭で『ヴェニスの商人』のポーシャを演じた。その時真幌は、これこそがこの先の自分のありようだと思った。善と正義、そして愛と知恵の女《ひと》――。

だが、だからといって負の側面は、完全に削除された訳でもなければ抹消された訳でもない。今も真幌の心のなかにある。

他人の心は、ある程度推し量ることはできても、その奥底までを覗き見ることはできない。けれども、自分の心は、目を瞑っていても奥底まで見える。見ずにやり過ごそうと思っても見えてしまう。

寒い。まるで吹きさらしの路上に身を置いているかのように、いつの間にか事務所のなかの空気が冷え込んでいた。

いや、違う。冷え込み、凍えかけているのは、真幌の身であり心だった。

（そうよ、あなたは正しい）

虚ろに笑いながら、真幌は心で芽衣に向かって呟いた。

人という人が恐ろしいなどというのも誤魔化しだ。今、真幌が最も恐れているのは、自分自身の心だった。

（だからお願い。私にもう囁きかけないで）

芽衣がさえずらなくても、真幌の心が勝手にさえずる。真幌のすべてを知り尽くした心の舌が、真幌に向かってさえずり続ける。耳を塞いだところで防ぐことはできない。どんな言い訳も正当化も撥ねつけかねないその声に、当面真幌は耳を傾け続けていかねばならなかった。

光文社文庫

文庫書下ろし／長編小説

さえずる舌《した》

著 者　明《あけ》野《の》照《てる》葉《は》

2009年3月20日　初版1刷発行

発行者	駒	井		稔
印 刷	堀	内	印	刷
製 本	榎	本	製	本

発行所　株式会社 光 文 社

〒112-8011　東京都文京区音羽1-16-6

電話 (03)5395-8149　編 集 部

8113　書籍販売部

8125　業 務 部

ISBN978-4-334-74560-8　Printed in Japan

組版　萩原印刷

お願い　光文社文庫をお読みになって、いかがでございましたか。「読後の感想」を編集部あてに、ぜひお送りください。

このほか光文社文庫では、どんな本をお読みになりましたか。これから、どういう本をご希望ですか。

どの本も、誤植がないようつとめていますが、もしお気づきの点がございましたら、お教えください。ご職業、ご年齢などもお書きそえいただければ幸いです。当社の規定により本来の目的以外に使用せず、大切に扱わせていただきます。

光文社文庫編集部